我ら荒野の七重奏《セプテット》

加納朋子

集英社文庫

contents

本文デザイン／大久保伸子
本文イラスト／ノグチユミコ

我ら荒野の七重奏《セプテット》

独奏《ソロ》

1

——もし、物語の神様と、音楽の神様がけんかしちゃったら、どっちを応援したいと思う？

小学生の頃だったろうか。仲の良かった従妹《いとこ》と、そんな話をしたことがある。昔も昔、四半世紀以上も前のことだ。

なぜそんな突拍子もない論題が飛びだしたのかまでは記憶していない。ただ、当時の自分は「負けた方がこの世から消え去るのだ」と解釈し、そしてどう答えたかということだけは鮮明に憶《おぼ》えている。

「もちろん、だんぜん物語の神様！」

幼い頃から本を読むことが好きだった。だから国語も大の得意だった。一方で、音楽は、ペーパーテストなら満点が取れても、実技の方はどうにもおぼつかなかった。歌は声の大きさだけが取り柄《とえ》。鍵盤ハーモニカやリコーダーは指の運びをどうにか間違えずにいるのが精一杯で、それでも自分の楽器からはしょっちゅう調子っ外れで聞き苦しい音が飛びだしていたことを自覚している。小学生の頃の音楽会の写真にはどれもこれも、鬼のような形相をした自分が写っていた。それだけ必死だったということだろう。音楽に自信のない子が口だけパクパクさせたり楽器の吹き真似《まね》をしたりしていることは知っていたが、性格上、どうしてもそういう逃げみたいなことはしたくなかった。えてしてそういうズルはけっこう先生に見抜かれてしまい、練習の際、名指しされて一人で歌わされたり演奏させられたりしていらぬ恥をかかされる。そうした無様《ぶざま》な姿を見るにつけ、やはり自分は正しいのだと、変な自信もついた。常に努力する姿勢を見せる陽子《ようこ》には、教師も決して悪い評価点をつけなかった。だから音楽に対して、特に苦手意識を持つこともなかった。陽子にとって、単に履修すべき科目の一つという位置づけであり、それ以上でも以下でもなかった。

もちろん、音楽が素晴らしい芸術であり、人生を豊かにしてくれるものであることは百も承知だ。映画だとかドラマだとかの〈物語〉だって、音楽がなければその面白さが半減するだろうとも思っている。ただ、喩《たと》えるならば陽子にとって音楽は〈他所《よそ》の子〉であり、〈我が子〉はあくまで物語であるということだ。もし双方が同時に溺《おぼ》れ、どちらか片方しか救えないなら迷わず我が子を救います、というだけのことである……少なくとも、陽子にとっては。長じて文芸編集者という物語に関わる職に就いたのも、実に自然な成り行きだった。

だからその我が子――実際の――の中での価値観が、母親である陽子と逆転したとき、軽い驚きと戸惑いを覚えた。

ある日を境に、一人息子の陽介《ようすけ》は、冒頭の問いに対して、迷いなくこう答える人間になっていた。

「――もちろん、音楽の神様！」と。

2

そもそものきっかけは、よくある仕事絡みのお付き合いだった。夫の上司から、「良ければ君のご家族も一緒にどうですか」と演奏会に誘われたのだ。と言っても、プロの楽団によるものではない。私立中学に通う上司の一人息子は、吹奏楽部でトランペットをやっている。要はその部活の定期演奏会に、一家揃《そろ》ってやってこいと言われたのだ。

なんたる親馬鹿かと思ったし、その感想は遠慮なく夫にも伝えた。妻のそんな反応は予期していたのか、夫の信介《しんすけ》は苦笑いを浮かべるばかりだったが、思わぬところから反響があった。

「行きたい！　秀一《しゅういち》君のトランペット、聴きたい！」

常は物静かな小学五年生の陽介が、珍しく声を張り上げている。

「ああ、陽介は秀一君にずいぶん懐《なつ》いていたからなあ……」

一昨年《おととし》の夏、夫の会社でファミリー行事があり、皆でバーベキューに行ったことがあった。参加した子供たちの中では秀一君が最年長だったのだが、彼は実に優秀なまとめ役だった。一人一人に気を配り、年齢に応じた仕事を与え、アシストし、褒《ほ》めちぎった。あっという間に人心を掌握する手腕に、陽子は内心で舌を巻いていたものだ。彼が子供たちの相手をしてくれたおかげで、バーベキュー自体も実にスムーズ、かつ和やかだったから、お母さん連中からも感心と感謝の声がしきりだった。

食事が終わると、秀一君は真っ白なハンカチで、上品に口許《くちもと》を拭った。次いで傍らの黒いケースから、黄金に輝くトランペットを取りだしたのだ。

「ちょっと練習してくる」

と言い残し、離れたところに移動する。子供たちはいっせいにわあっと後を追った。

「いやあ、近所にはなかなか練習できる場所もないからね……」どこか誇らしげに、夫の上司は言った。確か木原《きはら》さんという名前である。「勉強の息抜きに、思いっきりラッパが吹けるところに行こうって誘ったんだよ」

確かに、自然に囲まれたバーベキュー広場は、楽器の練習にはもってこいだった。

パパッパパ、パッパパ、パッパパッパパーと景気よく鳴り始めると、子供たちは「ラピュタだー」と大喜びだ。ジブリアニメで主人公の少年が吹いている曲らしい。子供たちの尊敬の眼差《まなざ》しを一身に受けて、キラキラ光るトランペットを吹く秀一君は、なかなかどうして格好良かった。母親たちからも、「わー、すごい、カッコイイ」なんて声が上がっている。

一人っ子の陽介は、兄という存在に強い憧れを抱いているらしく、幼い頃にはよく「どうしてお兄ちゃんを産んでくれなかったの？」と残念そうに言われたものだ。だからスポーツが得意だったり、はきはきとリーダーシップを取れるようなタイプの年長男子に出くわすと、とたんに相手をアイドルのように祭り上げてしまう。

案の定、陽介は秀一君に一発ノックアウトだった。バーベキューの時点ですでに立派なファンその一だったが、トランペット独奏会以降、秀一君を見つめる陽介の眼《め》はもはや、神にかしずく敬虔《けいけん》な信者のそれだった。

以後、幾度か「秀一君、トランペットうまかったね」と同意を求められ、ほんとにねとうなずいた。夫の信介は、そうしたやり取りを上司に伝えていたらしい。それを踏まえた上での、「そんなに気に入ったのなら……」という厚意からのご招待であった。そういうことなら親馬鹿扱いは不当だったわと気づく。相手には言っていないからオーライである。

ともあれ、普段の陽介は男の子としては物静かで、あまり自己主張をする方ではない。

そしてこれは男子だからなのか、口数もあまり多くはないので、陽子はしばしば、一人息子が何を考えているのか測りかねて懊悩《おうのう》する。夫などは、「いや別に、そんな大したこと考えてないもんだよ、男子なんて」などと能天気に言っているが、我が子の望みはできれば叶《かな》えてやりたい陽子としては、大問題である。

それで今回、これほどはっきり陽介が「行きたい」という希望を口にしたからには、それはもう、是が非でも叶えてやるしかなかった……結果、せっかくの春休みの家族旅行をキャンセルすることになってしまったのだが。

何を隠そうそれは、陽介が五年生の一年間、どうにかこうにかＰＴＡ役員を勤め上げた自分への、ささやかなご褒美の意味を込めた旅行であった。陽介が小学校に入学してからというもの、学童保育だの自治会だので役員の義務を粛々とこなし、ＰＴＡでは会長を相手取ってちゃんちゃんばらばらとやり合ってきた。それでなくとも多忙な編集者としての顔を持つ陽子である。「親だから」と当然のように課せられるそうした〈強制的な〉ボランティア活動では、長きにわたって言うに言われぬ苦労をしてきた。ここらでのんびりリゾート気分を満喫し、心身ともに癒《いや》されたいという願いは、決して贅沢《ぜいたく》なものじゃないはずだ。共働きで妻が超激務という家庭故《ゆえ》、日頃どうしても親子の触れ合いが少ない分を、一気に取り戻すべく、前々からわずかな時間を見つけては計画し、着々と準備を進めてきた。実のところ、それはそれは楽しみにしていたのだ。

が、肝心の陽介が旅行よりもトランペットを取ったのだからやむなしである。涙を呑《の》んで諦めることとなった。

秀一君の通う私立中学には、なんと立派なホールがあった。小学校から大学まですべて国公立の陽子にとっては、驚くべきことだった。中学生の音楽会なんて、体育館にパイプ椅子を並べて……という図しか想像していなかったのだ。それがまるで、ちゃんとした劇場みたいな外観にロビーまでついた建物、傾斜のついたとても見やすい観客席、である。たかが中学生の部活発表会に、なんという贅沢、と開いた口がふさがらない陽子であった。

木原さんは上機嫌で、「あまり前の方だと音が良くないんですよ」などと説明しながら客席に案内してくれた。ふかふかのビロード張りの椅子に身を沈めながら、改めて、自分の知っている中学とのあまりの違いに愕然《がくぜん》とする。舞台にこれから登場するのがプロのオーケストラでも、なんの不思議もない豪華さだ。私立ってすごいんだなあと思いながら傍らの息子を見やると、やはり感心したようにぽかんと口を開けている。その向こうの夫はというと、木原さんと和やかに談笑中だ。

「……それで今回初めてソロパートを任せてもらうことになってね、他にも上手な先輩がたくさんいるのに、えっ、うちのでいいの？　ってね……」と誇らしげな話を聞き、陽介がこちらを向いてささやく。

「秀一君って、すごいんだねえ」

我がことのように嬉《うれ》しそうだ。

いつもそうなのだ。たとえば運動会をテーマに作文を書かされたとする。

「○○君がリレーですごく速かったです。最下位からトップになったときには、すごくうれしかったです」

学習発表会でも、陽子を見つけて嬉しげに展示してある絵の前に引っ張っていくから、陽介の作品かと思いきや、

「ほらほら、××君の絵、すごく上手でしょう？　前に賞も取ったことあるんだよ」

と何やら自慢げ。正直、ヨソの子の作品になど一ミリグラムも興味がない陽子であったが、満面の笑みで言われてしまうと無下にもできない。

「ほんとだー、すごーく上手ねー」

親をやっていくためには、ある程度の演技力は絶対に必要なのだ。陽子のような大根役者の芝居にも、少なくとも今は信じて素直に喜んでくれる観客が一人、いるのだから。

演奏会自体は、想像していたよりも遥《はる》かにレベルが高いものだった。小学校でやっている音楽発表会の延長線上くらいに思っていたら、とんでもない。聞いたことのある曲、全然知らない曲、いずれにしても陽子の耳にはプロのオーケストラと変わらなく聞こえ

る。堂々と口に出すには恥ずかしい事実だが、音楽にまったく興味のない人間の耳なんて、およそそんなものだろうとも思う。小学校の演奏会で、明らかにタイミングを外している子がいたり、ピーとかピャーとか調子っ外れな異音を奏でたり、そういうことならさすがに陽子にもわかる。しかし舞台上の生徒たちは、一糸乱れず美しいメロディを奏でていた。見事だと思ったし、お世辞ではなく休憩時間に夫の上司に「素晴らしい演奏ですね」と伝えることができた。相手はなんともこそばゆそうな顔をして、「いやいや、前半はちょっと堅苦しいですけどね、後半はドラマやアニメの主題歌とかポップス系が入りますからね、きっと陽介君も楽しいですよ……うちの坊主《ぼうず》のソロもありますしね」と言った。当の陽介は上気したような顔で、ぼうっとしている。小声で「トイレは行かなくて平気？」と尋ねたら、わずかに眉間に皺《しわ》を寄せ、小刻みに首を振った。行かない、ということらしい。

後半の部になり、曲がスタートするなり客席が沸いた。「ミッキーさんだー」などと言う子供の声も聞こえる。ディズニーランドで耳にするアップテンポの曲で、演奏する方も聴く方も皆のりのりである。続いて人気アニメの主題歌が演奏されたらしく、会場は大盛り上がりだった。陽介も知っていたらしく、嬉しげに顔を綻《ほころ》ばせている。

――この子は音楽を聴いて、こんな顔をするのか……。

軽い驚きと共に、我が子の顔から目が離せなくなる。陽介は母親の視線になどまったく気づかず、食い入るように舞台上を眺め、そこから奏でられる音楽を全身で受け止めている。

やがて、常はどこか夢見るような茫洋《ぼうよう》とした瞳に、強い火が灯《とも》った。口は半ば開けられ、その表情はまるで目の前で大きな事故でも起きたかのようである。

秀一君のソロパートが始まったのだ。ライトに照らされた舞台の上で、金色のトランペットはきらきらと光り輝いていた。自信に満ちあふれた美しいメロディは、ホールいっぱいに鳴り響き、その音にくるまれた陽介の眼もまた、きらきらと光を放つようだった。

人が、何かに夢中になる瞬間に立ち会ったのだと、陽子は思った。そしてその直感は外れていなかった。

その日、家に帰るなり、陽介は両親を前にして、ひどく緊張した面もちで言ったのだった。

「――ぼく、秀一君の中学に行きたい。吹奏楽部に入って、トランペット吹きたい」と。

――これが、その後長きにわたり、山田《やまだ》家に家族旅行なんてものがなくなってしまうことが決定した瞬間だったと気づくのは、もっとずっと後の話である。

3

さっそくホームページを見てみると、なかなかどうして良さそうな学校だった。私立だけあって、施設や設備が素晴らしい。見てきたホールの他にも、広い運動場や体育館が複数ある。プールは何と屋内だ。総じて部活動もレベルが高く、吹奏楽部の他にもいくつもの部が各種コンクールで輝かしい成績を収めている。体験学習や著名人を招いての特別講座など、学べることも彩り豊かだった。この学校に行きさえすれば、充実した学園生活は約束されたも同然、という空気が、そのホームページからは伝わってきた。中高一貫校なので、高校受験をしなくていいというのも魅力だ。高等部卒業生の進学先も申し分ない。通学も最寄り駅から電車一本、乗り換えなしで行ける。おっとりした陽介には、とても向いているように思われた。

入学金や学費に関しては、私立ってこんなに高いのねと少し驚きはした。しかしもちろん、それを支払うことにやぶさかではない。陽子がバリバリ働くことで、陽介にはずいぶん寂しい思いもさせてきた。子供の希望通りの進学先へ、ぽんとお金を出してやれることこそが、共稼ぎ家庭のメリットでなくてなんだろう。

「――いいと思う」うきうきと、陽子は言った。陽介の熱意が伝染したように、陽子もまた、昂揚《こうよう》していた。「すごくいい学校だと思うよ、陽介。トランペット、素敵だと思う」

とたんに陽介の顔が、ぱーっと輝いた。それを見て、とてつもなく幸せになる陽子である。すでに頭の中には、N響でピカピカのトランペットを華麗に吹きこなす陽介の姿が、リアルに想像できていた。プロのトランペット奏者……あらあら、ものすごくカッコイイじゃない？　クラシックもいいけど、ジャズも悪くないわ。あらどうしましょう、陽介がトランペットの神様なんて言われる音楽家になったら。なんと私は神様のお母さんというわけね。

陽子の親馬鹿炸裂《さくれつ》妄想は、止《とど》まるところを知らない。

後で夫婦だけになったとき、夫から苦情めいたことを言われた。

「君はいつも、大切なことを一人でさっさと決めすぎる」

陽介の中学受験のことを言っているのだ。

「……反対だったの？」

心底驚いた。このことに関しては、陽介の望みを叶えてやる以外の選択肢など、はなからないと思い込んでいたからだ。

「お金のこと？　なら心配いらないわよ、うちは一人っ子だし……」

こういうときのための共稼ぎじゃないのと続けかけ、陽子は口をつぐんだ。夫が顔の前で人差し指を立てたのだ。それは弁が立ちすぎる陽子を止めたいときの、夫婦の合図だった。

「そういうことを言ってるんじゃない。おれだって、陽介があんなに言ってるんだ、あの学校に入れてやりたいよ。だけどわかってんのか？　私立中学には入学試験ってもんがあるんだぞ？」

「当たり前でしょ」

それが何か？　とばかりに胸を反らす妻に、信介は深くため息をついた。

「優秀な君には憶えのないことだろうけれど、入試ってやつは成績が悪いと落ちるんだよ」

当たり前でしょと繰り返しかけ、さすがに陽子は言葉を呑み込んだ。

「陽介は別に成績、悪くないわよ？」

「陽介が馬鹿だとは思ってないさ。だけど木原部長からちょっと聞いた話じゃ、今の中学受験ってとんでもないらしいぞ。学校の勉強ができたって、そのまんまじゃまず合格できないんだと。もうまるきり別次元なんだってさ。以前、算数の問題プリントを見せられて、『これ、解き方を聞かれたけどわからなかったんだよね……』って、苦笑いしてるからどれどれって見てみたけど、ほんとにわかんないんだよ。なんかもう、無茶苦茶難しいの」

「だって算数でしょ？　小学生の……」

夫の上司をはじめ、皆それなりの学歴の人間が勤めている会社のはずだ。

「あれが小学生の算数なもんか。何人も集まってきて、あーだこーだ言いながらやっと解いたんだぜ？　今は有名私立に人気が集中しているからね、学校側でも振り落とすために問題をどんどん難しくしているんだろう。そりゃ、君なら解けるかもしれないけど、まあまず、普通の親には教えられないね。君だって、自分が解けたとしても、子供にそれを解くテクニックを教えるなんてことは無理だろう？　だからちゃんとした塾に通わせる必要があるんだよ」

「塾……」

今初めて耳にした単語のように陽子はつぶやく。

「君は陽介のこととなると、猪突猛進《ちょとつもうしん》しちゃうからね、心配なんだよ……今回は珍しく、陽介も頭に血が上ってる感じだからさ、とにかく、二人とも一度冷静になって、情報を集めてみた方がいいと思うんだよ」

常々、暴走しがちな自分の手綱《たづな》を、夫がこうして引き締めてくれることを陽子はありがたいと思っている。あまりの暴走特急ぶりに、しばしば夫まで引きずられがちなことも、申し訳なく思っている。だから深くうなずいて、言った。

「わかったわ……ごめんなさい。色々、調べてみるわね」

素直に、心から。

「――突っ込みたいことは山ほどあるけど、それを旦那に言わせてるってのが一番の驚きよね」

クリームパスタをフォークに巻き付けながら、飯田《いいだ》さんは言った。同期入社の彼女は、長女を名門中学に通わせていた。生の体験談を聞かぬ手はないと、ランチに誘ったのである。

「えーっと……それって、なに？」

「六年生に進級する年の春休みになってから中学受験を決めるなんて無謀すぎるってこと」

「え？　そんなことは言ってないと思うけど？」

「要約すると、そういうことでしょ」

ぴしゃりと言われた。

「……無謀なの？」

「私立中学もピンキリだから、どこでもいいなら入れるところはあるでしょうね。だけど、陽子の愛息子《まなむすこ》クンが入りたがってるとこは、けっこうな人気校だと思うわよ。みんなが入りたがっているってことは、それだけ偏差値も高いってこと。学校の勉強だけじや、まず受からない。旦那さんの言い分は、百パー正しいわ」

「塾に入れなきゃってことよね、それはもうわかってるってば」

「たぶん、わかってない。ていうか、絶対わかってない。そもそも塾に入るのにも、入塾テストがあるって、知ってる？」

「何それ、落ちたら入れないの？」

「塾によっちゃ、そうよ。いい？　入塾テストの目的は、クラス編成にあるの。大手塾だと、上は開成《かいせい》目指すようなクラスから、下は学校の授業にもついて行けないようなレベルまで、そこらの公立よりもずっと多いクラスを抱えているの。で、ここで上位クラスに入れないと、有名私立なんて全然無理だから、入塾テストのための勉強が必要になってくる」

「何、それ……」

陽子は力なくつぶやく。入学試験のための入塾試験のための、勉強？　本当にわけがわからない。

「そもそもね、中学受験をさせようなんて家は、もっとずっと早くから対策を練るものよ。遅くとも五年生、できれば四年生から。それでも遅すぎる、三年生からって言ってた人もいるわ」

「何、それ……」

陽子にはもはや、他の言葉が出て来なかった。しばらく黙々とフォークを動かしてから、飯田さんは人の悪い笑みを浮かべた。

「私たち流にわかりやすく言えば、締め切り一週間前になって、作家に読み切り短編一本書いて下さいって頼むようなもんじゃない？」

編集者の陽子としては、目をむくような話である。

「あ、でも、人事の川崎《かわさき》さんだっけ？　お子さんが六年生の夏休みから受験勉強を始めて、見事どこだかに受かったって、すごいわねって誰かが噂《うわさ》してるのを聞いたことあるんだけども……」

飯田さんは水をひと口飲んでから、そっと肩をすくめた。

「そりゃ、まったく不可能じゃないでしょうよ。たまたまスケジュールに余裕があって、すごく筆の速い人なら、やってのける人もいるでしょう。たまたまストックがある方だっているかもしれない。でも普通は無理。そうよね。川島さんの件は、滅多にないようなことだから、噂になるのよ」

喩え話を続けられ、陽子は渋々うなずく。無理とか無謀とか、そういう問題じゃない。陽子にできるのは依頼まで、実際に書くのは、作家なのだから。

「しかも」容赦ない口調で、飯田さんは続けた。「あんたが依頼しようとしているのは新人作家じゃなくって、ベストセラー作家なのよ」

陽子は深いため息をついた。

「――言わんとすることは、まあわかるわ。私が頑張ればどうにかなるわけじゃなし、実際に受験するのは子供なのよね。でも、同じ次元で語るような問題なの、本当に？」

信じられないというよりも、信じたくない自分がいる。

「あら、とってもわかりやすく喩えたつもりだけど？」

「つまり、一年って期間は私立受験を成功させるには、あまりに短いってことよね」

力なく総括すると、相手は首を振った。

「ないわよ、一年も。もう三月も終わるじゃない。私立中学の試験日は、一月半ばから二月頭にかけてよ」

「てことは、あと十ヵ月を切ってるってこと？」

人生において、未《いま》だかつて出したことのないような絶望的な声がもれた。そこへ飯田さんは無情にも追い打ちをかけた。

「ああ、いけない。そもそもの大前提を言い忘れてたわ。塾の新学期ってのはね、二月なの。上の学年の子たちの入試が終わった直後に、次の学年のクラスがスタートするの。だから入塾テストがあるのは一月。もうとっくにラストスパートは始まってるのよ」

4

家に帰ると、顔を真っ赤にした陽介が、空のペットボトルにふうふうと息を吹き込んでいた。聞くと、トランペットを吹くために肺活量を鍛えているんだと言う。以前テレビでやっていた映画で観たんだとか。かなり苦しそうな特訓なのに楽しげで、ひたむきな我が子を見ていると、今、君に必要なのは肺活量を鍛えることじゃなくって勉強なんだよとは、なかなか言い出せなかった。

そこへ信介が帰ってきた。ただいまの声が、あからさまに暗い。それでぴんときた。夫もまた、上司から中学受験の現状を聞いてきたのだった。

陽介が寝た後で、話し合いになった。夫婦の間の空気は、初《しょ》っ端《ぱな》からそれはそれは重苦しかった。

「……ごめんなさい」陽子は潔く頭を下げた。「すごく軽率なことを言ってしまって、反省しています」

「いや……正直、おれもナメてたっていうか……木原部長にも、今から塾？　って驚かれてさ。あとから、いやいや陽介君なら頑張れば大丈夫かもって、気ぃ遣ってるのがミエミエのフォローされちゃってさ、なんか却《かえ》って……」

気落ちしたようにぼそぼそしゃべる夫の姿は、しょんぼりしたときの陽介とよく似ている。陽子は改めて申し訳なさでいっぱいになった。

「本当に、ごめんね」

重ねて謝ると、信介は慌てたように首を振った。

「いや、陽子を責めてるわけじゃないんだよ。いつも、陽介のことじゃ一生懸命やってくれて、ありがたいと思っている。今、おれたちが考えなきゃいけないのは、陽介のために何がベストかってことだよね。明日、陽介には覚悟が必要なことを話そう。そして今のうちに、通える範囲の塾を調べてみて、すぐにでも資料をもらってこよう。春休みのうちにスタートを切らせないと」

「そうね、とにかく動きださないとね」陽子は大きくうなずいた。「ネットで情報収集してみるわ。あなたは先にお風呂に入っちゃって」

〈情報収集〉は深夜まで及んだ。翌朝、眼を血走らせた陽子は、息子を義母宅に送り出し、夫と打ち合わせてから出勤した。少し早めに出社して、ひたすら雑務をこなす。途中、電話やメールによってもたらされるイレギュラーな仕事も、人と会う仕事も、さながらブルドーザーのようにぐいぐいと押し進め、合間合間にプライベートな電話もかけた。昼食は買っておいたおにぎりを、給茶機の薄いお茶で流し込み、その間も書類に目を通したり、ハンコを押したり、メールチェックをしたり、昼休みだろうとお構いなしにかかってくる電話に対応したり。すべてをなぎ倒す勢いで片付け、早々に社を後にした。自宅最寄りの駅に着くと、スマホの地図アプリを片手に数箇所を巡った。その後、疲れ果てて家に戻ると、夫が買ってきてくれた弁当を並べているところだった。彼に目配せをし、皆が食卓に着いたら家族会議の開始である。

「――陽介、お父さんの話をよく聞いて」

二人で信介に向き直ると、「まずはいただきます、だ」と手を合わせた。皆でいただきますと復唱する。この習慣は両親が仕事で不在がちだった陽子の実家にはなかったもので、結婚後、当たり前のように「いただきます」をする信介に、陽子は新鮮な驚きと感動を覚えたものだ。今では親子三人の習慣となり、そのことにこそばゆいような幸福を覚える陽子である。

ともあれ、今はそんな暢気《のんき》なことを考えている場合ではない。

「陽介」

と発した父の声がいつもと違うことに気づき、陽介は箸を使う手を止めた。

「陽介。木原部長から……秀一君のお父さんから聞いたんだけどね、あの中学に入るためには、すごく勉強を頑張らなきゃいけないみたいなんだよ」

「え？」陽介はぽかんと口を開けた。「ぼく、勉強がんばっているよ？」

それは確かに、その通りだった。宿題をきちんとやり、真面目に授業を受けていたら、テストでもそれなりの点がとれるし、通信簿にも「よい」がずらりと並ぶ。陽介は今の今まで、こと自分の学力について、何も不安に思ったことはないはずだ。それは母親である陽子にしても同じである。実のところ今、この瞬間にも、「そうは言っても、うちの子なら大丈夫なんじゃないかしら」という楽観が、頭の片隅でお気楽なダンスを踊っている。

だが、夫はしごく深刻な口調で言った。

「学校の勉強と、入学試験のための勉強は違うんだよ。いい学校には誰だって入りたい。でも入れる人数は決まっているから、学校は教科書を見てるだけじゃ絶対にわからないような意地悪な問題を作ってテストするんだよ。だからおまえは、その解き方を習うために、塾に入らなきゃいけないんだ。ほら、ゲームでもさ、今のゲームは複雑で、普通にプレイしただけじゃ大事なアイテムを取り逃したりするだろう？　普通にやってたら、絶対勝てない敵とか出て来たりさ。で、みんな攻略本のお世話になっている。塾に入るってのは、そういうことだよ」

この説明は非常にわかりやすかったみたいで、陽介はこくんとうなずいた。

「秀一君も、塾に通ってた？」

「四年生から行ってたそうだよ。陽介は出遅れているんだ。だから、できるだけ早く塾に入らなきゃならないんだ。で、今日、お母さんが色々調べてきてくれた」

バトンタッチである。

同僚からの話を参考に、陽子は入塾テストがあるような大手をあえて避け、中、小規模の受験対策塾を回ってみた。少人数クラスや個別指導を売りにしているところも多く、そういうところの方が出遅れ感のある陽介には向いていると判断したのだ。

陽子はスポンサーに対するプレゼンよろしく、テーブルの上に集めてきた資料を広げて見せた。

「心配しなくっても大丈夫よ、陽介。お母さんね、駅前の塾を回って色々聞いてきたわ。いくつか、良さそうなとこがあったの。でね、お試しみたいな感じで、春休みの講座を無料で受けられるんですって。早速明日から、通ってみない？　善は急げって言うでしょ」

「明日……」いきなりの話に、陽介はひどく不安げな表情を浮かべたが、すぐにこっくりとうなずいた。

「うん、わかったよ。ぼく、行くよ」

夫婦で顔を見合わせ、ほっと笑った。もうこれで万事解決、と思った。

甘かった。

翌日の土曜日、夕食前に塾から帰ってきた陽介は、それはもうわかりやすく絶望的な顔をしていた。黙りこくったまま、ただくちびるを震わせるばかりなので、恐る恐る

「どうだったの？」と尋ねると、陽介の両眼から大粒の涙がこぼれた。

陽介の重い口を少しずつほどきながら話を聞いた。なんでも男性講師が非常に恐ろしく、口調もキツくてびくびくしていたところ、当てられた算数の問題が解けず、「こんなの基礎中の基礎だろうが。今、この程度の問題が解けなくって、本番に受かると思ってるの？　そんなんじゃ、どこも受からないよ。ああ、ガブリエルなら行けるかもな」とネチネチ罵倒されたものらしい。

聖ガブリエル学園は近隣にあるミッションスクールで、失礼ながら程度はあまりよろしくないと聞いている。それより何より、女子校である。

陽介は常日頃、小柄で華奢《きゃしゃ》な自分の体軀《たいく》と、女の子っぽい可愛《かわい》らしい顔つきを、密《ひそ》かに気に病んでいた。そこへこの攻撃である。しかも同じクラスには、陽介が苦手にしている男子もいて、彼もその他大勢と一緒に遠慮なく嗤《わら》ってくれたのだそうだ。

つまりは、彼なりのプライドをズタズタにされた、ということであった。

怒髪天を衝《つ》くとはまさにこのことだろう。すぐさま塾に電話をし、問題の発言はセクハラそのものの侮辱であり、どれほど子供の心が傷つき、やる気が削《そ》がれたかについて理路整然と説明し、強く非難した。責任者からは平謝りされたが、最後にこうも言われた。

「いやしかし、あの先生は実際、優秀なんですよ……確かに言葉はキツいんですけれども、彼の授業を受けた生徒はちゃんと成績が伸びていくんです。それで最終的には親御さんからもお子さんからも感謝されているんですよ……それに受験には学力以上に精神力が必要ですからね。あまりメンタル面が弱いようではプレッシャーに押し潰されてしまいます。ですからそうならないように、あえて厳しい態度でですね」

相手の演説はまだまだ続きそうだったが、陽子は素っ気なく遮《さえぎ》った。

「お宅の方針はよくわかりました。私どもの考えとは相容《あいい》れないようですので、今回はご縁がなかったということで」

ガチャリと電話を切ってやった。そのままもう一つの候補先に電話をかけて、明日からの講座の予約を取る。正直、見学に行ったときにはこちらはぬるいと判断したわけだが、こうなったら陽介にはぴったりの塾だったわと思う。

陽介が寝た後で、実家の用事から戻って来た信介に事の次第を報告した。塾講師の暴言には彼も怒って、そこに陽介を通わせるのは酷だとも言った上で、

「だけどなあ、陽介も小六になるにしちゃ、ちょっと弱すぎるよなあ」

「あらでも、その分、優しくて思いやりがあって……」

「わかっている。おれだって、陽介のいいところはちゃんとわかっているよ。だけどね、あいつのああいう弱いとこってさ、君が助長しているように思えるんだけどね」

瞬時に憤然とした顔をしたのだろう、信介はやれやれと肩をすくめた。

「それそれ。君が核シェルターばりの防御力で陽介を完璧《かんぺき》に守りすぎるから、あの子はいつまでも傷つきやすい雛鳥《ひなどり》のままなんじゃないかって、しばらく前から思ってた」と言葉を切ってから、慌てたようにつけ加える。「ああ、もちろん、感謝はしているよ。そうやって、全力で我が子を守ってくれるところは、いつもありがたいと思っている。だけどあの子は、男の子で、いつまでも子供じゃないんだよ。そろそろ自分で闘ったり身を守ったりすることを覚える時期じゃないかな」

「……わかったわ」

素直にうなずいたのは、指摘されたのが陽子自身、うすうす感じていたことだったからだ。ほんの小さな頃から、陽介が危ない目にあわないように、辛《つら》い思いをしないように、先へ先へと回り込んではその心身を守ってしまう。時に、子を守る母性本能と呼ぶには、いささか猛々《たけだけ》しすぎる闘争心を持って。

我が身を顧みれば、そうした闘争心はごく幼い頃から持っていたように思う。もし、今日の陽介と同じ目にあおうものなら、相手の倍、言い返していただろう。そして解けなかった問題を、必死で解こうとしたことだろう……目の前の敵を見返してやるために。

確かに、陽介は自らが傷つかないために、もう少し強くなる必要があるのかもしれなかった。

ともあれ、二つ目の塾は陽介には合っていたらしく、春休みの残りの日々をせっせと家と塾との往復に費やすようになった。塾から出された課題にも、ごく真面目に取り組んでいる。ひとまず、陽子はほっと胸を撫《な》で下ろした。

六年生になり、放課後に塾に通うことが決まると、（陽子としては）非常に大きな問題に直面することに気づいた。塾での勉強は夕方から夜九時くらいまで続く。共働き家庭である山田家では、遅くとも八時までには親子で夕食を摂《と》ることを大切な決まり事としていた。三人そろえばベストだが、夫婦のどちらも、出張もあれば残業や夜の会食もある。だからせめて夫か妻のどちらかが、陽介と夕食を共にできるように頑張ってきた。本当にどうしようもなく、やむにやまれぬときだけ、夫の母親の協力を仰いできたつもりだ。料理をする暇もないときには、弁当を買ってきても、冷凍食品のお世話になってもいい。とにかく、親子で顔を合わせてその日の話を聞き、笑い合ったり真剣に話し合ったりする。学校の行事予定や提出物についても確認し合う。多忙を極める陽子にとって、それは貴重で大切な時間だった。

それが塾に行くとなれば、子供は夕方、母親の作った弁当を手に家を出て、休み時間にそれを夕食にするという。その弁当を〈塾弁《じゆくべん》〉と呼ぶのだそうだが、そんな言葉すら、陽子は初めて聞いた。そして今さらながら、子供の受験のために支払う代償は、ただ金銭のみに非《あら》ず、という現実を思い知ったのである。

塾に支払う金額だって、もちろん安くはない。マスコミが「子供の教育にはお金がかかる」と盛んに謳《うた》うことに、これまでは今一つぴんときていなかった陽子だった。が、ついに思い知った。

我が家は共稼ぎで、しかも一人っ子だから何とでもなる。お金で済むことなら、何とかしてやろうと思える。だけど……。もし子供が二人、三人、四人だったら？　そしてもし、陽子が専業主婦だったら？　厳しいどころの騒ぎではない。

ともあれ陽子にとっては金銭問題よりもよほど深刻な、〈塾弁〉問題である。日々、大切にしていた時間を奪われ、なおかつ、陽子の現状でも多くはない睡眠時間が削られることが確定となった。会社員の陽子には、専業主婦のように夕方、子供が塾に行く時間に合わせて弁当を作ることができない。だから当日朝、早起きして作った弁当を冷蔵庫に入れておき、陽介に持たせることにしたのだ。我が子に毎夜、作ってから時間が経《た》ち、しかも冷え切った夕食を摂らせることに不憫《ふびん》な思いはあった。だが、それでも添加物の多いコンビニ弁当よりはマシなはずと、自らを奮い立たせて毎朝頑張ることにした。しかしこれについては、塾のすぐ近くにコンビニがあり、他の子供が時にそこで食べ物を調達していることを陽介が羨ましがったので、陽子も考え方を柔軟にすることにした。忙しいときや体調の悪いときなどは、水筒と共に弁当代を陽介に握らせることを自分に許したのだ。母親の手作り弁当よりもそちらの方を喜ぶ節もあり、陽子としてはがっくりである。

けれど一番大変なのは、生活のペースを激変させて塾に通う陽介なので、陽子は夫と協力しつつ、全力で息子をサポートした。大変ではあったものの、かつてPTA役員や自治会会長になったときのことを思えば、すべて家庭内での問題である分、気持ち的には楽だった。

そして受験生を抱える日々にもようやく少し慣れかけた四月中旬の週末、陽介は初めての統一模試を受けることになった。今回の一番近い会場校は自宅から電車で四十分ほどの駅が最寄りである。駅からは徒歩二十分と、微妙な距離だ。駅のすぐ近くにある学校なんてあまりないからこれはやむをえないが、陽介が一人でたどり着くのはまだ無理だろう。実際、ごく近くに住む者を除き、大方は保護者が付き添うものらしい。

当初、送りを陽子がやり、お迎えを夫に頼もうと考えていた。が、直前になって接待ゴルフが入ったと信介が言い出した。近年、不景気からこの種の接待はめっきり減っていたというのに、なんでよりによってこの日なのよと陽子はむくれたが、仕事である以上は仕方がない。午前中いっぱいかけて四教科のテストが行われるのだが、問題はその間、親の方はどうするか、である。一度自宅に戻るほどの時間もない。だが、喫茶店などで潰すには半日は長すぎる。保護者待合場所として体育館が指定されていたのだが、行ってみると入り口で資料が配られ、その学校の入学希望者の説明会場となっている模様だった。なるほど、こういう学校アピールの場として有効だから、会場を提供しているのだろうか。

　悪いが長々と説明を聞くほど、会場校には興味がない。仕事で読まねばならない本や原稿を持参していたので、集中したいしテーブルも欲しい。喫茶店をハシゴするしかないわと覚悟を決めて駅前に戻った。喫茶店を一軒見つけたが、まだ開店していない。仕方なく、少し先に見えているハンバーガーショップを目指したが、途中の路地の看板がふと目に入った。〈漫画喫茶〉とある。入ったことはなかったけれども、これも喫茶店には違いないと、さっさと入店した。店内はガラガラである。眠そうな顔をしたお兄さんの説明を聞き、三時間コースを頼む。喫茶店をハシゴすることを思えば、さほど高くはない。ドリンクは飲み放題だし、仕事柄、本棚に囲まれているのは妙に落ち着いた。昔愛読していた長編漫画で、結末を知らないタイトルが並んでいるのを見つけ、思わず立ち止まっては抜き取りパラパラめくる。思いがけず、楽しい場所に来てしまった。

　出かけるときには子供にだけ朝食を摂らせ、自分は喫茶店でモーニングを食べようと考えていた。フードメニューを見たら、この時間、モーニングセットは無料サービスとある。驚いてさっそく注文したら、厚切りトーストにミニサラダ、ゆで卵という立派なものだった。美味《おい》しく食べ終えて大いに満足し、その後他の客がいないカウンター席でゆったりと仕事や読書に集中することができた。家に帰ってから夫に、上機嫌でこう伝えたほどだ。

「とっても満喫したわ……〈漫喫〉だけに、ね」

けれどそんな暢気なことを言っていられたのも、模試の結果が返ってくるまでだった。合格確率三十パーセント未満。偏差値を見て、陽子の喉《のど》からおかしな音が漏れた。陽子自身の成績表では、見たこともないような数字だった。志望校についてのアドバイスには、他の学校との併願も考えては、というような文章があった。明らかな〈再考圏〉というやつである。

ゴールデンウィーク直前の、爽《さわ》やかな風の吹く日。山田家は中学受験の厳しい現実に、初っ端から打ちのめされたのであった。

5

「——や、まあ、仕方ないと思うのよ」つとめて明るい口調で陽子は言った。息子と一緒にうなだれている場合ではない。すっかり落ち込んで、地面にまでめり込んでいる陽介の気持ちを、奮い立たせるのが親の役目だろう。

「ほら、まだ塾に通い始めて一ヵ月経っていないんだし？　最初の模試で合格圏内に入ってるようなら、そもそも塾の必要はないんだし？」

実際それは事実である。陽介はまだようやくスタートラインに立ったばかりなのだ。メソメソ泣いているヒマなんてない。

だが当の陽介は、長い間黙りこくった後で、嗚咽《おえつ》と共に恨み言めいたことをつぶやきだした。

「お母さんがぼくを……産んでくれなかったから……なんで……」

「え？」

「ぼくが馬鹿で、がっかりしてるんでしょ？　お母さんみたいに頭がいい人に、産んで欲しかった」

涙と共に言い放たれ、思わずカッとした。片手をあげると、ごく軽く、指先で陽介の頭をポンと叩《たた》く。ただし表情まではソフトにできたとは到底思えず、事実子供は一瞬眼をつぶってから、怯《おび》えたようにこちらを見上げた。

「がっかりしてるって？　ええ、がっかりしてますよ、今の、陽介の言葉にね。産んでくれた人にすごく失礼なこと言ったって、わかってる？　私は陽介が馬鹿だなんてまったく思わない。うちの子を馬鹿にする人間は、たとえ陽介本人だって許さない」

「おいおい、なーに、エキサイトしてんだよ」

場にそぐわない穏やかな口調で、夫が口を挟んできた。そして息子に向き直り、

「陽介。今のはおまえが悪いな。自分でもわかってるだろう？」

陽介がこくりとうなずく。そして蚊の鳴くような声で「ごめんなさい」とつぶやいた。

「いい？　陽介」夫に感謝しつつ、静かに陽子は言った。「受験するって決めたのは、陽介。頑張るのも、陽介。私たちはそれを、応援するしかできないの。ああ、違うわね、もう一つ、できることがある。それはね、陽介に選ばせてあげること。受験を続けるのか、それとももうやめてしまうのか……」

「やめないよ」素早く、陽介は遮った。「ごめんなさい。ぼく、がんばるよ。トランペット吹くために」

「オッケー」陽子はにっと笑った。「陽介がやりたいこと、自分でちゃんとわかってるんなら、私たちはそれを全力で応援する」

隣で夫が「うちはお母さんが男らしすぎて、おれの出番がないんだよなあ……」とぼやくように言っていた。

次の模試は七月だった。このときはあらかじめ、一番近い漫画喫茶を調べておいた。会場校ではいくつかの空き教室が付き添いの保護者用に開放されていたが、明らかに席数が足らずにごった返していた。その上、クーラーがないので蒸し暑い。早々に駅前に引き返そうとしたら、傍らの女性が「出遅れちゃったわ……もう座れそうにないですね」と誰にともなくつぶやくので、親切のつもりで「私はこれから駅前の漫画喫茶に行くつもりです。ご一緒しますか？」と言ったら、あからさまに眉をひそめられた。

「漫画喫茶？　我が子が頑張っているときに、それは、あまりにも不謹慎じゃありません？」

陽子は特にそうは思わなかったので、さっさと移動した。前回、漫画喫茶でくつろいでいるときに、他の保護者らしい姿をまったく見なかったので、こんなに快適なのにみんななんで利用しないんだろうと思っていた。まさか不謹慎だと言われてしまうような行動だったとは。

合理的、かつ効率的であることを良しとする陽子と、他の母親たちとの間には、主に〈情〉という一点においてしばしば考え方に大きな差異があることを陽子は痛感していた。我が子に対する愛情なら、決して負けていないと自負している。だがその表し方には、マリアナ海溝並みの深い溝がある、ように思う。

だが、二度と会わないであろう人との意見の違いなど、いつまでも気にする陽子ではない。その日も快適な環境で、仕事を片付けることができて満足だった。しかも、その後返ってきた成績表は、合格確率五十パーセントになっていた。まだ安全圏には遠いものの、前回からは大幅な成績アップである。家族で大いに喜び、その夜は暑気払いを兼ねた鰻《うなぎ》を食べた。

陽介は夏休み中夏期講習に通い、九月にまた模試があった。陽介なりに手応《てごた》えを感じている風だったのだが、蓋《ふた》を開けてみると偏差値はむしろがくんと下がっていた。塾の先生によると、夏休みは他の受験生も必死で努力しているし、この頃から模試の受験者数も急激に増加するため、偏差値を上げるのは難しくなってくる、とのことだった。同時に、単願ではなく、併願を勧められる。当然、第二志望、第三志望と学校のレベルも下げるべし、とのことだった。

息子は志望校以外には行く気がないのだと、これまで何度も告げたことを伝えたが、「しかし……」と相手は顔を曇らせる。「これだけ頑張って、万一ですよ、何の成果も得られなかったということになると、お子さんの挫折感が大きいんですよ。どこでもいいから、合格を取っておくことが、後々のために必要なんです」

それは塾側の都合もあるんじゃないかと思ったものの、〈陽介のため〉と言われると弱い陽子であった。

時を同じくして、学校のクラス内はくっきりと受験組とそうでない組に色分けされてきたらしかった。男子には珍しくないらしいが、陽介も学校でのことを多くは語らない。が、ときおり漏らす言葉から、塾に通い出してから遊べなくなった友人たちと、なんとなく気まずくなってしまったことが窺《うかが》えた。

担任の女性教師は、中学受験にはっきりと否定的だった。二学期最初の保護者会では、「お子さんが中学受験をされる方に特に申し上げたいのですが、受験勉強の邪魔だから宿題をなくせだの、余計な行事をするなだのと言ってこられる親御さんが毎年出て来ます。学校側としては、当然ですがそうした要求には一切応じません。また、受験日が近づくと児童をお休みさせてしまう親御さんもよくおられます。お子さんにより良い教育環境を与えたいと思うあまり、肝心の義務教育をおろそかにするようでは、本末転倒というものでしょう。皆さんは、どうかそのようなことのないよう、重々お願いします」と熱弁を振るっていた。その際、保護者を見渡しながら幾度か陽子のところで先生の視線が止まった。ああ、釘《くぎ》を刺されているのだなと思う。先生の言葉は正論そのものだったが、どうにも口調や態度が嫌みたらしかった。

保護者会を終えて帰ろうとしたら、一人の母親から声をかけられた。女の子の保護者で、やはり受験組だという。彼女は夏休みにも大量の宿題を出されたことに憤慨していて、「あの先生、去年も六年生の担任してて、冬休みの宿題に百人一首の全暗記なんて無茶をやったんですよ。しかも三学期早々、一人一人テストをして、憶えてない子を放課後残したり、しつこくテストを繰り返したりして、ほんと、受験妨害としか思えませんよね」

「それは……今年もやられたら最悪ね」

「でしょう？　山田さん、校長先生に直訴なんて、できません？」

上目遣いに見上げてくる。前年度、ＰＴＡがらみで少々目立ってしまったため、妙な期待をされてしまったものらしい。武闘派は卒業したつもりでいる陽子は、しおらしげにうつむいて言った。

「そんな……私には無理ですぅ」

過去のあれやらこれやらで、学校で事を荒立てると結局気まずい思いをするのは陽介であると、気づいてしまった陽子であった。

相手は非常に不満そうな顔をしていたものの、陽子を動かせないと悟ると、「それじゃあ」と作り笑いを浮かべて去って行った。

事を荒立てないって、なんて楽。これからは動かざること山田のごとしで行きましょう、としみじみ思う陽子であった……。

そしていよいよ冬休み、ボリュームのある宿題はあったものの、恐れていた百人一首の全暗記は出なかった。が、地域研究の名の下《もと》に、やたらと手間暇のかかるレポート提出が命じられていた。地域に関する十項目にわたる設問があり、それに資料のコピーを添付して答えていく。インターネットの使用不可、かならず書籍から調べること、との但し書きつき。複数の資料を探すところから始め、それを読み込んで設問の答えを探さなければならないのだ。参考にすべきとされた書籍はごくローカルな物で、ネット書店では見つからなかった。おそらく市内の図書館にならあるだろうが、部数はごく限られるだろう。一クラス分の児童による奪い合いになるのは目に見えていた。一つの図書館に一冊しかない資料を誰かが貸出期間フルで借りれば、もうそれだけで冬休みは終わってしまう。学習発表会を秋に控えた夏休みならまだしも、なぜ今この時期に出すのか、意味も意図も不明の宿題であった。しかも陽介によると、休み明けにこの課題を提出しなかった者は、提出するまで毎日居残りで作成させられるとのことである。

悪意があるとしか思えない。

腹が立った陽子は、猛然と行動に移った。保護者会で話しかけてきた母親と結託して市内図書館を回り、問題の資料をすべて揃えた。それぞれの夫も巻き込んで猛スピードで目を通し、必要なページのコピーを取った。口コミでコピーを頼んできた人には、快く取らせてあげた。そしてここからは人に言えないことだが、正月休みを利用してレポートを完璧に仕上げてしまった。もちろん下書きまでで、清書は陽介にやらせたものの、不正には違いない。常日頃、ズルや反則行為を行う人間を見下《みくだ》してきた陽子だったが、追い詰められて余裕を失う我が子を見ていて、何もせずにはいられなかったのだ。

つくづく、子供とは親を変えてしまう恐ろしい存在だと思う……良い方にも、悪い方にも。今後もし、誰かを殺さないと陽介の命が助からないという状況に出くわしたなら、ためらわずやってしまいそうな自分が、自分で怖くなる陽子である。

休み明け、陽介の受験生活もいよいよラストスパートである。陽子は夫と共に、出来る限りのサポートをし続けた。受験日まであとわずか、というときに、公立中学の入学説明会があった。中学受験生の親としては、なかなか複雑な気持ちである。もちろん平日のまっ昼間だったので、何とか仕事をやり繰りして参加した。配付された大量の資料の中に、ＰＴＡ関係のものを見つけたときには、ああここでもかとうんざりした。私立校にもやはりＰＴＡはあるというし、子育てにはどこまでも付きまとって来るものらしい。

そして迎えた受験当日。折悪《おりあ》しく冷たいみぞれの降る日で、陽子は息子に付き添い、受験校に向かった。校門前には傘をさし、スーツに身を固めた塾講師たちがずらりと並び、自校の生徒を見つけては激励の言葉を飛ばしていた。ちょっと異様な光景である。陽介にも「山田君」という声がかかり、陽介は硬い表情のまま、先生の言葉にうんうんとうなずいていた。

保護者控え室として開放された食堂で、陽子は目の前に仕事の書類を広げはしたが、さすがに手につかない状態だった。親たちの何とも言えない緊張感が、その場に重苦しくうねるようだ。

一教科終わる毎《ごと》に、掲示板に問題用紙が貼り出される。わっと群がる保護者たちの肩越しに覗《のぞ》いてみたが、やはり難度はかなり高そうだった。

やがてすべての試験が終了し、陽子は白い顔をした陽介と合流した。「どうだった？」と尋ねても、言葉少なに「難しかった」と答えるばかりである。

合格発表は翌日、学校のホームページでも閲覧できる。が、最速は当日の夕刻、学校掲示板に貼り出される。もちろん翌日まで待てるわけもなく、早めに帰ってきた夫の車で再び学校を訪れた。玄関ホールの一部だけが開放され、掲示板の前には何組かの親子が立っていた。

「あった！　あったよ！」

女の子の甲高い声が響く。大喜びで抱き合う母子を尻目に、陽子はそこに並んだ数字を追ってじりじりと動いた。

陽子と陽介は、ほぼ同時にそのことに気づく。

陽介の番号があるべき場所には、ただ、白々とした狭い空間があるばかりだった。

6

幼い頃からスポーツ万能、学業優秀の優等生で通してきた陽子だったが、苦手なことくらいいくらもあった。それでもなんとか努力でカバーし、結果、仕事でも成果を上げて現在に至っている。人間関係ではうんざりすることもままあれど、仕事と割り切ればどうにでもなった。そんな陽子にも不可能な対応というものがあって、それは〈腫《は》れ物に触るように〉接することだった。

だから合格発表から一週間が過ぎた頃、陽子は未だ落ち込み続けている陽介に、ごくストレートに言った。

「そろそろ浮上しようよ、陽介。陽介が元気ないと、お母さんも哀《かな》しい」

つとめて朗らかに言ってみたが、陽介の両眼にはみるみる涙の粒が盛り上がってきた。

「……やっぱり他の学校も受ければ良かったんだ。みんなみたいに、たくさん受ければ良かったんだ。ぼくだけ、一つも合格が取れてない。ぼくだけが、どこにも受かってない……」

泣きながらそう言われ、陽子の胸はずきりと痛んだ。

結局陽介が受けたのは、志望校一校のみだった。行く気もない学校を受験するのは、真剣にその学校に行きたがっている人に失礼だと、家族三人で話し合って決めたことだった。だが厳しい結果を前に、いつぞや塾の先生が危惧していた通りのことになっている。陽子にとってはたかだか中学受験の失敗だ。高校受験と違って行くところがないわけでもない。しかし結果として、陽介には無用な劣等感と挫折感を深々と植えつけてしまった。

これまでの人生で、陽子はどんなに困難と思われることでも、たゆまぬ努力と強い意志とで成し遂げてきた。なのにどうして、こと我が子のこととなると、こんなにもままならないのだろう？　一緒に悔し涙を流すことしか、できないのだろう？

「陽介」陽子はゆっくりと、力を込めて我が子の名を呼んだ。「陽介。初めの目的を思い出して。私立中学に行くことが目標じゃないでしょう？　トランペットを吹きたかったんでしょう？　公立中学にだって、吹奏楽部はあるよ、陽介。トランペット、吹けるんだよ」

陽介は頑《かたく》なに首を振った。

「公立でいいんだったら、受験なんてしなきゃ良かった。塾が忙しくて友達とも遊べなくて、なんかだんだん話もできなくなっちゃって……そんなんだったら、最初から受験なんてしなきゃ良かったんだ」

「陽介」鞭打《むちう》つようにぴしりと、陽子は言った。「さぼったんなら、悔やむのもわかる。でも、頑張ったことを悔やんじゃ駄目。精一杯頑張ったことは、絶対に無駄にはならないんだから」

そう言葉を尽くしてみたが、陽介はどうにも納得いかない風だった。

夫の信介は、上司の木原に結果を報告した際、こう慰められたそうだ。

『トランペットは人気があるから、希望してもなかなか持たせてもらえないんだよ。あの学校には小学生の部で県大会金賞レベルの子が集まってくるからね。むしろ公立の方が、希望のパートにしてもらいやすいかもしれないよ』

陽子としては、イソップ童話の〈酸っぱいぶどう〉みたいな考え方は嫌いだったが、どうもこちらの方が陽介の心には響いたらしい。少しずつ、陽介は元気を取り戻していった。

そして四月になり、地元公立中学の入学式が執り行われた。その日、陽子は誰も望んでいなかったPTA役員の座を見事クジびきで射止めてしまい、地に両手をつきたい思いだった。

が、山田家にとってよりショッキングなことは、その後しばらくして訪れた。勇んで吹奏楽部に入部届けを提出した陽介だったが、いよいよパート決めという五月のとある日の夜、陽子は絶望に打ちのめされた我が子と対面することになる。

合格発表の際に見た、忘れようにも忘れられない陽介の強張《こわば》った顔。あのときと同じく、石の仮面のようになっていた陽介の顔が、母親を見るなりくしゃくしゃに崩れた。その頰《ほお》にはまた、大粒の涙が伝い落ちている。

「お母さん」と涙声で言われ、「どう、したの?」と恐る恐る聞く。

「――ダメだった。ぼくまた、ダメだった。トランペットはダメだって言われた。ファゴットっていうのやれって」

陽子の内にある、闘争心という名のダイナマイト。その導火線に、火が点《つ》いた瞬間であった。

二重奏《デュオ》

1

職員室に向かう廊下の途中で、東京子《あずまきようこ》はスリッパの足音も高らかに接近してきた人物に追い抜かれた。普通、スリッパなんてパタパタと軽い音しか立てないものだが、一歩一歩がやたらと重量を持つような歩きぶりに、「この人なんだかものすごく怒っているみたい」と京子は思った。

そんな足音とは逆に、件《くだん》の人物はすらりと背が高く、後ろ姿からもなかなかスタイルが良いことが見て取れた。ぱっと見、京子より十センチ以上は高い。なのに体重はおそらく同程度……下手《へた》をすると京子の方が重そうだ。

公立中学では、仕立ての良いスーツを着こなし、ブランド物の大きなバッグを抱えた女の先生なんてまず見かけないから、保護者なのだろう。

子供の頃の刷り込み故か、職員室に入るのは未だに少々気後れがする京子である。が、前の女性はまったく迷うことなくいきなりがらっとドアを開けた。

「失礼いたします。大塚《おおつか》先生はいらっしゃいますでしょうか」よく通る声で彼女は言った。「吹奏楽部顧問の大塚先生は……」

終《しま》いまで言わせずに、当の大塚先生が早足で飛びだしてきた。二十代後半の、女性教師である。ややふっくらとした顔には、丸い眼鏡とあからさまに嫌そうな表情とが載っていた。

「あー、お電話いただいた……」

「山田です。山田陽介の母です。初めまして」山田と名乗った女性は、すっと一礼して続けた。「単刀直入に申し上げます。陽介にトランペットをさせてやって下さい。あの子はトランペットが吹きたくて、吹奏楽部に入部したんです」

出たー。毎年恒例のモンスターが、出たー。初めましてって、吹奏楽部の保護者会には来なかったってこと？　そこをパスしといて、決定済みのパートには文句を言ってくるの？

京子は思わず大きなため息をついた。

「……毎年必ず、そういうことを言ってこられる親御さんがいるんですが……」

京子とまったく同じタイミングでため息をつきつつ、大塚先生は言った。「保護者会でお渡しした資料にも書いてありましたよね？　どのパートに所属するかについては、各自の希望よりも、全体のバランスや本人の適性を優先しますと」

「生憎《あいにく》仕事がありまして欠席させていただいています」

しれっと山田さんは言うが、生徒を通じて資料は渡されているはずだった。

「……パート分けのときに、山田君はファゴットに決定ということでご本人には納得してもらっているはずなんですが」

「納得していたら、こちらには参りません」

山田さんはぴしゃりと言った。

「そう言われましてもねえ……」大塚先生はことさら大きなため息をついた。「そもそもトランペットはとても人気のある楽器です。トランペットに限らず、希望が通らなかった子は大勢います。楽器の数だって限られますし」

「数が足りないということでしたら、私どもの方で陽介に買い与えてもいいと思っています」

「……お母さんは楽器の値段をご存じで、そうおっしゃっているんですか？」

「お金は問題じゃありません」

「そうですね、お金の問題じゃありませんよ。はっきり言って、希望者にみんなトランペットを持たせていたら、吹奏楽は成り立たないんですよ。必要な人数より希望者が多ければ、上級生や経験者を優先するのは当たり前のことでしょう？」

大塚先生の厳しい言葉に、山田さんは押し黙った。先生が重ねて何か言いかけたとき、かぶせるように山田さんは口を開いた。

「無理を言っているのはわかっています。でも、なんとかお願いできないでしょうか。陽介には熱意もやる気もあるんです」

「他の生徒にはそれがないと思われますか？」

冷ややかにやり込められ、山田さんはさすがに口をつぐんだ……と思いきや、「ですけど」といきなり声を張り上げた。「あの子は今、ひどい挫折感を味わってて、吹奏楽部でトランペットを吹くことだけを楽しみにやっと気を取り直したところなんです」

「そうおっしゃいましても……」

「たった一人くらい、増えたからどうだと言うんです？　たかだか中学の部活じゃないですか」ヒートアップした山田さんがさらに声高にそう言い放ち、それまで苛々《いらいら》と見守っていた京子の中で何かが切れた。

「たかだかって……子供たちも先生も、毎日すごく頑張っているんですよ？　もちろん、私たち保護者だって」

懸命に言ううちに、みるみる頬が熱くなるのがわかる。相手はくるりと振り返り、「誰？」という視線を向けた。

山田さんの顔を見た瞬間、あ、苦手なタイプだと思う。背が高くて年齢のわりにはまあきれいだけど、見るからに気が強そうだ。あらゆるシーンで、優先されたり優遇されたりすることを当然と考えているような感じ。

「親の会でよくお手伝いをして下さっている東さんですよ」

大塚先生が補足してくれたが、まったく興味がなさそうだ。山田さんは苛立ちを隠さず、京子へは辛うじて会釈のみで、先生への直談判《じかだんぱん》を続けた。

「……そもそもどうしてファゴットなんですか？　そんな楽器、私、知りませんでしたよ。調べてみたら、大きめの木管楽器ってことですよね？　どうして木管なんですか？　トランペットは金管楽器でしょう？　金管楽器なら、他にいくらでもあるじゃないですか。トロンボーンとか、サックスとか。そういうのでしたらまだ、陽介だって納得できたかもしれません」

「確かにいっぱいありますね、ユーフォとか、チューバとか」

先生の言葉に山田さんが無言だったのは、その二つの楽器を知らなかったからなのだろう。ファゴットも知らなかったそうだから。

けれどそれは無理もないことだ。世間一般の人にとって金管楽器とはだいたい山田さんが言った三つくらいで、しかもそれぞれの区別はあまりついていない。そして実際にはサックス＝サクソフォンは木管楽器に分類される。金管楽器と思われがちなフルートやピッコロも同じく木管楽器だ。このあたりは楽器の成り立ちや構造を知ればよくわかるのだが、興味のない人には混同されることが多い。

一般の人にとっての木管楽器代表は、クラリネットだろう。例の童謡の刷り込み効果は抜群だ。しかしオーボエと並べてみて、「どちらがクラリネット？」と質問してみても、正答率は半分くらいかもしれない。ましてファゴットとなると、正直「見たことも聞いたこともない」という人が大半だろう。

京子自身、上の子が吹奏楽部に入るまでは楽器に対する知識なんて全然なかった。けれど親の会の活動やら役員やらの経験を経て、今ではそこそこ詳しくなっている。だから、山田さんの息子がなぜ希望を大幅に外される結果になったかはうすうす見当がついた。

「山田さん」京子は思い切って再度声をかけてみた。「もしかしてですけど、お子さん、歯列矯正してませんか」

相手のはっとした顔は、想像が当たっていることを物語っているようだった。

「もしそうでしたら、金管楽器は全部ダメなんですよ……マウスピースに当たってしまいますから。かと言って、コントラバスやパーカッションだとお子さんの希望からは外れすぎでしょう？　木管楽器になったのは、先生のご配慮の結果だと思いますが」

「……木管だと大丈夫なんですか？」

かなりトーンダウンした様子で、山田さんはあくまで先生に質問する。大塚先生はせかせかとうなずいた。

「そうですねえ、金管がダメというより、口にくわえたときに矯正器具に当たる楽器は全部ダメなんです。だからサックスなんかも、リードを使うんですがやっぱり難しいと思うんですよね。大丈夫なのはダブルリードを使うオーボエとファゴットくらいで……山田君、ファゴットのリードを吹かせてみたらちゃんと鳴らせたんですよ！　これは向いているってことですよ」

懸命に持ち上げる様子に、先生のパート分けに関する苦労が偲《しの》ばれる。先生は挙げなかったがおそらくフルート・ピッコロも大丈夫なはずで、しかしこちらは小さい頃から習っている子が優先だ。希望者も多く、特に女子人気が高い。ファゴットは木管の中では比較的大型で重量もあり、かつキイの操作のためにはあまりに小さな手では難しい。オーボエかファゴットか、という選択で、吹奏楽部では少数派となる男子の方にファゴットを割りふったのは、まあ妥当と言える。

当の山田さんは未だに腑《ふ》に落ちないといった表情を浮かべている。しかし過去に数多《あまた》現れたというモンスター級の保護者に比べれば、まだだいぶマシだった。少なくとも、会話が成立しているのだから。

「そうですよ、山田さん」京子はあくまでやんわりと、相手をなだめにかかった。「ダブルリードって、向いていない子には全然鳴らせないそうですよ。すごいじゃないですか。楽器にもやっぱり相性ってあるんですよ。これも一つの出会いなんじゃないかしら。ですから、ね、山田さん。この話はもう……」

ささっとまとめに入ったつもりだったが、どうも聞き流されているらしい。相手は先生の眼だけをひたと見据えて言った。

「お話はよくわかりました。そういうことでしたら、息子の歯列矯正が完了したら、すぐに、トランペットパートに移らせていただけるんですね？」

「それは……」

「どうなんですか？　帰って息子にそう伝えていいんですよね？　今ここで、確約していただけるんですよね？」

諦めるどころか、肉食獣のごとく食いついて離れない山田さんである。

ああ、これはまだまだ長くなりそうだわ……。

京子は先生と顔を見合わせて、深く長いため息をついたのだった。

2

ファゴットはとても美しい楽器だ。

目の前で組み立てられていく楽器を見て、それだけは認めざるを得ない陽子だった。長さは百四十センチほどもあり、ずっしりと重い。光沢のある塗料でコーティングされた円筒は、まるで高級なマホガニーの家具のようだ。

「これはね、もっとずっと長い管を折りたたんであるんだよ」

手順を確認しながら組み立てつつ、陽介は習ってきたばかりであろう知識を披露する。

陽介が学校から大きな黒いケースを持ち帰ったときには、何事かと思った。開いたケースの両側に、何本もの筒が整然と並んでいる様は、楽器というよりはむしろ銃器の類《たぐい》に見えた。これを持って、楽器店にリードを買いに行くのだと言う。その前に一度組み立てて、練習してみたいのだとか。

「ほとんどの楽器は音が大きすぎて近所迷惑になるけど、ファゴットなら窓を閉め切れば大丈夫なんだって」

そう言われて、陽子は複雑だった。音量が小さいということは、合奏の際にも他の楽器に埋もれてしまうということではないのか？　トランペットみたいな花形とは対極にある、言っては何だが地味で目立たない楽器ではないのか？

慎重な手つきで組み上げられた楽器は、やはり肩に担いで敵を狙う類の武器のようにも見えた。少なくとも、戦地でこれを持ち歩いていたら、真っ先に狙撃されてしまいそうだ。

ろくでもないことを考えている母親をよそに、陽介はいそいそと窓を閉めてまわった。それからおもむろに先輩が貸してくれたというリードをくわえ、思い切り息を吹き込んだ。

途端に耳障りな騒音が鳴り響き、陽子はびくりと跳び上がる。陽介は顔を真っ赤にしながら、吹き込む息の量を調節している。やたらとたくさんあるキイを全部の指を駆使して押さえ、音階を作るものらしい。超初心者の陽介にはまだ、ドレミとはほど遠い異音が奏でられるのみだが。そもそも大きいだけあって重さも相当で、五キロほどもある。その重量を首にかけたストラップで支えているわけだが、見ているだけで肩が凝りそうだ。それに音量もあまり大きくないとのことだったが、戸建てで夜遅くない時間がギリギリで、これが壁の薄い集合住宅なら苦情の一つや二つは来るだろう。

陽介はあくまで生真面目に、懸命に練習に励んでいる。もうトランペットのことからは気持ちを切り替えたのだろうか。パートの途中コンバートについては、散々粘ってみたものの、先生の確約は得られなかったので陽介には伝えていない。今の時点で陽介がどうしたいのか確認するのも詮《せん》ないことだ。

ひとしきり不協和音を奏でた陽介は、また楽器を分解し始めた。なかなかうまく外れず悪戦苦闘しているが、下手に陽子が手を出したら、どこかボキッとやってしまいそうで恐ろしい。はらはらと見守る中、ようやく五つのパーツに外し終えると、今度は使用後の手入れが始まった。ファゴットは木でできているため、湿気に非常に弱いのだそうだ。スワブというボールチェーンのついた柔らかな布を管の内側に通していく。何ともデリケートで根気のいる作業だ。組み立ての際にも接合部分に何かグリースのような物を塗りながら、それはそれは丁寧に組み立てていた。雨などの水気は厳禁、直射日光にも弱いから、練習はカーテンを閉め切った部屋で行い、教室間の移動の際は毛布をかぶせたりするという。本当に手のかかる楽器である。どちらかと言えば大雑把《おおざっぱ》で細かい手仕事が苦手で、その上短気な自分には、向いていない楽器だと思う陽子であった。

ふと気づくと、陽介は何やら焦った様子でバラした筒を縦にしたり横にしたりしている。

「どうしたの?」と尋ねたら、困ったように「スワブが出て来ない……」とオロオロ。楽器の構造上、U字になった部分に錘《おもり》のチェーンがたまってしまったらしい。

「……針金とかでつついてみたら?」

軽く言ったら、陽介は濡れた犬みたいに首を振った。

「それ、絶対やるなって先輩が言ってた。筒の内部を傷つけたら、そこから腐っちゃうからって」

ほとんど泣きそうになっている。

「まあ、落ち着きなさい。それ、引っ張ったら出せるんでしょ?」

こうした場合にそなえてだろう、反対側にはテグスのような紐《ひも》がついている。それをそうっと引くと、何とかスワブは取り出せた。再度やり直しである。どうにか手入れが終わったときには、陽介と共に大きなため息が出た。これで後は楽器をケースに片付けるだけ……なのだが、これまた一苦労だった。こっちのパーツはここ、いや、向きが反対だわと、さながらパズルのようで、二人がかりで収納し終えるまでが、また一騒ぎである。

なんて手間暇のかかる！　まるで赤ん坊みたいな楽器だわ。

早くもうんざりしてきた陽子であった。

吹奏楽部の活動には様々な品が必要となる。譜面台や教本、デジタルメトロノームなどは学校御用達《ごようたし》の地元の楽器店に一括で注文し、支払いも済ませてある。スワブは楽器と一緒にケースに入っていた物だが、いつからそこに入っているかも不明の恐ろしく不潔な感じの代物《しろもの》だった。これも個人用の物を買わねばならない。パーツによって複数のスワブを使い分けることになる。

ファゴット専用の品については、近場の店では手に入らない。都心部にある専門店を訪ねなければならなかった。陽介がもらってきたパート別のプリントに、必要な品々が書き連ねてあった。

チューナー、チューナーマイク、スワブの大と小、水入れ、リードケース、クリーニングペーパー、グリス、小羽根、クロス。何に使うのか、どう使用するのかも謎な物ばかりだが、参考価格を足し合わせると、トータル一万五千円ほどか。その他に、ストラップが四千円〜二万円。スタンドが三千円〜二万円。最低グレードの品ですら、けっこうなお値段である。そしてファゴットの命とも言えるリードは一本二千五百円〜四千円程度……しかもこれは消耗品で、月に一本から二本消費するとのこと。デリケートな物ゆえ買いだめもできず、必ず毎月専門店に足を運ぶ必要があるらしい。さらに部活の活動費が月々千五百円、それとは別に親の会の会費もあるらしい。

音楽ってお金がかかるのねというのが、率直な感想だった。楽器自体も超高額で、それは学校の物を使うにしても、プラスαで必要な品が多すぎる。山田家に関しては、共稼ぎでもあるし、そもそも私立中学に通わせようと決意していたくらいだから、払えない金額ではない。けれどこれって、家庭事情によってはかなり厳しいのじゃないかしら……などとヨソの家の懐事情が案じられてしまう。そんなにしょっちゅう都心部の専門店に行くのなら、交通費だって馬鹿にならないし。何よりそこで購入するリードだ。実物を見たけれども、長さ五センチほどの小さいヘラみたいな形状をしている。二枚の葦《あし》でできていて、息を吹き込むことでその葦が震えて音を出すそうだ。材質上、破損しやすく、うっかり落としたりぶつけたりして割れてしまうともう使い物にならなくなるという。

こんなちゃっちい物が、最低二千五百円！　最初に聞いたときには、陽介には悪いが目をむいた。

もしかして、ダブルリードのファゴットとオーボエって、一番お金のかかるパートなのかしら……。

そしてもしかして、途中で楽器をコンバートした場合、また別の専門店に行って、細々《こまごま》とした買い物を一からしなきゃならないのかしら……。

陽介に関する支出を惜しむつもりは毛頭ないが、そうは言っても一、二年で無駄になるかもしれないとなればやはり「高すぎるしモッタイナイ」と思う。

翌日は休日で、陽介は楽器のケースをかかえ、渡してやった軍資金を懐に、リードを買いに出かけた。オーボエ担当になった新入生と一緒に先輩たちに連れられ、電車に乗って行くのだ。つい先日まで小学生だった陽介には、ちょっとした冒険だろう。どこかうきうきとした様子で出かけて行く我が子を送り出し、陽子は大丈夫かしらと案じると同時に、少々センチメンタルな気分になった。

今まで電車に乗って行くようなお出かけはすべて親がかりだったけれど、ついに子供たちだけで色んなところに出かけてしまうようになったのね……。

そんなことを考えながら掃除をしていると、陽介の机の上に一枚の紙切れがあるのが目に留まった。ダブルリードの専門店に行くに当たって、必要な費用が書かれた明細だった。忘れて行ったようだが、先輩が一緒なら大丈夫だろう。ふと取り上げて、まじまじと見る。先輩が書いてくれたとのことだったが、指示や補足が簡潔でわかりやすく、交通費までちゃんと記載されている。同じ中学生がこれを書いたのかと感心した。こんなしっかりした先輩がついているのならと、少し安心する。

メモの最後にはとてもきれいな文字でこう書き添えられていた。

いいリードに出会えますように!

3

陽子は今年度、PTA役員を引き受けていた。もちろん立候補したわけではなく、クジで大当たりしてしまったのだ。かねがね引きが強い方だと自負していたが、こうなってくるとそれも考え物だ。

一応、少しばかりの抵抗は試みたものの、やはり結果は変わらなかった。小学校のPTA役員に比べればまだマシだったが、多忙を極める編集者の陽子には、かなり重い負担だった。

小学校のPTA絡みでは本当に苦労させられた。なんとか業務の負担を減らせないかと、実はあれこれ画策していたのだが、そちらも日々の忙しさから、不本意ながら後回しになっている。

PTA総会だの何だの、役員が引っ張り出される行事が集中する五月、吹奏楽部の保護者会が開催されるという。とてもじゃないが、そんなものまで出ている余裕はなかった。

　お知らせのプリントにキーキーしている陽子を見て、夫の信介が極めて義務的に言った。

「あー、無理そうだったらおれが行こうか？」

　一瞬、そうねお願いと答えかけた陽子だったが、いや待てよと思い返す。その昔、自治会の会合に行ってもらったら、まんまと会長だの山盛りの余計な仕事だの、押しつけられて帰ってこなかったっけ、この人。しかもその仕事を私に丸投げしてこなかったっけ？

　にわかに当時の怒りが再燃する。

　入部最初の保護者会……何かすごく危険な匂いがする。

　この人を行かせちゃいけない……そう判断し、結局保護者会は欠席することとした。資料は後で陽介経由で配付されたので、それで問題ないと思っていた。情報なんて文字で読めば充分だ。

　そして、直後のパート発表、しょげかえる陽介を見かねて学校に突撃……の流れである。こちらもまた、結果は変わらなかったけれども。

五月末の運動会で、陽子はPTA役員として朝早くから学校入りしていた。そこへ当日手伝い要員として現れたのは、玉野遥《たまのはるか》だった。

看護師の彼女と初めて会ったのは、保育園の保護者会でのことなので、付き合いはもうずいぶん長い。ママ友なんてものとはついぞ縁のなかった陽子だったが、遥とはなぜかウマが合った。

開口一番、遥は人の悪い笑みを浮かべて言った。

「聞いたよーん、久々にモンスターペアレント復活だって?」

「何のことよ?」

面食らって問い返したら、遥はふくよかな肩をゆすって笑った。

「ほら、これだもん。大塚先生にパートの希望が通らなかったことでクレームつけにいったんでしょ? 親の会で噂されてたよー」

「親の会って……ああ、鈴香《りんか》ちゃんも吹奏楽部だっけ」

「うちは風香《ふうか》もだよー。けっこう、きょうだいで入ってる子、多いんだよね。新一年生には双子君もいるってさ」

「そうだったんだ、陽介ったら、何も言わないし」

「男の子はそうみたいね。女の子二人だと、嫌ってほど情報は入ってくるんだよね。あんたさっそく、親の会でひそひそされてるよー」

愉快極まりないといった調子である。もちろん陽子としては愉快どころではない。

「……先生は、パートについては毎年不満を言われるっておっしゃってたわよ」

「まあ、気持ちはわかるけどね。あとそれから、市のこどもの日フェスティバルのお手伝い、ぴしゃっと断ったって？」

「だってあれ、一年生は出ないんでしょ？　陽介が出ないのに行ってもねえ……」

「保護者会も来なかったし」

「仕事があったのよ。それに今年は見ての通りPTAの役員やってるから、万一部活の方の役員までクジで当たったりしても、現実問題として無理だし。いない方がマシでしょ？」

ぐっと胸を反らして言ったら、「相変わらずだねえ」と遥は肩をゆすって笑った。「何をトンチンカンなことを言ってるんだか。やんなかったわよ、役員決めなんて。夏のコンクールに向けて猛練習が始まるこの時期に、役員交代でごたごたしてられないでしょ。一年生の親だって、子供が入学してすぐじゃ右も左もわからなすぎて役立たずだし。だからうちの場合、役員決めは夏コンが終わった秋にやるの」

「あらそうだったの……。それじゃ、秋の保護者会も休んだ方がいいかしらね」

さらりと返したら、遥はやれやれとばかりに大袈裟《おおげさ》に肩をすくめて見せた。

「一つ忠告しとくけどさ、顧問の先生が出してる『吹奏楽部通信』くらいは、隅から隅まで目を通しといた方がいいよ」

「そんなものがあったの？」

「あー、男の子はこれだから。親に渡せって言われたやつしか渡してないんだね。陽介君に言って、毎号読まなきゃダメだよ。新一年生のリストとかも載ってたよ」

「わかった。サンキュ」

軽く礼を言うと、相手はにやっと笑った。

「けっこう、知った名前も見つかるかもよー」

陽やけに意味ありげだったのが気になって、その夜、くたびれ果ててはいたものの、陽介をせっついて問題のプリントを提出させた。五月号に「ようこそ新一年生！」というコーナーがあり、そこに五十嵐《いがらし》連音《れのん》君と、村辺《むらべ》真理《まり》ちゃんの名を見つけた。ううむ、と陽子は露骨に眉を寄せる。いや、彼らには何の問題もない。ただ、この二人の母親とは以前から少々関わりがあった。どちらも第一印象は最悪だったものだが、小学校のPTAだの何だので色んなことがあり、今では顔見知り以上、友達未満、といったところか。陽子としては、この二人と現状以上に交友を深めたいという思いも特にない。

「……まあ、もう中学生なんだし、そうそう親の出番もないでしょう」

能天気につぶやき、そのまま忘れてしまうことにした。

六月も半ばを過ぎた頃、陽介が持ち帰った親の会のプリントを見て陽子は首を傾《かし》げた。『定期演奏会会場予約協力アンケートについて』と題されたその内容は、さほど長い文章ではなかった。にもかかわらず、陽子は三度ほど繰り返し読んだ。それによると、例年三月に行われる定期演奏会の会場である市民ホールの予約開始日が八月一日であり、その申し込みは先着順である——そこまでは、いい。問題はその後だ。例年通り、近隣三校で協力し合って二日前より並び始めるので、下記のスケジュール表の「協力不可能な時間帯」にバツをつけるように、とある。

並ぶ？　どこに？　どうして？　二日前って？

陽子の頭の中はクエスチョンマークでいっぱいだ。どうにも意味がわからない。わからないながらも、なぜかひどく嫌な予感がする。どうにも不吉極まりない。

いてもたってもいられなくなり、玉野遥に「今日もらった親の会のプリント、二日前から並ぶって何あれ？」とメールしてみた。幸い在宅していたらしく、折り返し電話があった。

「メール打つのが面倒だから直接言うけど、そのまんまの意味よ」

さらりとそう言われた。

定期演奏会は毎年、三年生の受験がすべて終わった三月中旬以降の週末に行われる。会場は市民ホールを借りるのだが、年度末のその時期は、毎年争奪戦となるのが常なのだ。当然、吹奏楽部がある同じ市内の中学二校もそこに加わるのだが、イベントなどを通じて交流も深く、伝統的に共闘しているのだという。あらかじめ三校で打ち合わせて希望日を調整した上で、会場取りにも協力し合うのだ。

現状、最大のライバルとなるのが市内にあるバレエ教室だ。発表会を開きたい時期が、見事にかぶっているのである。どの団体責任者も、「取れませんでした」は許されないしあり得ない。そして会場予約は「先着順」である。

こうして吹奏楽部親の会の〈夜並《よなら》び〉の伝統が始まった。文字通り、昼夜を徹してひたすら並ぶ。最初はせいぜい前日夜くらいからだっただろう。が、同じくらい熱意を持った他団体がいる以上、闘いがヒートアップするのは避けられない運命である。双方、相手を出し抜くために少しずつスタート時刻は早くなっていき、そして現在。二日前のお昼より夜並び開始となった次第。

もちろん、すべての時間を一人で並ぶわけではない。申し込みには各団体一名の代表者が必要なため、三名ひと組となって三時間交代で、責任を持って並ぶ。だが、まったく知らない者同士でグループを作るのは、色々不都合がある。待ち時間中も気まずいし、事前連絡やトラブルがあった場合の連携・連絡もスムーズにはいかないだろうから。それで三校公平に担当時間を割りふって、同じ学校の親の会から三人ずつ選出、並び終えたら責任を持って次の学校にバトンタッチするシステムとなった。

遥の淡々とした説明に、陽子は驚愕のあまり顎《あご》が外れる思いだった。

陽子は行列が大嫌いである。好きな人なんているわけがないと思っているのだが、世間を見るに、どうやらそうでもないらしい。やれ、新機種のゲームが発売されるの、お得な福袋が売り出されるの、人気アーティストのイベントがあるのと言っては、人々は整然と長大な行列をこしらえている。そして辛抱強く並び続ける。場合によっては、何日も前から。テレビのニュースなどで、真冬に寝袋や毛布持参で並んでいる人々の姿を見るにつけ、この人たちは何という酔狂な暇人かと呆《あき》れ返ったものである。

それを何が哀しくて、真夏の三時間をどこぞの市民ホール前で並び過ごさねばならないのだ。炎天下の三時間……あるいは、真夜中の三時間を。

それもたかだか……。

「たかだか中学の部活発表会ごときのために、って思ったでしょ、今」

遥がまるで心を読んだようなことを言った。「大塚先生に突撃したときにそう言ったんだって？　相変わらずと言うか何と言うかさあ……」

ことさらに深刻ぶってはいたものの、どこか面白がっているみたいな遥の言葉に、陽子はうわあと思う。

「なんで知ってるの……なんて愚問ね」

「そうね、愚問だね。ついでに言っとけば、東さんは同じパートの親同士で一言愚痴っただけで、言いふらしたのはまた他の人だけどね」

「東さんって？」

「あんたが先生に直談判した現場に居合わせたんでしょ？」

ああ、そう言えば誰かいたわねと思う。ほとんど記憶にも残っていない。

「……まあ、そんなことはどうだっていいのよ」

「いいんだ」

「自業自得だからね」

一応、その自覚はある陽子である。頭に血が上りやすく思い立ったらまっしぐら、猪突猛進しやすい己の欠点は充分承知していて、過去のあれやこれやを自省しつつ、自制するよう自らに言い聞かせてきたつもりだ。が、こと陽介に関することだと途端に、陽子の中の留め金が簡単にはじけ飛んでしまう。つくづく、親とは恐ろしくも愚かしい生き物であると思う。今それを口にしたら、遥からは「一緒にしないでよ。あんたが恐ろしくて愚かな生き物なんでしょ」と一刀両断されてしまいそうだが。

「そんなことよりも」と陽子は繰り返した。「保護者が昼夜を徹して三日も並ぶって、ちょっと異常じゃない？　よく今までみんな、文句も言わずにやってきたわね」

「どうかなあ、文句言う人は多かったんじゃない？　まあ、気安い同士でグチグチ言うくらいなら。喜んでやるなんて人、いないでしょ。でも結局、我が子のためならって頑張ってきたんでしょうね。だって一年間頑張ってキツい練習してきた子たちの、総仕上げみたいなものよ？　コンクールだと出られない子も多いわけだし、全員でこんなに長時間、たくさんの曲を一度に演奏できる場なんて、他にないわ。お客さんもみんな自分たちのためだけに集まってくれるわけだし、あんな立派なホールを貸し切りにして、大勢のお客さんに聴いてもらって。まさしく晴れ舞台よね、子供たちにとっては」

　何しろ遥は子供の保育園時代からの長い付き合いだ。陽子の弱い部分を的確に突いてくる。陽子の弱点とはすなわち陽介であって、こういう言い方をされてしまうと、「むう」と押し黙るしかない。

「今年の一年生の保護者は、非協力的だって言われてたよー、こういうときくらい、率先して頑張ったら？」

　追い打ちをかけるように言われてしまい、早々に電話を切った。

　さて、と再びアンケートに目を落とす。どうやら協力しない、という選択肢はなさそうなので、どの時間帯ならできるかの検討を始めた。

　生憎三日とも平日である。会社員として日中はあり得ない。地元に最速で帰ったとして夜七時以降。すると六時から九時のブロックには間に合わない。ううん、そうなると九時から十二時かあ。

　キツいなあ……と正直思う。会社から大急ぎで戻ってご飯作って家族に食べさせ、ダッシュで市民ホール前へ。入浴している時間はなさそうだ。

それならいっそ早朝、と思ったが、これまた問題ありありだ。三時から六時？　勘弁してよ。ほとんど徹夜で仕事に行くわけ？　といって朝、六時から九時のブロックだと、思い切り早起きして朝食と陽介の部活用弁当をこしらえ、出社する身支度を整えてから並んだとして、九時からそのままタクシーでも呼んで駅に向かい、電車に乗って都心部へ……そもそも出社時間に大幅に遅れてしまう。出版社なのでその辺りはゆるいと言えばゆるいから、必ずしも不可能ではないのだが、考えただけで疲労感に押し潰されそうだ。もう若い頃のような無理はきかないわと、近頃とみに身に沁《し》みている。

現実問題として、昼寝できるわけでもない会社員の陽子には、午後の九時〜十二時、大幅に譲歩して午前の六時〜九時しか選択の余地はない……体力面から言っても、仕事の能率を考えても。

それで陽子はアンケートの日程表の大部分にバツをつけ、夜の九時からに丸、朝の六時からに三角をつけた。用紙を陽介に持たせて、日々の仕事や家事に忙殺されていると、知らない番号から電話があった。出てみると、親の会の役員さんだった。何やら婉曲《えんきょく》に持って回った言い方で夜並びのことに触れてくる。イライラしつつ、陽子は子供の頃に砂場でやった棒倒しを思い出していた。小さな砂山のてっぺんに棒きれを刺し、皆で順番に砂をかき取っていく遊びである。当然、棒を倒したら負けなのだが、外周の砂をそうっとすくい取るばかりでちっともゲームが進まない子がいたのだ。

　出来る限り大量の砂をがばっと持っていくタイプだった陽子は、相手の迂遠《うえん》極まりない長話を断ち切るように言った。

「要するに、夜並びを深夜帯でやってくれないか、と。そういうことですね？」

「は、あ、まあ、ええ……ご協力いただけませんか？　もちろん、私たち役員も率先して深夜帯に入っていますが、夜間は四人以上でやっていますので、どうしても人手が足りなくて……」

　役員は、会長、副会長、書記、会計が各一名、平役員が二名の、計六名である。確かに必要な頭数には満たない。

「……私が希望した時間に入れない理由はなんですか？」

　二つ返事で引き受けるほど、陽子はいい人ではない。用心深く探りを入れると、相手はしばらく言葉に迷っている風だった。

「えーとですね、やっぱり優先順位として、上級生の保護者のご希望をできるだけ通すようにしています。その方たちは、お子さんが一年のときには、人の嫌がる時間帯をやって下さっているわけですから」

「そもそも四人も必要なくないですか？　予約上必要な三人でしたら……」

「ああ、それはですね」急いで割り込まれた。「例年、どうしても当日体調を崩されたり、直前に出られなくなる方もいて、夜間だと代わりの人も見つかりませんし、余裕は絶対必要なんですよ。それに三時間もあると、やっぱりお手洗いにも行きたいですよね。市民ホールは閉まっていて入れないので、近くの公園まで行かなきゃならないんですけど、往復で十五分はかかるんです。公園も、途中の道も薄暗いですし、やっぱり深夜で一人は怖いし、危ないんですよ……一人で残るのも、一人で公園に行くのも。痴漢も出ますし、柄の悪い若者がたむろしてたりもしますしね。それで安全上、最低でも四人、できれば五人ということになっています」

確かにそれはやむを得ないなあと思う。中学生くらいの母親だと、びっくりするくらい若くて綺麗《きれい》な女性もいる。深夜の公園のトイレに一人なんて、危なすぎるにもほどがある。

「こういうときこそ、父親の出番でしょうにね」

苦々しい思いでつぶやくと、「それはもちろん」と返された。「お父様が出られることも、ありますよ。中にはお祖父《じい》様が出られるおうちも……一昨年は大学生のお兄ちゃんに、お小遣いを渡して並ばせたっておうちもありました。とにかく皆さん、各ご家庭で精一杯のご協力をしていただいているんです」

「でも……」

計算が合わない、と往生際悪く考える。陽子が避けた深夜帯は、七月三十一日の午前零時から三時、三時から六時。そして八月一日の同じ時間帯、の計四ブロックだ。三校で平等に分けるなら、この誰もが嫌がる時間帯は多くて二ブロックだろう。役員さんが率先して入っていると言うなら、一年生の保護者が入るのは数人で事足りるはず。確か今年の新入部員は二十名近かった。その中には、帰ってから昼寝ができる専業主婦もいるんじゃないの？　と考えてしまったのだ。

「私、その後会社に行かなきゃならないんですよね……」

さすがに小声で言うと、受話器から、あからさまなため息の音が聞こえてきた。

「……あの、言いにくいですけど、山田さんは市のこどもの日フェスティバルのときにもミニコンサートのときにも、お手伝いに出て下さっていないですよね？　やっぱりそういうことが続くと、負担が偏《かたよ》ってしまって、色々不満も出てくるんですよ……」

仕事とPTA役員で手一杯で……とは言えなかった。それが事実であるにせよ、人は誰しも事情を抱えているものだということくらいは、子育てを通じて学んできた陽子である。

「……わかりました」

観念した陽子は言った。

こうなったら、あの能天気な夫を駆り出すしかなさそうだ。彼の方が通勤時間がずっと短いし、弁当作りも、身支度の手間もない。わりとどこでも寝られるたちでもある。

陽子よりはまだ、睡眠時間が確保できそうだった。ＰＴＡの方を全部引き受けているんだから、これくらいは甘えてもいいだろう。

それにしても、と思わずにいられない。もしあの私立中学に合格していたら。少なくとも、こんな馬鹿げた苦労はなかったのに、と。

そう考えてしまってから、陽子は慌てて首を振る。それは頑張って頑張って挫折した陽介に対して、あまりにも酷な弱音だったから。

4

信介は、気持ち良く引き受けてくれた。

最初聞いたときには、「何だそれ、おかしいんじゃないか？」という反応だった。しかしそれは陽子も同じだったから、辛抱強く説明したら、「確かに女の人がそんな真夜中にウロウロするのは危ないよなあ。よし、わかった。おれが行くよ。寝てりゃあいいしな」

実に気軽に、そして朗らかにそう言ってくれた。

「わー、ありがとう！　正直、すっごい助かる。良かったわー、ほんと、ありがとう！」と陽子はオーバーなくらい喜びと感謝を表明しておいた。カレンダーにもきっちり書き込んでおいた。

それなのに……。

いざ、問題の日が近づいてきて、念のために「来週の夜並びだけど……大丈夫よね？」と確認したところ、信介は見事に悪意のない笑みを浮かべて「え、何？　来週？　月末は出張だよ」と言った。

おいこら、ちょっと待てと思い、「あのときあなた、確かに引き受けてくれたわよね」とカレンダーを示すと、平身低頭しつつ、きれいさっぱり忘れていたことを白状した。

怒り心頭ではあったものの、仕事が入ってしまった以上は如何《いかん》ともしがたい。自分が行くしかない、と陽子は腹をくくった。せいぜい、普通じゃできない珍しい体験をさせてもらおうじゃないのと、開き直るしかない。

翌日、部活練習から帰ってきた陽介が『定期演奏会の会場予約について』と題されたお知らせプリントを渡してきた。並ぶ場所や注意事項について、細々と記されている。ブルーシート、折りたたみ椅子、ランタン、蚊取り線香は用意してあるとのこと。その他に個人で用意する物として、懐中電灯（駐車場や駐輪場との行き来や手洗いに行くときに必要）、座布団（時間帯によっては椅子が足りないので）、上着（予想外に冷えることがあります）、雨具、飲食物、などと記されていた。別紙には時間帯毎の担当中学と担当者名簿一覧がある。自分の担当箇所を見て、げっと思った。赤西《あかにし》①、五十嵐①、村辺①、山田①、とある。丸の中の数字は部員の学年を表しているようなので、最初の赤西さんはともかくとして、残りの五十嵐と村辺とは、旧知のあの二人なのだろう。

大昔、似たようなことがあったなあと、苦々しく思い出す。絶対この枠、外れ者に問題児の寄せ集めだわと、確信できてしまうのが我ながらもの悲しい。異質な個体を排除するのは生き物としての本能なのだろうし、子供だってそれをやる。女とくればなおさらだ。

一応、玉野遥に電話して、「これってそういうことよね」と確認してみた。すると大笑いした挙げ句、「そりゃ絶対間違いなしねー」と太鼓判を押してくれた。彼女自身はちゃっかり「気の置けない人たちとグループ組んで、まあピクニック気分だね。比較的涼しい午前の枠で。お菓子だのお茶だの広げて楽しくやる予定だよ」だそうである。

「うわー、それは優雅ね。こっちは真夜中に魔女の集会よ」

「楽しそうじゃない？」人の悪い口調で遥は言う。「まあみんな、知らない人や嫌いな人と三時間、顔突き合わせるのは苦痛だから、事前にあれこれ根回しするんだけどね。それができない人はこうなるってわけ」

「まるで修学旅行のグループ決めね」

「一緒一緒。変な人は交ぜたくないし、どうせなら楽しく過ごしたいものね……ただまあ、その日はねえ、夜勤明けだから、ほんとは枕でも持参して、昼寝したいところだけど……まあ、無理だわねー、きっと」

「寝ればいいじゃない。私も寝てよう。でなきゃ身体《からだ》もたないわ」

「いやそれは無理でしょ。それでなくても女三人寄ればってとこに、あの非日常感っていうのかね、毎年やたらとテンション上がるんだよね、みんな」

「うはー」

井戸端会議がとことん苦手な陽子としては、想像しただけでもう、うんざりだった。しかしこちらの面子《メンツ》を考えるに、そこまで盛り上がるとも思えなかった。紛れ込んでしまった赤西さんとやらが気の毒になるくらいだ……もっとも、彼女が他の二人以上に曲者《くせもの》の可能性もあるけれども。

ともあれ、楽しみなことはなかなか近づいてこないくせに、憂鬱《ゆううつ》なことに限ってあっという間に当日になる。七月三十一日夜十一時半、陽介が眠ったのを見届けて、自転車にまたがり、家を出たのであった。

ねっとりと肌にまとわりつくような熱帯夜である。ライトを点けるととたんに重くなるペダルを、ひたすらギイギイ漕《こ》ぐうちに、身体中汗でびっしょりになった。せっかく入浴まで済ませてきたというのに、これではまた、帰ってからシャワーを浴びなければならない。

二十分ほどかけて、ようやく市民ホールに着く。これでも三校の中では一番学区が近いのだ。

自転車を置いて歩いて行くと、並ぶ場所はすぐにわかった。ホールの正面入り口を素通りして、側面のやや奥まった場所に、やけに賑《にぎ》やかな一団がいた。ランタンの明かりを中心に、学生のキャンプファイヤーみたいなはしゃぎっぷりだ。周辺は公共施設に囲まれていて民家がないとは言え、ちょっと騒ぎすぎである。

近づいてみると賑やかなのも当然、やたらと人数が多い。何と六人もいる。何でこの学校はこんなに人手があり余っているのよと呆れていると、向こうも陽子に気づいて手を振った。

「こんばんはー、一中《いっちゅう》さんですよね？　もうお一人、見えてますよー」

明るく挨拶されて、陽子も「こんばんは」と返す。中に見知った顔はいない。そしてものすごく異質な一人がいる。

陽子の不審顔を気にも留めず、グループのリーダー格と思《おぼ》しき女性はてきぱきと簡単な引き継ぎをした。

「それじゃ、そろそろ時間なんで私たち、お先に失礼しますね。あ、これ、お菓子。皆さんでどうぞ」と紙袋いっぱいのお菓子を手渡された。皆が持ち込んだ菓子類がどんどん引き継がれたものとみえ、最終日の今日は多種多様なお菓子入りの袋が出来上がっている。

「それじゃ、後、よろしくお願いしまーす」

五人の母親たちは朗らかにそう言って、立ち去った。後に残されたのは、小柄な老人一人である。つるりとした禿頭《とくとう》で、頭の下半分には柔らかそうな白髪《しらが》がほよほよと生えている。陽子に対して軽く一礼したその表情は厳しく引き締まり、ふと、誰かに似ている、と思う。思い当たって軽くむせそうになった。

（ゴ、ゴルバチョフ？）

ソビエト連邦最後の最高指導者を、ひと回り小さくした感じ。見るからに気難しそうな老人が、持参したらしい座布団の上にあぐらをかいている。この人が赤西さんらしい。

さすがの陽子もやや気後れしつつ、挨拶をしながら靴を脱ぎ、ブルーシートに上がった。先ほどまでの喧噪《けんそう》が嘘《うそ》のように、ただ、虫の声だけがどこからともなくジイジイと響いている。見知らぬ年寄りと共に取り残され、非常に気詰まりな空気だった。

「あーあ、やっと静かになったよ」

ふいに、あらぬ方から野太い声がした。建物に沿ってこちらのブルーシートのすぐ後ろに、一人用のテントが設置してある。それがもぞもぞ動き、声の主が姿を現した。ランニングシャツにハーフパンツ姿の、髭男《ひげおとこ》である。

「お宅らさあ、うるさすぎ。おかげでおちおち寝てられないんだよ、まったく」

これがバレエ教室の保護者代表だなとぴんとくる。相手が多人数のときには穴蔵に潜んでいて、やっと陽子一人（と、ゴルバチョフ）だけになったから文句を言いに出て来たのだろう。

内心大いに理不尽さを感じつつ、前グループが騒がしかったのは事実なので、目下《もっか》の団体責任者として陽子は渋々頭を下げた。

「それは申し訳ありませんでした。以後、気をつけますね」

相手は口をゆがめてふんとうなずく。

「頼むよ、ほんとに。入れ替わり立ち替わりできるあんたらと違ってさ、こっちは夜は全部俺一人で受け持ってるんだからさ」

「ええっ？　そちら、バレエ教室ですよね。発表会にホールを借りるくらいだから、保護者の方も、大勢いらっしゃるんじゃないんですか？」

「そりゃ、いっぱいいるけどね、バレエって行事ごとの親の負担が大変なんだよね。うちは会場取りで貢献する分、一年分ちゃらにしてもらっている感じかな。俺はまあ、山とか行って慣れてるし」

いずこも我が子のために親は奮闘しているらしい。

「それにしてもお一人で二晩続けてっていうのも、大変な話ですよね。充分すぎる貢献ですよ」

思わず同情しかけたら、相手は大袈裟に肩をすくめた。

「そりゃあね、感謝はされてますよ。あの上品な奥様方には、野宿みたいな真似は無理なんでね、おっと失礼、別にお宅らが下品だって言ってるわけじゃないから」

言っている。そして喧嘩《けんか》も売っている。とっさにカチンときた陽子だったが、何か言い返す前に思いがけない方向から言葉があった。

「……君。ご婦人相手に少々失敬じゃないのかね」

ゴルバチョフだった。それまで、歴史資料館の武者人形みたいだった彼が、暗闇の中、眼光も炯々《けいけい》と髭男をたしなめてくれている。オバサン一人とジジイと侮っていたに違いない髭男は、やや怯《ひる》んだ様子で、「いや、別に……」などとつぶやきながら巣穴に戻って行った。

はるか年上の異性に庇《かば》われる、という、もう長年憶えのない事態に軽くときめきつつ、陽子はゴルバチョフに軽く会釈をした。相手もわずかにうなずき返す。二人の間に奇妙な連帯感が生まれたところで、はたと気づく。残り二人はどうしたのよ！

時計を見ると、もう零時を十五分も過ぎている。もうほんとにあの人たちってば無責任なんだからと、むかっ腹を立てつつ陽子は立ち上がった。場合によっちゃあ、携帯電話で呼び出してやらねばならない。

そう考えて表通りに出てみると、自転車のライトが二つ、連なってくるのが見えた。

五十嵐礼子《れいこ》と村辺千香《ちか》、久々の再会だが特に喜びはない。

「遅いよ、二人とも」

叱《しか》る口調で言ったら、自転車を端に寄せて止めつつ、千香がおどおどと詫《わ》びた。

「ご、ごめんなさい、山田さん。私、一人で来るの怖くて、五十嵐さんに頼んで一緒に来てもらったんだけど、ほら私たち、同じ団地でしょ。そしたら五十嵐さんがコンビニに寄っていこうって」

遅刻の全責任者ということにされた礼子が、アイスボックスをバンバン叩いた。

「だってさー、こんなあっつい中、ビールでも飲まなきゃ、やってらんないっしょー。キンキンに冷えてるヨー、山田さん。あ、有料だけどね、もちろん」

「ちょっとあんたたち、声が大きい」陽子はことさらに声をひそめた。そして小声で先ほどの一幕を伝える。言っておかないと、特に礼子は大声で騒ぎそうだった。

「ふうん、そのじいちゃん、カッコイイじゃん」

興味津々の体《てい》で、礼子は言った。

「うん、ちょっとゴルバチョフみたいよ」

つられて思わず言ったら、「何それ受けるー」と笑う声がすでにもう大きい。シー、シー、と指を立てつつ、ようやく担当者四名がすべてブルーシートの上に収まった。礼子はいきなり缶ビールをプシューと開け、「はーい、おじいちゃん、お近づきのしるしー。礼子でーす」と飲み屋みたいな挨拶をした。

「おお、これは……」かたじけない、と続きそうな口調でゴルバチョフはうやうやしく受け取り、旨《うま》そうに喉を鳴らした。だいぶ喉が渇いていた様子である。

「あんたたちは有料よ」

にっと笑って突き出された缶を、陽子ははいはいと受け取った。確かにこんな熱帯夜、ビールの一本ぐらい飲んだって罰《ばち》は当たるまい。千香も意外にいける口だったらしく、四人揃ってぷはーっと満足の吐息を漏らした。礼子はお菓子袋を覗き込み、「ちょっとお菓子の量、すごくない？　半分くらい、持って帰ってもバレなくない？　村辺っちは当然、くすねて帰るよね？」と大はしゃぎだ。

隣でミニ・ビアパーティが催されていることを気配で感じたのだろう、一人用テントがまたもぞもぞと動いた。それを見た礼子が、にやっと笑う。アイスボックスからビールを取り出すとやおら立ち上がってサンダルをつっかける。そして〈ご近所さん〉の玄関口に回り、やたらと可愛らしい声で言った。

「ごめんくださーい、うちの団体がご迷惑かけたみたいで、すみませんでしたー。ささやかなお詫びですが、これどうぞ」

のっそり出て来た髭男に、ビールと柿ピーの小袋を差し出した。髭男はものすごく嬉しそうに「いや、これはどうも」と受け取った。それからはテントの外でグビグビやっている。あの中、暑くないのかなあと思っていたのだが、やっぱり暑かったらしい。すぐ隣に姦《かしま》しいママ軍団がいたら、引き籠《こも》りたくなる気持ちは理解できる陽子である。

「旅は道連れ世は情けってね」礼子はウィンクしながら言った。「これで多少はヘーキでしょ」

この人のこういうところは素直にすごいと思った。ただし、陽子や千香が同じことをしても、同様の結果になったかどうかは微妙なところだ。何しろ礼子は中学生の母としては、飛び抜けて若く、綺麗だったから。もちろん当人は自覚していて、手札として有効に使っている。それは陽子には到底真似のできない、しなやかで、したたかな賢さだ。

もっとも、そんな内心を直接相手に伝えるほど陽子も素直ではない。にっと笑って手にしたビール缶を目の前に掲げるのみだ。

アルコールの助けもあって、その後は和やかなムードだった。

「ねーねー、おじいちゃん、いくつ？」

馴《な》れ馴れしく礼子が尋ね、ゴルバチョフははてと首を傾げた。

「八十をいくつか過ぎたところかな」

「そんなご高齢の方を、何だってまたこんな深夜に割りふったんだか」

陽子が憤ると、相手はいやいやと首を振った。

「孫娘のためですからな、いつでも大丈夫ですとお伝えしたんですよ。娘には仕事があるからどのみち来られんし、それにこんな夜更けじゃ、ご婦人だけでは不用心でしょう」

「キャー、ゴルビーカッコイイ」

礼子は早くも酔っ払っているのか、いきなりおかしなあだなをつけている。

「あんたも深夜、オッケーにしてたの？」

「だって夏のまっ昼間よりマシじゃない？　あたし昔から、朝より夜の方が強いし、日焼けしたくないし」

「だって今、ちゃんと働いてるんでしょ？」

以前は派手な金髪だった礼子だが、今は派手な茶髪に落ち着いている。昔、履歴書の書き方を教えてくれと頼まれ、その後、派遣で働き始めた旨、報告があった。

「そこはそりゃ、わっかいしー」

ダブルVサインを顔の横でカニみたいに振っている。

「わ、私はね、ほんとは夜はバツにしていたんだけど、役員さんから電話かかってきちゃって……」ああ、自分と同じパターンだなと、陽子が共感しかけたら、ふいに千香は秘密を打ち明ける口調で言った。「だから山田さんと一緒だったらやってもいいって言ったの」

「あんたのせいかーっ」

どうして巻き込む。なぜ懐く。脱力して、それ以上、文句を言う気にもなれない。

「村辺っちって、コバンザメ体質だよねー」と礼子がけらけら笑う。失礼な言い種《ぐさ》だが、的確な比喩ではある。

その後はぽつりぽつり、ひそひそ会話したり、交代で手洗いに行ったりしているうちに、さすがに気温が下がってきて肌寒く感じるようになった。少し風も出てきた。いつのまにか、船を漕いでいるゴルバチョフを見て、自分も少しは仮眠を取らないとと、鞄《かばん》から上着を取りだそうとしたとき。

ぼたりと首筋に大粒の水滴が落ちた。

てっきり礼子あたりの悪戯《いたずら》だと思ったが、水滴は続けざま、豆をまくような勢いでパラパラと落ちてきた。

「うわ、最悪。雨、降ってきた」

陽子が叫ぶと、礼子も慌ててゴルバチョフに声をかける。

「ゴルビー、雨だよ、起きて」

彼はゆっくり顔を上げ、現状を把握すると、やおら手提げ袋から雨合羽《あまがっぱ》を取りだした。女性陣の雨具はそろって晴雨兼用の折りたたみ傘だが、この場合、どう考えてもゴルバチョフの備えが正解である。皆で靴を履き、肩と頭で傘を支えながら、せーのとブルーシートごと移動を開始する。ホールの正面入り口前の軒《のき》の方がずっと深いから、そこで雨宿りの算段だ。

そこへ追い打ちをかけるような声がかかった。

「おい。ここを放棄するってことは、俺が繰り上がり一番ってことでいいんだな」

髭男である。首を引っ込めた亀みたいに、テントの中から勝ち誇った面もちでこちらを見ている。

「ちょっと。何を馬鹿なことを言ってるの？　緊急退避よ。雨がやんだらすぐに戻るわ」

怒鳴り返す間にも、雨はますます激しくなっている。完全に、ゲリラ豪雨だった。

「甘いんだよ。今日は最終日だぞ。毎年、このくらいの時間からぽつぽつ他の団体が来るんだよ」

はっとする。一応、これは忠告であるらしい。

「……わかった」

もう破れかぶれだった。こんな雨の中、新たに参戦する団体責任者がすぐ来るとも思えない。が、そんな楽観で、ここまでの三校親の会が繋《つな》いできた努力を、万に一つも無にするわけにはいかない。

ホール側面の軒はごく浅い。壁にへばりついても濡れてしまうので、ブルーシートをテント代わりにすることにした。壁沿いにレジャー用の折りたたみ椅子を並べて腰かけ、三人分の広げた傘を支柱代わりにシートをかぶる。

「何だか秘密基地みたい」と千香が場違いにはしゃいだ声を上げた。

「おじいちゃん、大丈夫ですか？」

バラバラと質量を感じるような雨の勢いに負けぬよう、陽子も声を張り上げる。

「すぐに合羽を着ましたから、ほとんど濡れてませんよ。ご婦人方、これを使うとい い」と手提げからきれいなタオルを出してくれた。何かと用意のいい人である。そのタオルや、各自のハンカチで髪や顔を拭ううち、あまりの事態に誰ともなく笑い出した。

雨は地球の終わりみたいに激しく、すぐにはやみそうもない。狭い即席テントの中、四人でひしめき合っているから蒸し暑い。冷えて風邪をひいてしまう心配だけはなさそうだった。

「なんかさー、遭難したみたいじゃね？」

ひとしきりゲラゲラ笑った後、礼子がろくでもないことを言ったが、状況はまさしく遭難みたいなものだ。何が哀しくて深夜、地元の野外でブルーシートなんかかぶって遭難しているんだろうと、泣きたいのを通り越して笑えてくる。

雨はもはや、滝だった。到底仮眠どころの騒ぎではない。

「……なんだかんだで、あと十五分もすれば交代が来てくれるから」懐中電灯で腕時計を照らしつつ、陽子は言った。「だからそれまでの辛抱です。あと少し、頑張りましょう」

　そう皆を鼓舞していると、陽子の携帯が鳴った。噂の、次にリレーのバトンを渡すべき南《みなみ》中学の親の会メンバーからであった。

「あの、今、大変なことになってて」明らかにパニックに陥った声が、携帯の向こうでそう叫んでいる。「みんな一緒に車で来たんですけど、途中の、高架下の低くなってるとこ、突っ込んでいったらすっごい水が溜《た》まってて……なんかエンストしちゃったんです」

　何ですってーと叫びたくなった。

「あの、山田さん。こういうときって、どうしたらいいんでしたっけ？　消防署に電話？　それともＪＡＦ？」

「……あー、両方？」

　心から脱力しつつ、陽子は答えた。

　これは真夏の、夜の、悪夢。

　——雨と夜は、まだまだ長そうだ。

三重奏《トリオ》

1

陽介の様子がおかしいと気づいたのは、最近のことだった。

かつて陽介は、その日学校や学童保育であった様々なことを、嬉しそうに報告してくれる子供だった。だから陽子にも、息子の交友関係や、クラスでどの子がリーダーシップを発揮していて、どの子がおちゃらけているとか、今度の担任はどういうタイプでどんな冗談を口にするとかが、手に取るようにわかっていた。

それがとある出来事をきっかけに、陽介はとても物静かで口数の少ない少年となってしまった。そのときには陽介にとてもショックなことがあり、母子関係に大きな危機が訪れた。が、そのことは親子で乗り越えてきた、はずだった。

けれど、陽介の朗らかなおしゃべりは、その頃から少しずつなりをひそめていった。「今日学校どうだった？」と水を向けてみても、「普通だよ」と返ってくるばかりである。

「男の子なんてそういうもんだよ」

と、夫の信介は気楽に言う。「それが成長ってやつさ。おれだって、思春期の頃はオフクロに、メシ、フロ、ネルってなもんだったぜ」

　あなたの思春期はくたびれたサラリーマンですかと突っ込みたくなるし、今はお母さん大好きなのにねと余計な一言もつけ加えたくなる。けれど考えてみたら、陽子自身、自分の親とは無駄話をした記憶があまりない。彼らが多忙を極めていたこともあるが、陽子自身、不必要なおしゃべりを延々とするようなタイプではなかった……過去も、そして今も。それで特に問題はなかったし、概《おおむ》ねうまくやって来た。だから陽介だって、特に問題なく、中学一年生をやっているのだろう。

　実際、一学期の保護者面談でも、担任教師から「陽介くんは成績も悪くないですし、提出物もきちんとしていますし、何の問題もないですよ」と太鼓判を押された。陽介の一学期の成績順位は、上位グループの末席くらいには引っかかっていた。この事実は、陽介が志望校に落ちた件で深く沈んでいた陽子の気持ちを、大いに奮い立たせた。

　ほら、やっぱりうちの子は馬鹿なんかじゃないじゃないの、と。吹奏楽部に入部して、毎日毎日練習漬けだったのに、こうして勉強だって手を抜かない。自慢の息子だわ、と。

　中学受験の失敗は、元々は公立で充分と考えていた陽子にとって、決して取り返しのつかない類のものではない。だが、陽介の心がひどく傷ついたことは確かで、自らを馬鹿だと思い込み、自信を喪失していたことも明らかだ。親として、ただただそのことが気がかりだった。

そうして公立中学に入学し、勇んで吹奏楽部に入ったものの、念願だったトランペットは持たせてもらえず、ファゴットという木管楽器をやることになった。陽介にとっては失意の連続となったわけだが、陽子の心配をよそに、彼は存外あっさりと立ち直った。望んだ楽器ではなくとも、音楽を奏でること自体が楽しかったらしく、ときおりファゴットを持ち帰っては懸命に、そして楽しげに吹き鳴らしている。残念ながら、音楽には疎い陽子の耳にすら、その音は間が抜けていて、所々音も抜けているように聞こえたけれども。

ともあれ、陽介は未知だった楽器に夢中になり、成績だって悪くない。もう、問題など何もないはずだった。

真夏の深夜、市民ホールの予約のために〈夜並び〉をした陽子たちだったが、その少し前、夏の吹奏楽コンクールの地区予選が行われた、らしい。らしい、というのは陽子自身は会場に足を運ばなかったからだ。ちょうど仕事でごたごたしているときだったし、何より陽介は出場メンバーではなかったので、行く必要性を微塵《みじん》も感じなかったのだ。結果、陽介の学校は銅賞だったとかで、「あらまあ、銅賞なら立派なもんじゃないの」と能天気に言ったら、陽介は哀しげに、そしてちょっとうらめしげに、深いため息をついた。陽介の説明で、吹奏楽コンクールの金・銀・銅は、一・二・三位のことではなく、上・中・下の意味なのだと初めて知った。すべての学校は、そのどれかの評価を受けるのだ。都道府県大会に出場する学校は、金賞の中から選ばれる。選に漏れた金賞は、金は金でも〈ダメ金〉と呼ばれるそうだ。ものすごい語感である。

ともあれ野球部で喩えるなら、地区予選初戦コールド負け、みたいな感じなのだろうか。陽介はベンチ入りもさせてもらっていない部員だが、それでもチームの負けは負け、かつて中学高校とソフトボール部にいた陽子には、その悔しさがよくわかる。

地区予選前、吹奏楽部は夏のコンクールに向けて、毎日猛練習をしていた。そしてたまの休みには、陽介はリードを買いに行っていた。入学してから、本当に部活と勉強だけの毎日で、子供らしく丸みを帯びていた陽介の顔は、見る間にげっそりと痩《や》せていった。それが陽子には心配だったが、ちょうど背も伸び始めている時期でもあったし、何より当人がやり甲斐《がい》を感じている風でもあったので、ただひたすら見守ることに徹していた。

夏休みに入り、地区予選に敗退した後も、吹奏楽部は次の市民音楽コンクールに向けて、やはり練習練習の毎日だった。まとまった休みはお盆くらいのもので、その数日は夏休みの課題に追われて終わってしまった。

猛暑続きだったこともあり、陽介は見るからに疲弊した様子であった。そして家ではというと、ちょっとした時間を見つけては、居間のテレビ画面をぼんやりと眺めているのだ。見ているのは決まって、今年の夏コン地区予選のＤＶＤである。業者が撮影し、学校単位で希望者に販売しているものだ。およそ四千円ほどと高価であり、何より陽介が出場していないことから、陽子ははなから買う気がなかった。が、当の陽介に懇願されるようにして、申込書を提出したのである。

その日の陽介はＤＶＤの同じ箇所を何度も何度もリピートしては、ファゴットにしがみつくように演奏している。演奏曲の中で、ごくわずかだがファゴットのソロがあり、その部分をＤＶＤを参考に練習しているのだということがわかってきた。そして仕方がないことだが、陽介の演奏は、先輩のそれとは雲泥の差だった。とても同じ楽器とは思えない。

なかなか上達しないことに、陽介は一人静かに苛立ち、苦悩しているらしかった。

「……夏コンがもう終わっちゃったから」心配する陽子の視線に気づいたのか、陽介はやっと説明してくれた。「三年の先輩は、もう仮引退しちゃったんだ……受験勉強があるから。他のパートだと、二年生にも先輩がいたりするけど、ファゴットは他にやってた人がいなくて……誰にも教えてもらえなくて、ぼくはずっと、ヘタクソのままで……」

泣きそうな顔で、ぼそぼそとつぶやく。

詳しく聞いてみると、吹奏楽部顧問の大塚先生は、専門が声楽で楽器はピアノしか演奏できない。それで、普段は大塚先生の知り合いだという若いサックス奏者が主に指導を行っている。ただ、彼が教えられるのはあくまでサックスで、金管、パーカッションあたりはアドバイスくらいはしてもらえる。ダブルリードのオーボエとファゴットは「悪いけど、まったくわからないんだよねー」と放置状態だ。

彼も毎日来られるわけではないので、他の楽器も基本、同じパートの先輩が後輩に楽器の演奏のいろはを教えていく。また、卒業生がやってきて教えてくれることもある。それとは別に、パートごとにお金を出し合って、外部講師に来てもらったりもする。ただ、ファゴットはもともと演奏人口が少ない楽器で、なかなか教えてくれる先生が見つからないのだ。

「でも、シンヤ先輩はすごく上手で、ほんとに格好良く演奏できるんだ。夏コンの練習で忙しいのに、ぼくなんかにも丁寧に教えてくれたんだけど……全然上手くならなくて」心底情けなさそうに肩を落とす。「みんなで合奏していても、指がもつれちゃって止まったりしてるのに、先生からは注意も何もされなくて。他のパートには色々言うのに」

「そんなことって……」

陽子が先生に対する怒りの声を上げかけると、陽介は慌てて首を振った。

「聞こえていないんだよ、先生には。ぼくだって、自分が鳴らしている音がよく聞こえないくらいだもん」
「そんな……聞こえないんじゃあ、ファゴットが入ってる意味がないじゃないの」
思わず言ってしまってから、しまったと思う。顎がかくんと落ちた息子の表情は、
「それだけは言われたくなかったのに」という内心を、雄弁に物語っていた。
「……ごめん、そういう意味じゃないのよ」とかなんとか陽子がフォローを試みている
と、ふいに電話の呼び出し音が鳴った。ほっとしたような、焦《じ》れるような思いで受話器
を上げる。「もしもし」と応じると、
「あの、山田さんのお宅でしょうか？」
と、とても可愛らしい声が言った。「あの、私、吹奏楽部三年の、シンヤと申します。
陽介くん、いらっしゃいますか？」
少し緊張気味なのか硬い口調で、陽介の先輩は言った。
その瞬間まで、陽介がしきりと〈シンヤ先輩、シンヤ先輩〉と言っていた先輩が、ま
さか女の子だなんてかけらも考えていなかった。今まで陽介が慕っていた年上の子はす
べて、カッコイイ男の子ばかりだったし、名前で呼ぶなんて、ずいぶん親しくなったん
だなあと微笑《ほほえ》ましく思っていた。
以前、陽介から渡された『吹奏楽部通信』の「夏コンメンバーが決まりました」の号
を思い出す。確か、ファゴットパートには〈新谷〉とあった。あれは〈シンタニ〉では

なく〈シンヤ〉と読むんだったのかと、今さらながら思い当たる。

そしてよくよく考えれば、吹奏楽部では男子は少数派で（今年の一年生は例外的に男子が多いようだが）、先輩の大多数は女の子なのだ。

とっさのことに、常になくうろたえてしまった陽子だったが、電話の相手の名を告げた陽介の狼狽《ろうばい》ぶりは母親の比ではなかった。瞬時に真っ赤になったかと思うと、まるでロボットのようにぎこちなく受話器を受け取り、裏返った声で「はい、山田です」と応じる。それからしばらく、ただ「はい」「はい」とばかり言っていた。どうやら陽介の元気がないことを漏れ聞き、心配して電話をくれたものらしい。

新谷先輩に促されたのか、先ほど陽子に対して口にした弱音を、ぽつりぽつりとこぼし始めた。それに対し、先輩は親身なアドバイスをしてくれているらしかった。

ふと、陽介がＤＶＤの一時停止ボタンを押しっぱなしにしているテレビ画面が目に留まる。その中でファゴットを演奏しているのは、生真面目な眼をした、可愛らしい少女だった。

陽介の返事は、同じ「はい」でも見る間に明るく弾んでいく。

ここに至って、ようやく気づいた。

ああそうか、陽介は恋をしていたんだ、と。

リードを買いに行くとき、丁寧なメモを書いてくれたのは、彼女だったんだ、と。

気づいてしまえば、我ながら鈍いにもほどがあると思う。

深い挫折感を味わっていた陽介。

それが、いつの間にか、すっかり立ち直っていた。あれほど気を揉《も》んでいたのが、拍子抜けするくらいあっさりと。

その理由に、やっと思い至る。今、陽介が再び落ち込んでいる原因も。

演奏がちっとも上達しないというのは、実のところ副次的な悩みでしかなかったのだ。それまで教えてくれていた新谷先輩が、部を仮引退して会えなくなってしまった……それこそが、陽介の苦悩の、大半を占める要因だったのだ。

陽介の人生の中で、おそらくは最も長かった電話を終えると、上気した頰で母親に今、新谷先輩が話してくれたことを報告しだした。

曰《いわ》く。

音が聞こえないってことは、吹けている部分が、しっかりみんなの演奏に溶け込んでいるってことじゃないの？　少なくとも、ピッチやリズムが外れていない証拠だと思う。ファゴットっていうのはね、みんなの音と音を繫いで、みんなの演奏をそっと支える、とっても素敵な楽器なんだよ。あるとないとじゃ、全然違うんだから。それに深みがあって音域がとっても広いから、どんな曲でも吹けるよ。ファゴットの運指は確かに難しいけど、慣れてくれれば大丈夫だから。それと、吹いている人が少ないってことは、それだけ特別ってことなんだよ。

教えてくれる人がいないのは、辛いよね。私も行けそうなときには、ちょっとだけでも顔を出すようにするけど、駅ビルに大きな楽器屋さん入ってるでしょう？　あそこで色んな楽器の教室をやってるの知ってる？　たまにファゴットもやるから、行って申し込むといいよ。そこの先生に、レッスンしてくれる人を紹介してもらえるかもしれないし。部活の日とかぶるようなら、私から大塚先生に話しておいてあげるよ。やっぱり楽器は上手い人に習うのが、一番の早道だと思う。

陽介の悩みに対し、即座にそれだけのアドバイスをしてくれたのだという。

何と利発で心優しい先輩なのだろう。

人生経験を積んだいい大人である陽子が解決できず、その糸口すらわからない陽介の悩みを、十五になるかならずの少女がいともたやすく取り除いてしまえるという事実。

母親として、実に複雑だった。

「……それでさ、お母さん」やや遠慮がちに陽介は言い出した。「その楽器教室って、有料みたいなんだけど……」

「当然よね。もちろん、出してあげる」

にっこり笑って、陽子は請け合った。

情けないことに今、陽子が最愛の我が子にしてあげられることは、快くお金を出してやることくらいしかないのであった。

2

十月の初めに音楽発表会があるという。

部の主催ではなく、学校の行事である。例年は学校の体育館で行われ、メインは各クラス単位での合唱発表だが、実のところ陽子はそちらにはさほど興味がない。陽介のクラスももちろん出場するのだが、プログラム順が中途半端なところで、もし見に行くとすると平日のことでもあるし、仕事を一日休まねばならなくなる。大勢でぞろぞろ出て来て、一人一人の顔は豆粒のように小さく、個人による撮影、録音は禁止。となると、もしそれだけであれば、わざわざ見に行くことを躊躇《ちゆうちよ》したかもしれない。他の家でも大同小異だろうが、中学生になってから、子供の方の、「すべての行事に親に顔を出してもらいたい」という熱意も、ずいぶん薄まっている。

生意気盛りの中学生くらいだと、人から聞いた話では『学校に来るんじゃねえー、クソババア』なんて暴言を吐くケースもあるらしいが、幸いなことに陽介はもっとずっとソフトな言い方を知っている。

『……お母さん、仕事で忙しいんだし、無理しなくていいよ』

どちらにせよ、特に男子はいつまでも「ママのいい子」ではいてくれないのだ（いてくれたらいいてくれたで、それはそれで問題だし）。

ともかく、今年の音楽発表会は「抽選に当たった」とかで、立派なホールで開催される。例の市民ホールである。真夏の夜の、あのとんでもない顚末《てんまつ》は、今や他人に話して必ず受けが取れる鉄板ネタと化している。人間の経験で、まるきり無価値というものはおよそないのかもしれない……だからと言って、もう二度とごめんだが。

市民ホールの抽選云々は、夜並びの後で玉野遥から「大変だったんだってー？」とからかい混じりの電話がかかってきたときに聞いた。陽子としては当然、「だったら年度末の定期演奏会だって、抽選でいいじゃないの」と思ったし、言葉に出してなじるように相手にそう言ってみた。その瞬間、遥は鼻で笑った。

「ほんと、わかってないねえ。抽選じゃ、外れたときにどうするのよ？　定期演奏会は、何が何でも、あのホールでやんなきゃならないの。それが何十年も続いた伝統の重みってやつ。万一、その年だけホールが取れなくて、体育館で、なんてことになってみ？」

「……どうなるのよ？」

「それはもう、恐ろしいことになるね。主に、その年の役員さんたちが」

あまりにもおどろおどろしい口調で言われ、それは具体的にどういう……とは聞けなかった。すぐに遥が続けて言う。

「第一、子供たちが可哀相《かわいそう》でしょ。何度も言わせないで。体育館じゃろくに観客も入れないし、何より音がひどいことになるし。一年間の集大成がそれじゃ、頑張ってきた子供たちが可哀相じゃない」

陽子をやり込めるとき、遥はいつも実に楽しそうだ。

「それにさあ、本題はそこじゃないんだって。あんたと話してると、すぐ変なとこで怒り出すから話が進まないったら。その音楽発表会でね、最後に吹奏楽部の演奏もあるんだよね。それだけでも、聴きに行ってあげたら？　陽介くんも、毎日頑張ってるんでしょう？　その成果を親が見てやらなくて、どうするのよ」

背中をぐいぐい押してくる。こと陽介に関してのみ、そうした揺さぶりには非常に弱い陽子であった。

その後、陽介はほんの数回ではあったがファゴット教室に通い、そこで勧められた楽器のメンテナンスも行った。余談ながらこれも決してお安くはなく、しかも個人での負担である。元々、学校貸与の楽器自体が昭和の遺物で、年季の入り具合が半端ない。誰だか他のパートの子が、最初に楽器の手入れをしていたら、中から得体の知れない妙な汁が出てきた、と騒いでいたそうだ。

「全体の調整をきちっとしたら、びっくりするくらい吹きやすくなりますよ」というファゴットの先生の言葉を、陽介は神託を告げる巫女《みこ》の如《ごと》き真摯《しんし》さで伝えてきた。もちろん「ダメ」なんて言えるはずもない。

きなかったので、二人で電車に乗り、都心部の専門店まで行った。陽介が月一でリード

を買いに通っている店である。奥まった場所にある、うらぶれた雑居ビルの中にあった。

子供たちだけでこんなところに通っていたのかと、驚くような、危ぶむような、ひどく

複雑な思いだった。

ともあれ、そうした過程を経て陽介は、一頃（ひところ）の落ち込みが嘘のように落ち着きと元気

を取り戻している。その一番の功労者が新谷先輩であることは、疑いようもなかったが。

日々の練習がきちんと成果に繋がり、少しずつではあったが、陽介のファゴットは上達

していった。もちろん、まだまだ満足のいく演奏にはほど遠いが、やっと〈音を楽し

む〉ことが、できるようになったということらしい。少なくとも、家で練習する陽介は、

以前の切羽詰まった様子とはうって変わって、楽しげな表情をするようになっていた。

そうなると、遥の言い種ではないが、「その成果を親が見てやらなくてどうする」と

いう思いも強まってくる。

学校行事だのPTAの仕事だので、それでなくとも奪われる時間は多い。何とか当日

仕事を早めに切り上げ、吹奏楽部の演奏だけでも聴きに行けるよう、スケジュール帳と

睨（にら）めっこしつつ、苦心惨憺（さんたん）の算段をする陽子であった。

当日、お約束のように起こるトラブルとイレギュラーな仕事の山を、ブルドーザーの

如く右へ左へとかき分け、ようやく市民ホールにたどり着いたときには、合唱はもう最後のクラスを残すばかりになっていた。幸いなことに、保護者席には余裕があった。陽子と入れ替わりに出て行く一群もいたから、我が子のクラスが終わったら立ち去る人も多いのだろう。

プログラムを見ると、吹奏楽部の演奏は、合唱の審査、結果発表までの時間稼ぎらしかった。合唱のためのひな壇が片付けられ、代わりにパーカッションや椅子や譜面台などが並べられる。ホールにはざわめきが満ちていて、陽子の心臓は、いつの間にか痛いほど鳴っていた。

客席の照明が落ち、薄暗がりの舞台にぞろぞろと子供たちが出てくる気配があった。会場がすっと静まる。誰かの咳払《せきばら》いの声。スポットライトが灯り、舞台中央では妙にボディコンシャスなスーツを着た女性が、挨拶の口上を述べた。陽子が一度目にした顔……顧問の大塚先生である。

子供たちはというと、シンプルな白と紺。制服の上着を脱いだだけのお手軽衣装だが、なかなかきりりとして見える。小柄な陽介は、成長を見越してかなり大きめのサイズの制服を購入した。販売員に「男の子はすごく背が伸びますから、これくらいでないと」と力説されて選んだが、まだまだ服に着られている感が拭えない。白いシャツだけなら身に合っているから、良かったわと思う。二列目だからだぼだぼのズボンは見えないし。

うん、うん、カッコイイよ、陽介。

たとえ会場中でそう思っているのが陽子一人であろうとも、全力で声援のテレパシーを送る。

やがて音楽が、ホールを満たし始めた。

全部で何十人いたか数えもしなかった。他の子なんて、目に入りもしなかった。ただひたすら、陽介を見ていた。陽介が、真剣な顔をして、ファゴットを吹いている。幼い頃、陽子の手をしっかりと握っていたあの指が、楽器のキイの上を忙《せわ》しく走る。古い楽器が、スポットライトの光を上品に跳ね返す。遠目にも優美な楽器と、生真面目な眼をした少年と。

——散々、悩んだよね。できない自分に落ち込んで、それでも諦めずにコツコツと努力してきたんだよね……。

熱い大きな塊が、陽子の胸元までこみあげてくる。

一部でミセス・ブルドーザーと恐れられる陽子とて、人の子である。小説を読んで泣いたこともある。映画やドラマを観て、思わず涙したことも、それはいくらだってある。ただ、音楽を聴いて泣いたことは、ただの一度もなかった。若い頃、ライブに誘われて会場に足を運んだとき、感激で大泣きしている友人を、不思議なものを見るような眼で見たことを憶えている。興奮しすぎたのね、それともヒステリーかしらと、肩をすくめたことも。

しかし、今。

山田陽子は人生で初めて、音楽を聴いて大号泣したのであった。

3

ぱっと客席の明かりが点いたとき、ふと顔を上げるとそこに玉野遥の顔があった。丸い顔に、にやあと人の悪い笑みを浮かべている。

「斜め後ろから豪快に洟《はな》をすする音が聞こえてきて、何事かと思ったわよ」

にやにや笑いのままでそう言われ、陽子はそそくさと立ち上がった。

「じゃ、私はこれで」

「いやいや、まだ帰っちゃだめでしょう」

「生憎、合唱の順位発表には興味がなくて……合唱は見てないし」

正直に告げて立ち去ろうとしたら、身を乗り出してぐいと腕をつかまれた。

「はい確保。逃がさないよー」

犯罪者並みの扱いに、苦笑いが出てくる。

実は容疑に心当たりがあった。

「……いやー、行かないよ、保護者会は」この後、学校近くの集会所で吹奏楽部の保護者会が開催される旨、あらかじめ通知は受けていた。「前に聞いたわよ、このタイミングで役員決めをやるんでしょ？　私は無理よ、ＰＴＡだけで手一杯。今日だってやっと仕事抜け出して、演奏だけ見に来られたんだから。こういう役員決めって、引き受けられないなら欠席した方がマシっていうのが、私の持論なの」

苦い経験に基づく陽子なりの結論であった。だが相手は、深いため息をついた。

「あのね、山田さん。私はさ、あんたにこの会場に来て欲しくて、わざとあんな言い方をしたんだよね。で、来てもらったのは、演奏を聴かせるためだけじゃないわけよ。あんたにはぜひ、保護者会に参加してもらいたいと思ってさ……まあそう嫌な顔をしなさんなって」

遥は陽子の腕を引き、邪魔にならない隅の方に誘った。

「あんたも今し方、見たでしょう？　ずらっと並んだ楽器とか、譜面台とか」

「見たけど？」

腕を組んで陽子は聞き返す。

「ずいぶんと大きかったでしょう？　陽介くんのファゴットもそれなりに大きいけど、コントラバスとかチューバとかは朝の通勤通学時間帯、バスに載せたら迷惑になるレベルでしょ？　それに何より、パーカッション。マリンバ、ティンパニ、バスドラム。見たでしょ、あのかさばりよう。で、はい、質問。あの大量の楽器は、一体誰がどうやって学校からここまで運んだんでしょう？」

「まさか……」

「はい、そのまさか。親の会有志で、自家用車と体力と時間と、楽器を傷つけないための細心の注意力と。まあそういうものを総動員して、朝早く、ホールの搬入口から運び込んだの。ビブラフォンなんて解体してる時間も組み立てる時間もないから、あれひとつ運ぶのにワゴン車一台必要なわけ」

「……ビブラフォンって何？」

「まあ、でっかい鉄琴ね。楽器の搬送のために、自家用車をハイエースに買い換えた親御さんもいるんだよ。で、この後また同じようにして搬出して、学校まで持って帰る、と。ちょっとした引っ越し騒ぎよね。自分ちの子はコンパスやパーカスじゃないから無関係って、思う？　手伝っている人たちが、暇と体力を持てあましているとでも？」

さすがに陽子は首を横に振る。

「それは……わかるし申し訳ないけど、でもなんだってそこまで親がかりなわけ？　あくまで学校の部活動なんだから、学校が業者に依頼すれば済むことじゃ……」

「しがない公立中学に何を要求してるのよ。プロに頼んだらいくらするか。ただでさえ、吹部《すいぶ》にはお金がかかるのに、そんな予算があるわけないじゃない。それにね、今回だけじゃないの。夏コンの予選のときにも、ミニコンサート、市のこどもの日フェスティバル、それからもちろん春の定期演奏会でもね、全部同じこと。コンクールは他にもあるし、夏コンだって、もし予選を勝ち進んでいたら親の出番は二倍、三倍となるわけよ……まあそれは、親の会にとっちゃ喜ばしいことなんだけどね。で、まあ、何が言いたいかって言うとね、親の負担は楽器の搬送とか、会場取りの夜並びとかの他にも、まだまだあるよってこと。定期演奏会の前の、衣装作りとかね」

「衣装って、何よ、それ」

「それそれ。直前になってそうやって血相変える羽目になるくらいなら、出られるときくらい、保護者会にも顔を出しておきなよ。なにも今期、役員やれなんて言わないからさ」

一理も二理もある。考えてみればいつぞや、今年の一年生の保護者は非協力的だと言われている、と教えてくれたのも、忠告のつもりだったのだろう。

「……わかった、行くわ」

気が重いながらも、きっぱりとそう言った陽子であった。

だが、小一時間ほど後、陽子はその選択を深く悔やむことになる。

集会所の中には、胸が悪くなるような重苦しい空気が、濃密に漂っていた。

これに似た空気に、陽子は憶えがあった。忘れもしない、陽介が小学校に上がった年の、初めての保護者会である。ＰＴＡの役員決めで、怖いもの知らずで空気が読めなかった陽子は失言を連発し、あっという間にクラス中の保護者を敵に回してしまった。もうあのような失敗は二度と繰り返すまいと、念じ続けて現在に至る。実際、当時よりはだいぶマシになったはずと、自分では思っている。

だが今回の場合、あのときとはだいぶ様相が違っていた。

まず、陽子が恐れていた役員決めだが、拍子抜けするほどあっさり決まってしまった。議長の「自薦、他薦は……」という言葉に次々推挙の手が挙がり、名前を挙げられた人物は、それを二つ返事で引き受け、皆も拍手で承認。

察するに、事前に根回しが完璧に済んでいたものらしい。この保護者会は、形ばかりの承認を行う場でしかなかった。

それについては大いにほっとした陽子であったが、恐怖におののいたのは、その前にやった会計報告である。

とにかく皆のチェックが、恐ろしく細かく、かつ執拗《しつよう》なのだ。

「この、外部講師の方への結婚祝いって、何ですか？」

「それは……長年お世話になっていますし、何もしないわけには……」

「一万円って、多過ぎませんか？　だいたい、この方ってパーカス専任ですよね。ごく一部の生徒しかお世話になってませんよね」

別の人も言う。

「この、駐車場代って何ですか？　いつも、車出しの人は無料駐車場を使うよう、しつこく言われていますよね？」

「それは夏コンのときに、付近の無料駐車場がいっぱいで……」

「混むのはわかっているんだから、もっと早く出るべきだったんじゃないんですか？　それに私、前に同じような感じで有料のとこに停めましたけど、自腹切ってますよ。それじゃ、今から申請したらその分、払ってもらえるんですか？」

「この、雑費の内訳ですが、なんでこんな物をこんな値段で購入しているんですか？　もっと安く買える店、ありますよね」

「この、通信費についてですが、大雑把過ぎませんか？」

「このコピー代、どうして五円のところを使わなかったんですか？」

他にも微に入り細を穿《うが》った税務署もびっくりの追及ぶりに、旧会計担当者はもう半泣きである。

昔出た、自治会の総会では、会計報告なんてほんの形ばかりだったのに、こちらは実にシビアである。なるほど、これでは確かに遥が言っていたとおり、楽器の搬送に業者なんて使えるはずもない。陽子の感覚だと、忙しい中、おそらくガソリン代も自腹で車を出してくれているんだから、駐車場代くらい会費で出してもいいじゃない、と思う。そしてもし自分なら、そこは黙って自腹を切ってしまうかもしれない、とも思う。多少、もやもやしたものは残るにせよ、無料駐車場に入れるために一時間も二時間も早く出るくらいなら、時間をお金で買うつもりで有料駐車場に入れる選択をするだろう。

しかしそれは、陽子が金銭的には余裕があるからそうできるだけのことだ。四月からこっち、吹奏楽部関連で、大に小にと出て行くお金については、陽子ですら困惑した。もし、子供を多く抱え、ギリギリの家計を綱渡りで回しているような家だったら……まあ、ああなるのも無理はないかもしれない、と査察官の如き追及を繰り広げるお母さん方を見て思う。

陽子としては、子供に音楽をやらせる家は、ある程度裕福な層に属しているはず……という思いがあった。少なくとも、私立校で、吹部に入れて、というのであれば、そこの世帯収入は必要だろう。が、公立校の場合はどうなのだろうか。

吹部に子供を入れている家で、明らかに裕福ではないケースを陽子は知っている。それも二家庭。

そのうちの一人が、ひそひそと陽子に話しかけてきた。

「何か、怖いですね……悪いことしたみたいに怒られて、可哀相……」

心底気の毒そうにそう言ったのは、村辺千香である。彼女は過去にしばしば〈糾弾される側〉に立ったことがあり、それは自業自得以外の何物でもなかったわけだが、今回の会計担当に我が身を重ね、震え上がっているものらしい。

千香は会が始まる前に陽子を見つけ、無闇に嬉しげにすり寄ってきた。

「良かったー、山田さんが来てくれて。仲良しが誰もいないから、不安だったんです」

仲良しのつもりなど微塵もなかった陽子は、苦々しい思いを押し殺しつつ、言葉少なに挨拶をした。陽子の剣呑《けんのん》なオーラもどこ吹く風で、千香はちゃっかり隣に腰かけ、何かと話しかけてくる。

「あの、山田さん。うちの真理、ホルンなんですけど、すごく難しいらしくて……一人だけ、いつまでも下手くそだって悩んでて」

いずこも悩みは同じらしい。

「陽介も一緒よ。家でも一生懸命、練習してる」

真理ちゃんのこととなれば、少しは優しくなれる陽子である。

「あ、ファゴットは室内で吹けるからいいですよね……ホルンはさすがに団地じゃ全然無理で。でもあの辺、楽器練習できるような大きな公園とかって、ないじゃないですか」

「ホルンには外部講師っているの？」

「卒業生の方がたまに来てくれてるみたいなんですけど……普段は、全体を見てくれてる岸《きし》先生が個別練習も見てくれたりするんですけど、ホルンを教えるのはあまり得意じゃないらしくて」

例のサックス奏者のことらしい。陽子は既に、会ったこともない彼に「使えないやつ」という判定を下していた。

「……真理、岸先生から名指しでしょっちゅう、怒られてるらしいんですよね……音が外れているって。怖くなって吹き真似したら、それも聞こえないってバレちゃって」

千香は哀しげにうつむく。

「怒られるだけいいと思うわよ。陽介なんて、完全に無視されてるらしいから。それこそ、聞こえていないみたいで」

二人して、はあっとため息をつく。こと我が子のこととなると、その「ままならなさ」は強気な陽子も卑屈な千香も、どっこいどっこいだ。

旧会計の吊《つる》し上げが一通り終わると、予定どおり役員決めに移行し、新役員の挨拶が行われた。皆、無難な自己紹介を終え、一同の拍手が会場に響く。

第二ラウンドが始まったのは、その後だ。

「あの、ちょっといいですか？」

陽子よりもやや上の世代と思われる母親が、いきなり言いだした。

「今年の夏コンが残念な結果に終わったことは、皆さんご存じの通りですが」

滞りなく役員交代が終わり、やっと和やかになりかけた空気が、再び氷点下まで凍りつく。

「新役員さんにお聞きします。来年の夏コンでまた、同じことを繰り返すつもりですか？　また子供たちに悔しい思いをさせるつもりですか？」

新会長から、「もちろんそんなことはありません」と返答があった。この場合、それ以外の返事はないだろう。質問者はくいっと顔を上げた。

「では具体的に、どういう部分を改善していくおつもりですか？」

「……それは、私たちもまだ、今就任したばかりで……」

口ごもる新会長に、質問者は掌《てのひら》で机をばしんと叩いた。少なからぬ人数が、びくりと跳び上がる。

「そんなことでどうするんですか。アンサンブルコンテストはもう、すぐ目の前じゃないですか」

「アンコンについては、A、Bメンバー共に頑張って……」

「私が見たところ、どっちの組もアンサンブルにはほど遠かったですよ。だいたい何であんな編成になったんですか？　無理に二チームに上手い子を振り分けて、下手な子に足を引っ張られて結局共倒れになるくらいなら、Aに実力者を集めた方が良かったんじゃないですか？」

下手な子、と言い切ったが、いいのだろうかとハラハラする。その下手な子の親だって、この場にはいるはずだ（陽介と真理に至っては、下手な子の枠にすら入れてもらっていないだろう）。

新会長は顔を引きつらせつつ、辛抱強く答えた。

「それは……子供たち自身の希望もありますし、第一、大塚先生のお考えが……」

「その大塚先生のお考えが、疑問なんですよね。あの人、全然吹奏楽のことわかっていないじゃないですか。肝心なところになると全部、岸先生に丸投げで」

「そもそも、あんな若い、経験もない先生にやらせるのが無理だったのよね」

別の声が上がり、賛同の声も続く。

うへえと思った。大塚先生とは、出会いこそあんな感じであったが、言っていることは一応真っ当だったと思う。やる気も普通に感じられたが、どうも大方の保護者からは不評だったものらしい。

「岸先生もねえ……ちょっと、どうかと思いますよねえ」

他の誰かが、含みありげに言う。それに続く、同意の声。これに関しては陽子も、まあ同感である。

「サックスの指導はよくやって下さっているみたいだけどねえ……」

「そもそもどうしてあの先生が来るようになったんですか？」

一年生の保護者らしい人の質問に、近くにいた別の保護者が訳知り顔に言った。

「大塚先生の音大時代の知り合いらしいですけど、どうもあの二人、付き合ってるっぽいですよ。よく二人で食事しているところを目撃されているんですよね」

駅近くのレストランの名前が挙がる。別の保護者から、どこかの飲み屋らしい店の名前も挙がる。

「そういう私情を挟まれてもねえ……」

「若い先生はこれだからねえ……」

ひそひそささやかれる声には概ね同意ではあるのだが、どうにもこのねっとり感には辟易《へきえき》してしまう。

当の大塚先生は子供たちと共に学校に戻っているので、今、この場にはいない。それをいいことに、好き勝手言いたい放題である。

「……指導者が駄目なら、私たち親の会が頑張ってフォローするしかないですよね」最初の年配の保護者が、先生を〈駄目〉と言い切り、新役員をじっとりと見やった。「はっきり言って、今の練習は、ぬるすぎると思うんですよね。昔の、私たちの頃は、もっとずっと厳しかったですよ。あんな、完全下校までの数時間で、何ができるっていうんですかね、ほんとに。食べて、寝て、学校で勉強して、それ以外の時間を全部練習に捧げるくらいじゃないと、全国なんて行けないんですよ。私たちが県大会に行った頃は、そりゃあもう……」

何やら長々と演説が続く。

なるほど、と陽子は思った。この人は、この中学の卒業生だったか。親子二代で吹奏楽をやっているわけね……。

その場にいる保護者の、全部が全部、彼女に賛同しているわけでもなさそうだった。明らかに、引いている人もいる。隣にいる千香などは、びくびくと小動物のように怯えている。しかし「まったくその通り」とばかりうなずいている人もいて、保護者もなかなか一枚岩とはいかないらしかった。

「――それで」と場を仕切っている年配の保護者は、改めて新役員に向き直った。「新役員さん方にお尋ねします。今年の夏コンはあのような無残な結果に終わりましたよね。先生のご指導はともかくとして、親の会としては、どういうところがいけなかったと思われますか?」

うわっと思う。また話が同じところに還《かえ》ってきてしまった。

いい加減長々と話され、その前は容赦なく、しかもしつこい会計担当吊し上げで時間を割かれ、陽子はもううんざりしていた。それでさっと手を挙げ、議長に指名される前に立ち上がる。

「それを新役員に言うのは筋違いじゃないですか？」

陽子の発言に、現発言者は虚を衝かれたらしかった。肉付きの薄い首を、鳥のようにぐるりと巡らせ、冷ややかに問うた。

「……どちら様？」

「山田と申します。それであなたのお名前は？」

横から千香がはらはらしたように袖を引いた。

「エガさんよ、山田さん」

どうも皆の表情を見るに、この場でエガさんの名を知らないのはたいそう非常識なことであるらしかった。

「山田さん。ああ、あの、先生にいきなりパート決めのクレームを言いに行ったっていう、非常識な方ね」やっぱりいきなり非常識ときた。言われる陽子の方にも問題は大ありだろうが、どうもこのエガさんとやら、いちいち言葉が容赦なくキツい。「どうも一年の保護者は非協力的な人たちが多いと思ってたけど、まさか文句まで言われるとはね」

苦々しげに言う。

「別に文句ではありませんよ？」

めんどくさい人に喧嘩売っちゃったなあと、早くも後悔し始める陽子であったが、時既に遅しである。相手は、はあっとこれ見よがしなため息をついた。

「来年にまた同じ失敗を繰り返さないために、親の会としてどういう努力をされるおつもりか、新役員さんにお伺いするのは当然だと思いますけど」

「そうおっしゃいますが」もうこうなったら自棄《やけ》とばかり、陽子は続けた。「エガさんがさっきおっしゃったことと微妙に違いますよね。先ほどは、親の会としてどこがいけなかったと思うかと、尋ねられていましたよ。それってつまり、旧役員の悪口を言えってことですよね。現にここに旧役員さんがいらっしゃるのに、それはないんじゃないですか？　一年間、ボランティアで頑張って下さったんですから、感謝こそすれ、それこそ文句を言うのは筋が違うと思うんです……役員をやっていなかった、私やエガさんが、ね」

「何ですってっ」

エガさんが怒りの声を上げた。わなわなと震え、怒りに目をむいていて、さすがの陽子も少し怖い。

「私はもうずっと長く、クラリネットを子供たちに教えていますよ。それこそ、ボランティアでね。本当にもう、信じられない。なんて人でしょう。お話になりません、気分が悪いわ」

言うなりそのまますたすたと集会所を出て行ってしまった。

「エガさん」と数人の保護者が続く。

呆気《あっけ》にとられてそれを見送った陽子だったが、気を取り直し、再度手を挙げた。

「それでは私から一つ、新役員さんにお願いがあります」

「……何でしょう……」

明らかにびくびくと、新会長が応じる。

「定期演奏会では衣装作りがあると聞きました。私、お裁縫が苦手なものですから、どういう衣装を作るかについては、できるだけ早めにご連絡お願いしますね」

会長はとっさに返事をしかね、空白の時間が流れた。そこへ、たまりかねたように豪快な笑い声を上げたのは、玉野遥だった。

緊張に満ちた時間は、ここでようやく終わりを告げたのである。

4

「――ほんとにもう、あんたときたらやってくれるねえ」

思い出したように笑っては、遥が言う。

子供が同じ小学校だった遥と千香とは、帰る方向もだいたい同じだ。

「だってあのまま演説させてたら、いつ終わるかもわからなかったでしょ。せっかく仕事を早めに切り上げてきたんだし、早く家に帰りたいじゃない」

それで必要なことだけさっさと伝え、その後で特に質問者もいなかったから会はお開きになった。

「確かに、いつもよりはだいぶ早く終わったけどね……おかげさまで」

遥はまだ笑っている。

「で、何なの、あのエガって人」

「江賀さんね」と遥は宙に漢字を書く。「クラリネットの女帝エガテリーナ」

なぜまたロシアと、とっさに思った。ゴルバチョフは旧ソ連だが。

「あの人、子供三人いるんだけどさ、その年齢差が絶妙で、上が卒業したかと思うとすぐ次が入学してきて、その子たちが決まって吹部に入るのね。で、親の会のヌシみたいになってるのよ。ほら、クラって人数多いでしょ？　クラパートのお母さんたちはほとんど、あの女帝の手下みたいになってるよ。私は女官って呼んでんの。ほら、その取り巻きたちが、旧会計担当を苛《いじ》めてたでしょ？」

「うわー、あれ、そういうことだったの」陽子は顔をしかめた。「でもまあ、タダでクラリネットを教えてくれるんなら、ありがたい話よね」

陽介がファゴットを習うためにどれだけ苦労していることか……。とは言え、陽介のパートがクラリネットでなくて良かったと心から思うけれども。

「それがねー」と遥は声をひそめ、顔を近づけてくる。「あの人、教えるのたぶん、あんまり上手くないんだよね。夏コンの地区予選でも、クラリネット軍団が音外しまくってたし。クラのリードミスってさ、失敗が丸わかりでめちゃくちゃ目立つよねー、人数もやたら多いし」

「あー、ＤＶＤで見たけど……そんなひどかったんだ」

「まあ、クラだけじゃないけどね、全体にひどかったよ」

「でも何よ、あの女帝。さんざん旧役員が不甲斐ないせいで夏コンが駄目だったみたいに持っていこうとしてたけど、自分にかなりの原因があるんじゃないの」

陽子が憤ると、遥はふくよかな肩をすくめた。

「その自覚がないっぽいのが、あの人の困ったとこだよね。周りが変に持ち上げちゃうのも、良くないんだと思うわ。クラの保護者だけじゃなくってね。ほら、強い人に無条件で従う人って、一定数いるでしょ。村辺さんもそれで、山田さんにくっついているわけだし」

「わ、私は」千香が憤慨したように言った。「山田さんが好きだから、ちょっとでも近づきたいんです。そりゃ、強いところも憧れますけど、もし江賀さんの方が強くたって、あっちに行ったりしません」

言い切られ、陽子はたじたじとなった。

「そ、そう？　ありがとう」

礼を言われて千香は満足げだ。遥はふふっと笑った。

「……吹奏楽部ってさ、特に中学は、初めてその楽器を演奏するって子も多いわけで、それぞれの才能とかセンスとか以上に、指導者の力量によるところが大きいのよ。一にも二にも、指導者が大事なの。そこが今、ガタガタ。大塚先生も、真面目で勉強家で、言ってることは教科書通りなんだけど、肝心の指導が全然できてないの。外部講師の岸先生の言いなりになっちゃってるし、その岸先生にもだいぶ問題あり。とまあ、こういう現状を知って欲しくて、強引に呼んじゃったってわけ」

「まあねえ、状況はわかったけどさ、大人側が多少ごたごたしてたって、要は子供たちが楽しくやれればいいんじゃない？」

陽子が軽く言うと、遥は人の悪い笑みを浮かべた。

「そんな他人事《ひとごと》みたいなこと言っていいわけ？　だって女帝の三人目って、今年入ったばっかだよ？」

「……つまり、陽介と同学年ってわけ？」

「そ。これから二年半たっぷりのお付き合いってわけ」

「わー、すごく楽しみー」

棒読みで言いつつ、陽子は今後も親の会にはあまり近づかないでおこうと決意した。

さもないと……ろくでもない結末しか見えてこない。

後日、五十嵐礼子から電話があった。

「——村辺っちに聞いたよー、山田さん、いきなりラスボス相手に闘ったんだって？」

千香と礼子は同じ団地だから、立ち話でもしたのだろう。そしてこの二人に共通する話題なんて、ほとんどない。吹奏楽部と、陽子についてのみ、だ。げんなりしつつ、応じる。

「……情報早いね」

この分だと、例の騒動はもう相当に広まっていそうだ。つくづく、己の軽挙を悔やむ陽子である。陽介に何か悪い影響がなければいいがと、祈らずにはいられない。

「行くんじゃなかったわよ。あなたは来なくて大正解」

「いやいや、そんな面白い見物《みもの》があったんなら、行けば良かったなあ……まあどっちみち、仕事があって行けなかったんだけどね」

「私だって仕事はあったんだけどね」

陽子の暗い声とは対照的に、礼子は腹が立つほど楽しげだった。

「前から思ってたけどさー、玉野っちも何気にすごいと思うんだよねー。特に山田さんを動かすのが上手って言うか、ほとんど猛獣使いの域に達してるよね、うん」

「え、何、どういうことよ?」

誰が猛獣だと思いつつ聞き返すと、電話の向こうで相手はけらけら笑った。

「だってさー、演奏だけ見てさっさと帰ろうとする山田さんを、言葉巧みに保護者会に連れてったんでしょ? 女帝様が君臨する王国に……そんなん、どんぱちするに決まってんじゃん。ハブVSマングース。ゴジラ対キングギドラ、みたいな?」

猛獣を通り越して怪獣になっている。

「いやそんな。わざわざ親の会で揉め事起こす理由がないでしょ」

「それがあるんだなー。だって玉野さんとこ、確か二人ともクラリネットだよ。その、何? 女帝エガテリーナ? いやもう傑作なネーミングセンス、笑っちゃう……まあそのエガ様のさ、圧政に苦しんでるんじゃないの~? 玉野さんは親として見てられなくてさ、その現状をどうにか打開したくて、最終兵器山田さんを投入ってカンジ? もう、満を持してってカンジ?」

どうも礼子の中で陽子のイメージはとんでもないことになっているらしい。

「いやー、ないない」即座に陽子は否定した。「そんなこと、あるわけないでしょ。まさかないよね? ……ないと思うなあ」

言いつのるほどに、どんどん不安になってくる陽子であった。

――万が一。もしも、仮に、遥から妙な期待をされているとしても、と陽子は考えた。とにかく動かざること山田のごとしと決めたのだ。ファゴットを頑張っている陽介のためにも、あの子の部活で余計な揉め事を起こすわけにはいかない、と。

そのためには決意したとおり、親の会とは適度な距離を保ち続けるしかない。尖《とが》った槍《やり》がこっちを向いているとわかっている場所に、誰が好きこのんで飛び込みたいものか。

幸い、目下の陽子には、ＰＴＡ現役員という錦の御旗《みはた》がある。ひたすらそれを振り続けていれば、年度末までは穏当にしのげそうだった。

『吹奏楽部通信』を読んでいると、アンサンブルコンテスト、通称アンコンはＡ、Ｂチーム共に地区予選で銅賞だったらしい。小編成故、出場する人数も限られているので、陽子のところまでは手伝い要請が来なかった。その後、クリスマス前の部内アンコンは、残念ながらどうしても仕事を抜けられず見に行けなかった。定期演奏会のための保護者会も、同じくパス。あらかじめ会長さんには、当日のお手伝いを買って出ておいた。これでそこまで印象が悪くなるということはないだろう……たぶん。

それにしても、夏の夜並びのときには、年度末なんてはるか先のことに思えていた。ところがどうだろう、一年が経つのは、本当にあっという間だった。朝起きて、陽介の弁当を作って朝食を作って自分も慌ただしく支度をして会社に行って、せっせと仕事をして、ＰＴＡの仕事もして、家事をして……そんな日々の繰り返しに、時間は飛ぶように過ぎていく。そして子供の背丈は、気づかないうちにぐんぐん伸びる。ついこの間まで小学生だったと思うのに、一年で、すっかり陽介は中学生らしくなった。

二月、陽介が嬉しげに言った。

「新谷先輩、志望校に合格したんだって」

それは再び彼女が部活に顔を出すようになったということであった。

相変わらず、陽介の完璧な片思いで、先輩に気持ちを告げる気もまったくないらしかった。ただ、新谷先輩の側《そば》で一緒にファゴットを吹く。それが、無上の喜びであるらしい。我が子ながら、その純真無垢《むく》ないじらしさに泣けてくる。

ともあれこれは、親が踏み込んで良い領域ではない。

時に、素知らぬふりをしてただ見守ることも、紛れもなく親の愛なのだ。

三月、定期演奏会の当日。

陽子は決して出過ぎないよう、また、思ったままをすぐ口にしてしまわぬよう、ひたすら自らを戒めながら、淡々と与えられた仕事をこなしていった。気をつけてはいたものの、途中、やむなく女帝と近接遭遇してしまった。できれば忘れてくれていたらと考えていたが、やはり甘かったらしい。

「あらあ、山田さんでしたっけ。今日は珍しく、お手伝いに来てくれたのね」とちくりと嫌みを言われたが、まったくおっしゃる通りでもあったので、「はいー、そうなんですー」と軽くかわしておいた。他の行事はともかく、この定期演奏会については、市民ホールの予約取りで誰よりも頑張った自負があるので、そうそう卑屈になることもないだろう。

陽子は滞りなく仕事を終えると、保護者席へ向かった。先に夫の信介と、義母が席を取ってくれている。シートに落ち着くと、自分がかつてなく興奮していることに気づく。

思えば一昨年の同じ時期、陽子は他人の子供の演奏を聴きに、私立中学の定期演奏会に足を運んだのだった。あのときには、やれやれ人付き合いは面倒ね、くらいのものだった。中学生の演奏になんて、まるっきり興味もなかった。

けれど今、あのときとは実力的に比較にならないほど劣るであろう演奏会を、心待ちにしている自分がいる。

なぜかって？　我が子がそこでファゴットを吹いている、理由はそれだけで充分過ぎるでしょう！

そんな自問自答も、ふわふわと浮き足立っている。

まるで全力疾走したように、心臓が速く大きく鳴っている。子供たちの緊張感が伝わってきて、こちらまでが胸苦しい。演奏者と、聴衆の息づかい。握りしめた拳《こぶし》の中の汗。

やがて、ホールに反響する音楽——。

ところどころもたつきながらも、プログラムは進んで行く。苦労させられた衣装も、遠目には出来の悪さはわからない。途中で、「あ、この曲知っている」と思った。陽介が、リビングのテレビで繰り返し見ていたあの演奏……夏コンでやっていた曲だった。

この曲にはほんのわずかだが、ファゴットのソロがある。その部分を、陽介は吹いていた。あの生真面目な眼をした少女と、ぴったり動きを合わせ、時おりアイコンタクトなどしながら。

両者の息は、ぴったりに見えた。

知らず涙が溢《あふ》れ、頰を伝い落ちていた。

——良かったね、陽介。今、この瞬間のために、一年間、頑張って練習してきたんだよね。

滂沱《ぼうだ》と涙を流す陽子に気づいた夫が、ぎょっとしたような顔をしていたが、どうでも良かった。

今、ここには明らかに陽子自身知らなかった(ついでに言えば夫も知らなかったであろう)陽子がいる。この年齢になって、未知の自分に出会うとは、夢にも思っていなかった。

音楽の中で、湧き上がる得体の知れない感動に身を任せてしまうのは、天にも昇るほど心地よかった。胸の中に、温かなものが満ちる思いである。

プログラムは順調に進み、とうとう最後の曲に次いでお約束のアンコールまで終わったが、客席に照明は点かなかった。アナウンス役の少女の声が言う。

「それでは最後に、サプライズの一曲です。『オペラ座の怪人』より、『オール・アイ・アスク・オブ・ユー』。歌、大塚先生。演奏、岸先生です」

紹介と共に、真っ赤なドレス姿の大塚先生と、サックスを抱えたタキシード姿の優男《やさおとこ》が出て来た。彼が噂の岸先生だろう。にこやかな顔で、大塚先生は言う。

「えー、ご存じの方もいらっしゃるかと思いますが、私は今年度限りで退職させていただくことになりました。実は、結婚、することになりましてー」

ここで言葉を切られ、流れ上、皆でぱちぱちと拍手をする。

「えー、実は、ですね。こちらの岸先生がアメリカに留学されるとのことで、私も、一緒についていくことになりました。もちろん、音楽は続けるつもりです。皆さんのことは、遠くアメリカから応援しています。それでは聴いて下さい」

サックスによる短い前奏が流れ、大塚先生が情感たっぷりに両手をゆらゆらさせながら歌い始めた。そのミュージカルなら陽子も観たことがある。この歌は、ヒロインと貴族のお坊ちゃんとの、甘々のラブソングだ。本来デュエットソングだが、アレンジしてあるらしい。

今や舞台上には、完全に二人だけの世界が出来上がっている。「二人の愛の誓いは～」

「共にどこまでも～」みたいな歌詞なので、なるほど結婚発表曲には向いている。

しかし……大塚先生って、こんな人だったっけ？　どうもイメージが違う気がする……。スーツの趣味はともかく、堅物の学級委員タイプだと思ったのに……。

良くも悪くも、恋とか結婚で唖然《あぜん》とするくらい様変わりする人っているわよね……まるで発酵したみたいに、見た目とか性質とかがらりと変わってしまう人って。ほんと、これ以上ないサプライズだわ……。

うわあと口を開け、正直どん引きしつつ舞台を眺めていると、背後からひそひそ声が聞こえてきた。

「……どうします、やっぱ結婚祝いって、会費から出すべきなんでしょうかね？」

「でも、公務員にそういうの、まずいんじゃ……」

「だけど岸先生にはいるでしょう？　金額、どうしよう。やっぱ、二人分になるのかしら……」

「また会計報告で揉めちゃいそう」

しごく現実的な相談だが、陽子としては、気になるのはそこではない。

――陽介が二年になったとき、吹奏楽部はいったいどうなっちゃうの？

他の保護者はそこらへんはちゃんとわかっているのだろう、もちろん。蚊帳《かや》の外ばかりをうろついていた自分が悪いのだ。

ともあれ。

溢れ出した涙も引っ込む勢いで、陽子の心はシベリアの地の如く冷え切ってしまった。

あの歌の後で怒り狂っていたオペラ座の怪人の気持ちが、今なら非常に理解できそうだ。

——私の感動を返してよーっ。

陽子の心の叫びは無論、舞台上の愛に満たされた恋人たちには、決して届かないのであった。

四重奏
カルテット

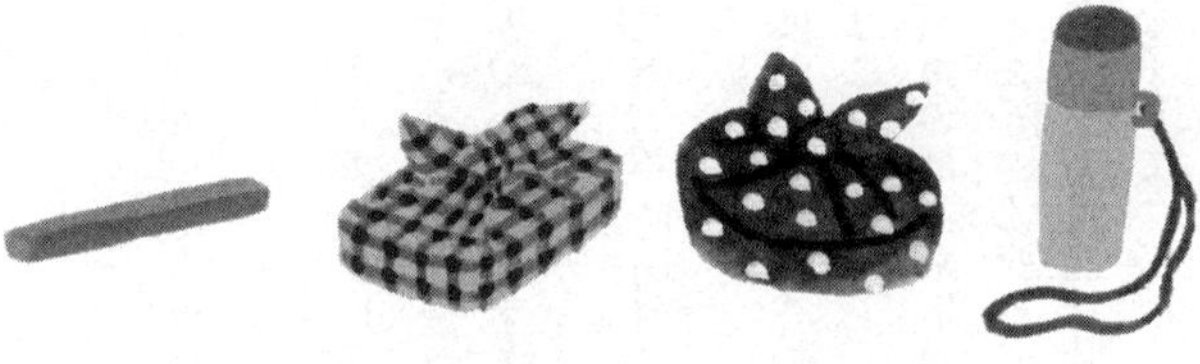

1

通話を終えて、東京子《あずまきようこ》は深いため息をつきつつ、テーブルの上のマグカップに手を伸ばした。長く放置された紅茶はすっかり冷め切っていて、一口飲むとレモンの酸味がつんと鼻に抜ける。近頃体重が気になるから無糖だが、しゃべりすぎて喉が痛く、甘い紅茶にしておけば良かったと少し悔やむ。

ともかくそれで喉を潤《うるお》し、再び受話器に手を伸ばした。一時間前に電話して、不在だった番号だ。

「あ、私、吹奏楽部親の会役員の東ですが……あ、はい、はい、こちらこそ、いつもお世話になっております。あ、はい、保護者会の時にはこちらこそ……はい、はい、いえ、とんでもない……、あ、それでですね、お電話しましたのは、来年の定期演奏会の予約協力のことで……ああ、はい、大丈夫です。ちゃんとお子さんを通じてアンケートは受け取っています。それでですね、丸をつけてもらった、協力可能な時間のことで確認なんですけど、この三時っていうのは……十五時じゃなくって、午前三時なんですけど、大丈夫ですか？　ええ、ですから午後じゃなくて午前の三時。夜中ですけど、ご協力いただけるのでしたらほんとに助かるんですけど……」

ここまで言ったところで、ようやく理解した相手はすっとんきょうな声を上げた。えー、うそっ、夜中の三時？　えー、ちょっと待って下さい、無理無理無理無理……。ごめんなさーい、勘違いしていました。私てっきり、だってだって……。

京子は相手に聞こえぬよう、そっとため息をつく。そんなところだろうなとは思っていたが、一縷《いちる》の望みを抱いていただけに、失望感が拭えない。

「あの、もし良ければ、深夜帯、入っていただけると、ほんとに助かるんですが……」

未練たらしく同じような言葉を繰り返してみる。結果は、空疎な通話の時間がいたずらに延びただけだった。

相手はそれが無理な理由を、一生懸命に並べ立てていた。それらをまとめて直接的な表現にしてしまえば、要するに「嫌です、やりたくない」なのだが、そうずばっと言える人はなかなかいない。

京子はここのところずっと、吹奏楽部親の会役員の仕事にかかりきりだった。三月の定期演奏会が終わった直後から、すでに翌年の定期演奏会準備にかからなくてはならないのだ。

その初っ端にして最重要任務は、会場である市民ホールの予約計画である。来年三月の大ホール予約は、今年の八月一日からスタートする。希望している三月下旬の週末は、年度末であり、春休みであり、受験も一通り終わっている頃でもあり、様々な団体、学校からの予約が殺到する時期だ。先着順というシステムから、予約取り競争はどんどん激化していき、今では二日前から並び始めるという事態になっている。むろん同じ人間が三日間並び続けるわけではなく、近隣校と協力して、数に物をいわせての交代制だ。

だがしかし、そうは言っても——。真夏の真っ昼間。外で並んでいるのは明らかにしんどい。そして真夜中。真っ暗闇の中で藪蚊《やぶか》と闘いながら過ごすのもまた、同様にしんどい。ある意味、炎天下よりもしんどい。誰だって……京子だって、夜はちゃんと寝たい。家族の朝食や弁当を作って皆を送り出すためには、六時前には起き出している必要がある。夫や子供の通勤通学が遠距離だったりすると、五時起きなんて母親もザラだ。自身が働いている母親も。

皆、忙しいのはわかるし、それぞれの事情もあるだろう。だから無理を言うのは心苦しいのだが、それでもこうして一軒一軒電話して、何とか皆の嫌がる時間帯へ変更してもらえないか、お願いしていくしかない。

スマホを確認すると、ラインに立て続けに新着があった。偶然にも、目下共闘中である、近隣中学の吹奏楽部親の会の人たちだ。京子と同じく、今回の〈夜並び〉の担当者で、二人とも申し合わせたみたいに現在の状況をぼやく内容だった。

彼女たちとは四月からこっち、幾度も打ち合わせをしたり、電話やラインで連絡を取り合っている。各自で皆に配るアンケートを作成、配付し、そして回収、未提出の人たちに催促、回収、それぞれの学校の担当時間を割り振り、微調整や変更を繰り返す間にも、ひっきりなしに入る問い合わせや相談の電話、メール。通信関係だけでも毎日とんでもない時間が潰されてしまう。もちろん、役員としてこの夜並びだけにかまけていて良いわけじゃない。大小様々なイベントや、夏のコンクール地区予選が立て続けにあるのだ。それに伴う、顧問の先生や役員仲間との打ち合わせに、保護者に向けての文書の作成、配付、お手伝いの依頼に、仕事の割り振りに……役員がなすべき仕事は山とある。京子は他人に指図して動かすことは、決して得意ではない。ついでに言えば、パソコンやスマホの操作も、まったく詳しくない。あれやこれやに悪戦苦闘する日々で、気がつけば、普通の会社員なみの時間、吹部役員絡みの仕事で拘束されている。会社ならば給料も出るが、こちらは完全なボランティアだ。当然家事も行き届かなくなり、家族にも迷惑をかけている。昨日も夫からは「最近の夕食、手抜きじゃない？」などと苦情めいたことを言われてしまった。

他中の役員たちも同様の状況らしく、しばしラインで愚痴り合ってから、京子はまた受話器を取り上げた。次に電話すべきリストに眼を走らせ、げんなりする。山田陽介君……は問題ない。物静かで生真面目な少年である。大問題なのはその母親で、これが本当に親子かと疑いたくなるくらい、とんでもない人物だった。

とにかく彼女は目立つ。良い意味でも、悪い意味でも。すらりと背が高く、きつめの派手な顔立ちで、まあ美人と言えるだろう……自分たちの年齢にしては、だが。京子としては、山田さんの、いかにもバリバリのキャリアウーマンでございといった雰囲気は、どうにも好きになれなかった。しかも、見た目を裏切らずに性格もキツい。何しろ最初に会ったとき、彼女は顧問の先生に直接、パート決めに対する不満をずばずば訴えていたのだから。そして次に会ったとき、山田さんはあろうことか、親の会でもかなりの権勢を誇る江賀さんに嚙《か》みついていた。まるで狂犬みたいな人だと思う。

とは言え、彼女はほとんど保護者会に顔を見せない。仕事とPTA活動で手一杯ですと公言し、手伝いを依頼しても非協力的だ。今回の市民ホール予約協力アンケートでも、ごく限られた時間帯にのみ丸がつけられ、他の時間帯にはわざわざ大きくバツがつけられていた。深夜帯への移動をお願いしたところで、すげなく断られるのは目に見えている。気は進まなかったが、連絡しないわけにもいかない。

京子は過去、こうした子供絡みの役員の類で、幾度となく「お手伝い依頼」や「お願い」の電話をかけてきた。結果、忸怩《じくじ》たる思いがある。どうしても、気持ち良く引き受けてくれるいい人、困っている人を見過ごせない心優しい人、「嫌」と言えない気の弱い人……そういった人たちに、負担が集中してしまうのだ。

それはやっぱり不公平というものだろう。正直苦手だとか何となく怖いとか、そうした癖のある人たちを最初から排除していたら、どうにかやり繰りして引き受けてくれた人たちに申し訳が立たないじゃないか？

そう自らを奮い立たせ、山田さんに電話をかける。彼女は仕事をしているので、夜九時頃になるのを待ってかけたのだが、運良く一度で出てくれた相手は、さすがはキャリアウーマンらしく実にそつのない電話対応だったけれども、その声音は微妙に迷惑そうである。京子の告げる用件の要所要所で、急《せ》かすように「はい、はい」とスタッカートのリズムで言う。焦りながらもようやく用件を言い終えるなり、間髪容れずに返事があった。

「無理ですね」

にべもないとはこのことだろう。思わず絶句していると、「ご用件はそれだけですか？」と早口に言われた。

「え、ええ……」

けど、と続けかけたとき、機先を制するように「それでは失礼いたします。あ、役員のお仕事、ご苦労様です」

取って付けたように言って、山田さんはさっさと電話を切ってしまった。

「――信じられない、何、あの人」

憤然とつぶやく。パキッと音がしそうな口調で「無理ですね」ときた。「嫌です、やりたくない」よりも短い言葉で断られてしまった。

同じ断るにしても、もうちょっと、すまなそうにしてくれれば、こちらとしても「仕方ないな……」と諦められるのに。

京子はふうとため息をつくと、再びリストに眼を走らせた。昼間に連絡がつかない人は、仕事をしている場合がほとんどだ。要するに協力できる時間も限られてしまうわけで、これからかける電話も時間と労力の無駄に終わる可能性が高い。

——少なくとも山田さんに関しては、時間の無駄だけはなかったけれど。

力なく笑いつつ、京子はまた受話器を取り上げるのだった。

七月上旬のことだった。

吹奏楽部は目前に迫った夏コン地区予選に向けて、日々、猛練習を重ねている。京子たち親の会も、やるべきことは山ほどあった。打ち上げの弁当、飲み物、お菓子の手配、並行して秋の各種イベントの手配、こちらは地域のお祭りから商店街の催しまで呼ばれれば大抵出向いて演奏する。楽器の搬送のため、保護者の車出しは必須なのでその依頼。そしてもちろん、夜並びの最終確認。

すべて、役員同士での綿密な打ち合わせを行う。当然、細々としたことは皆、顧問の先生と打ち合わせが必要だ。そのため、何かと学校に顔を出すことも多くなった京子である。職員室でもすっかり顔馴染みになり、入り口付近に立った時点で「あ、香具谷《かぐや》先生でしたらちょっと席を外されていますよ。すぐに戻ってこられるはずです」などと近くの先生が教えてくれたりする。

香具谷先生は新任の音楽の先生で、吹奏楽部の新顧問である。なんと新卒で、通常ならそんなに経験の浅い（というかゼロの）先生に任されることはないはずなのだが、今まで副顧問をしていた先生は一身上の都合がどうとかで顧問は無理と言い張り、一方で香具谷先生が「それなら僕がやりますよ」とあっさり引き受けたためにそういうことになってしまったという。

やる気があって積極的なのはいいけれど、吹奏楽部顧問の責任の重さや大変さをきちんとわかっているようには到底思えなかった。

「あんなお坊ちゃんみたいな先生に、顧問が務まるのかしらねえ」とは、四月からずっと親の会でささやかれてきたことだ。子供たちからは、年齢が近い気楽さからか「カグヤン」なんてあだなをつけられている。親しみを込めてと言えば聞こえはいいが、要するに完全に舐《な》められているのだろう。

ただ、香具谷先生になってから、おや、と思ったことがある。子供たちの様子が、目に見えて楽しげになってきたのだ。今年度最初の『吹奏楽部通信』にも、大きく「音を楽しもう！」と書かれていた。

「音楽っていうのは、文字通り音を楽しむものです。楽しくなければ音楽じゃない」というのが香具谷先生のモットーであるらしく、事実、京子の娘もぽつりと「部活、楽しい」と漏らしたことがあった。以前は憂鬱そうな顔をしていた朝練にも、張りきって出掛けて行く。

ただ、こうした子供たちの変化に、顔をしかめる保護者もいた。コンクールを至上主義とする一団である。彼らの声高な主張は、やるからには勝たねば意味がない、全国に行くことこそ悲願、目指せ、ゴールド・金、である。野球少年の我が子に、何が何でも甲子園に行って欲しいと願う親と同じようなものだ。

一方で、全国なんて夢見すぎでしょ、たかが中学の部活なんだし、楽しくやれればいいじゃない、という親も相当数いる。だからこうした保護者は概ね、新任の顧問に好意的だ。

京子の立ち位置としては、その中間といったところか。そりゃ、行けるものなら全日本吹奏楽コンクールに行ってみたいに決まっている。残念ながら今はかつての聖地、普《ふ》門館《もんかん》での開催はないけれど、近年じゃ、高校生の部なんてあまりの人気にチケットの入手が困難になっていると聞く。そんな熱気のこもった会場で、我が子の演奏を聴くなんて、最高じゃないか？

ただ、現実問題として、万年初戦敗退の公立高校野球部が、いきなり甲子園に行けるかと問われれば、そんなドラマみたいなことはなかなかないよねえと答えるだろう。全日本だって同レベルで難関なのだ。文武どんなジャンルにせよ、日本一を競うとはそういうことだろう。

けれど、全国は到底無理としても、県大会出場くらいなら夢見たっていいじゃない？とは思う。実際、過去には行ったことがあるらしいし。即物的な話、県大会で良い成績を収められれば、受験の際の内申点だってポイントアップ間違いなしだ。これは親子にとっては大きな利である。わずか一点足りないために、志望校の推薦入試が受けられない、なんてのはザラに聞く話だから。

前任の大塚先生は、生真面目ではあったし責任感もあったと思う。しかしながら、マニュアル片手に指導しているような頼りなさがあった。京子としては、次の顧問に密かな期待を寄せていただけに、大いに失望させられてしまった。やっぱり吹奏楽弱小校には、優れた指導者など望むべくもないのだろうか。

ともあれ、親の会でもコンクール至上主義の先鋒《せんぽう》である江賀さんは、香具谷先生に非常に不満があるらしかった。指導者たるもの、圧倒的に上の立場であるべき、友達みたいになれ合うなど以《もっ》ての外《ほか》、そんなことで夏コンで勝ち抜いていけるのか……と鼻息が荒い。別にそれだけなら構わないのだが、京子に対し、先生にそう進言しろとうるさく言ってくるのには閉口した。

「なんで私が。自分で言って下さい」を、できる限り婉曲に伝えてみたのだが、「役員の仕事でしょ」とばっさりだ。先生にそんなことが言えるはずもなく、京子としては身も細る思いである……残念ながら一向に痩せはしないのだが。

　そもそも江賀さんの娘は、我が子から聞く限りは「部活は楽しくやれればいい派」である。こうした姿勢は、だいたいは子供の意識に親が倣《なら》う感じだが、必ずしも親と子で一致しているとも限らないのが、不思議であり、時に不幸なことでもある。

　ともあれ役員になってからというもの、誰からも感謝されるでなく、むしろ四方八方から文句ばかり言われて、精神的にも肉体的にもボロボロの日々が続いていた。けれど、これも我が子のためと思えばこそ、懸命に頑張ってきた。次々に押し寄せるイベント毎のスケジュールだのプリントの配付だの各種手配だので頭がパンクしそうだったが、役員仕事専用のスケジュール帳を作成し、ルーズリーフに見出しをつけて管理、膨大な資料はわかりやすくファイルしと、出来る限りの努力をしてきた。それでも、どちらかと言えばまめな性格の京子でさえ、しばしばパニックに陥ってしまう。

　これって、「誰にでもできる簡単なお仕事」なんかじゃないわよねと、しみじみ思う。周囲を見回してみても、びっくりするくらい事務能力や責任感がない人っているもの。役員仲間にもそういう人が複数いて、そのしわ寄せがどんどんこちらにやって来るのが、ほんとに困ったものだわ……。

そんなことを考えながら顔をしかめていると、ふいに声をかけられてどきりとした。

「おっ、東さんじゃないですか」

ちょうど職員室から出て来たのは、なんと校長先生だった。校長先生にまで顔を憶えられてしまうくらい、日参していたのだ。

「ちょうど良かった」と校長先生は上機嫌である。「今、香具谷先生にも伝えたところなんですけどね、今日、市長から連絡があったんですよ」

「え、市長さんから？」

思いがけないセリフに、思わず声が高くなる。

「そう、甲村《こうむら》市長。あの人、まだ若いけれどなかなかの人物だと思いますよ。それであなた方には大変良いニュースです。なんでも吹奏楽部の保護者の皆さんは、毎年市民ホールの予約に大変なご苦労をされていたとか？」

「え、ええ」

あらかじめ良いニュースと前置きされたのに、なぜだか嫌な予感がする。

「今どき保護者が何日も徹夜で並ぶなんて、本当に馬鹿げたことですよね。市長は我が校の保護者からその話を聞いて、すぐさまシステムを変更することに決めたんだそうです。安心して下さい。もう夜並びなんてしなくてすむんですよ」

ということは、もう目と鼻の先に迫った予約取りは中止？　システム変更って、まさか抽選？　それだと最悪、ホールが取れないこともありうるのか？

それも大問題だがしかし――四月から三ヵ月以上。幾度も幾度も打ち合わせ、プリントを配付し、調整に調整を重ねて電話をかけまくって説得に懇願にほとんど泣き落としに、と言うに言われぬ艱難辛苦《かんなんしんく》の末、どうにかこうにか作成した、あの完璧な夜並びスケジュールは……もはやただのゴミだってこと？

「いやー、しかし市長との間にパイプを持っている方が保護者にいるなんて、実に心強いですね」と満面の笑みで言われて、京子もまた、引きつった笑顔を返した。

「あの、それで……市長さんに直接交渉した保護者って、どなたなんですか？」

京子の問いに、校長はわずかに首を傾げた。

「ああ、確か二年男子のお母さんで……ああ、そうだ。山田陽子さんって方だそうです」

2

出版社勤務である山田陽子が担当作家を伴い、地元の市役所を訪れたのは七月に入ってすぐのことだった。

その作家が執筆中の新作で、市役所の取材が必要になったのだ。作家の出したいくつかの条件に、陽子が住んでいる市の役所がぴったりだったので、すぐさまアポイントを取った。幸い、市長はかなりの読書家で、件の作家のことも知っていた。それで話はトントン拍子に進み、市役所側は大歓迎ムードで出迎えてくれた。お膳立てした陽子としてはとてもありがたい話である。広報担当者が付きっきりで、それは丁寧な説明、案内をしてくれた後、応接室でお茶を頂いていると、不意打ちのように市長その人が現れた。思っていたより小柄だったが、選挙ポスターそのままの、真っ黒い髪を七三に撫でつけた爽やかな好男子である。禿頭や白髪頭ばかりが並ぶ選挙ポスターの中で、彼は確かに良い意味で目立っていた。おそらく市内の女性票を相当集めたと思われる。

「良かった、間に合った」

甲村市長は快活に言い、白い歯を見せて笑った。「どうしても抜けられない会議がありましてね、先生がお帰りになってしまったらどうしようとやきもきしました」

初対面から距離を詰めてくるような人なつっこさは、おそらく計算してのことなのだろうが、嫌な感じはしなかった。あっという間に作家と二人、何やら話が弾んでいる。弾みついでのように、なぜか陽子の話題になった。

「ほう、山田さんはこちらの市民でしたか。どうでしょう、いい機会ですし、市民として何かお困りのことがありましたら、直接私がお聞きしますよ」

茶目っ気たっぷりに市長に言われ、微笑んで首を振ろうとしたら横から作家が口を挟んできた。

「ほら、山田さん。例の話。市民ホールの予約システム、何とかしてもらったらどうですか？」

昨年夏のあのとんでもない顚末を、彼にもネタとして面白おかしく話していたのだ。

「ほう、市民ホールがどうしました？」

市長の眼がきらりと光る。

「いやそれがね、この山田さんは中学生のお子さんのお母さんなんですが……」

なぜか作家が我がことのように語り出す。それも作家的脚色が加えられ、幾分話が大袈裟に、そしてより面白くなっていた。

作家の話術に市長は大いに笑ったが、ふいに真面目な顔になって言った。

「いやしかしそれは、由々しき問題ですよね。そんな豪雨の中で、女性やお年寄りばかりで、下手をしたら肺炎になっていたかもしれません……今までだって、事故がなかったのが不思議なくらいだ。八月ならそれこそ、台風の直撃だって考えられますし」

「本当におっしゃるとおりですよね」

陽子は力強く相槌《あいづち》を打つ。市長は、いやはや驚きましたというように両手を広げて見せた。

「いや、本当に申し訳ないです。不勉強で、まさか未だにそんな原始的な方法で予約が行われていたとは知りませんでしたよ。貴重なお話を伺えて良かった。この件は私に任せて下さい。すぐにもシステムを変えさせますよ」

「え？」

「間に合って良かった。あなた方はもう二度と、危険な夜並びなんてしなくていいんですよ」

若い市長は力強くそう請け合ってくれた。


そして数日後。

仕事から帰ると、留守番電話の赤いランプが点滅していた。気軽にポンと押してみたら、何だかものすごく暗い女の声が、ぼそぼそと響きだしてぎょっとした。

「……あの……吹部役員の東です……どうしてもお聞きしたいことがあるので、お電話いただけますか……番号は……」

まるで訃報みたいな声のトーンである。

え、何これ？　何か私のこと、怒ってる？　いやむしろ、恨んでる？

相手から恨みを買うようなことについて、とんと憶えがなかった。いや、もしかしてあれのこと？　とちらりと考えはした。もちろん、例の市民ホール予約システム変更の件である。

だけどあれって、良いことよね？　みんなが嫌がっている馬鹿げたことを、しなくてすむようになったんだから。

良いことをしたんだよね、私？

そう自分に言ってみたものの、折り返し連絡するために持ち上げた受話器は、なぜだか鉄アレイのように重かった。

電話をかけるなり、ワンコールで相手が出たので陽子の心臓はどきりと跳ね上がる。常々自分のことを肝が据わっている方だと自認しているが、今回ばかりは胃の内側がひたひたと冷えてくるような嫌な予感がする。

「山田さん？」

こちらが名乗る前に東さんは言った。電話番号を諳《そら》んじていたか、はたまた電話機に登録していたか……いや、それはあり得ないだろう。吹部全員の番号登録なんてしていたら、それだけでメモリのかなりの容量がなくなってしまう。

「あの、お電話いただきまして……」

小声で言いかけるのにかぶせるように、東さんは爆発するように叫んだ。

「山田さん！　市長さんに直訴するならするで、どうしてあらかじめ相談してくれなかったんですか」

涙声みたいに聞こえるのは、気のせいだろうか。

「は、いえ、直訴って言うか、たまたまお会いする機会があって、それで……」

「なんで、勝手に、そんな話、進めちゃうんですか」

言葉と言葉の合間に、洟をすするような音が聞こえてくる。

え、泣いてる？　これ、私が泣かしたの？

当惑と怯みをない交ぜに、苦い過去のことを思い出す。幼稚園時代から社会人になってまで、実はけっこう女子を泣かせたことがあった。もちろん、わざとだとか意地悪してだとかではない。陽子にしてみれば、ごくごく真っ当な正論を口にしてきたつもりだ。それに対し、反論ができないから泣くという手段に出るのだろうと思い、常々それは卑《ひ》怯《きょう》じゃないかと感じてきた。弱者を気取った強者じゃないか、と。

だが学生時代だったか、『ほんと勘弁して欲しいわよ、そのくらいで泣くなんて、これだから女は……』と友達に愚痴ったら、『あんたの言葉がキッすぎるのよ』と一刀両断されたことがある。

『正論を振りかざして正義の味方にでもなったつもり？　前から思っていたけど、陽子には共感力ってもんが致命的に欠けているよね。その子にとって陽子の言葉が泣くほど辛かったんだと、どうして思わないの？』

論すようにそう言われた。彼女も気の強さでは陽子に負けていなかったが、それでも誰かを泣かせたという話は聞いていない。それ以来、一応言葉には気をつけるようにしてきたつもりだが、頻度は減っても、こうしたことの絶えない陽子であった。

考えてみれば陽子の周りにいるのは、同じくらいに気が強い人か、あるいは逆に人一倍気が弱いか、いっそ鈍感なくらいに穏やかな人ばかりだ（ちなみに夫は最後のタイプである）。

「……あの、市長にお会いしたのは仕事上のことで、だからプライベートな話をするつもりはなかったんですが、同行した方が……」

「これで、もしホールが取れなかったら、どうしてくれるんですか」

そんな経緯はどうでも良かったのだろう、ややかぶせ気味に、けれど低い声で東さんは言う。

「あ、ちゃんとそこら辺は考えて、伝えましたよ？　抽選なんかになって結局予約できないのは困りますって。そうしたら市長さんは、『大丈夫、公立中学なんだから、他の団体よりは優遇されてしかるべきでしょう。優先予約、先行予約のような形で、必ずご希望の日時が予約できるように計らいますからご安心下さい』って、そうおっしゃったのよ。だから……」

「……ああ、そういうことでしたら、会場の方は大丈夫なんですね」

つぶやくように言った後、しばらく押し黙っているからこれで話は終わりかと思った時、ふいに東さんは「でも」と言った。

「でも、だけど、ここ何ヵ月も、私たち役員で頑張ってきたんですよ？　アンケートを作って配って未提出の人には催促して集計して、だけど全然偏ってるから、みんなに他の枠への移動をお願いして……山田さんにもお電話しましたよね？　断られましたけど。どれくらい大変だったと思っているんですか？　ここのところのうちの電話代、跳ね上がっちゃったんですよ、もちろん自腹ですけど。親の会の予算だって使っていますし、時間だってものすごくかかっています。うちの役員だけじゃないですよ？　他の二校の役員さんたちも、みんな、同じ作業をこなしているんですよ？　それが……それが……」

まるで膨らませた風船から一気に空気が漏れていくように、東さんはひと息にそう言った。

「……それは……ごめんなさい」

圧倒されつつも、陽子はようやく謝罪の言葉を割り込ませることができた。

話を聞けば、確かに申し訳なかったとは思う。だが、あの場合、どうすれば良かったのだろう？

少しの間があって、空気の抜けきった風船よろしく、東さんはしょんぼりとつぶやいた。

「もういいです。遅い時間に失礼いたしました」

そう言い置いて、電話は切れた。

気が済んだ、というよりは、諦めた、という感じであった。


「――まあそりゃあ……泣きたくもなるよねえ」

話を聞いた玉野遥は、妙にしみじみした口調で言った。「ニュースでよくやってるよね。大型台風とかでさ、収穫目前だった田畑を前に、呆然《ぼうぜん》と立ち尽くす農家の人……みたいな映像。まさにああいう感じだったんじゃないかなあ……」

私は大型台風かいと思ったが、さすがに突っ込む元気はない陽子である。

「まあでも、大多数の人は喜んでると思うよ」

落ち込む陽子を見て、遥は慰めるように言った。そこへ背後からいきなり会話に加わってきた人物がいる。

「そーそー、自然災害じゃあしょうがないよ、東京《トーキョー》さんも諦めてるって」

へらへら笑っているのは五十嵐礼子だった。

「ちょっと、何を盗み聞きしてるのよ、それに東京さんって何よ」

声をひそめたのは、関係者がこれからも続々と集結してくるであろう場だったからだ。

その日は夏のコンクール地区予選の開催日だった。開会式は九時五十分からだったが、保護者は早くから行って並ぶ必要があった。良い席はあっという間に埋まってしまうのだそうだ。昨年は抜けられない仕事があり、なにより陽介が出ていなかったため、わざわざ足を運ぶ必要を感じなかった。が、今年は違う。ちゃんと出場メンバーに選ばれたのだ。

「ファゴットは一人しかいないから……」と陽介は謙虚に微笑むが、ファゴットが出場しない学校もあるようなので、下手なら出してもらえないだろう。つまりは陽介の実力が認められたということだ……そう、陽子は力強く考える。

当の陽介は、低音パートの取りまとめが上手くいかないと日々悩んでいる。何かと忙しい三年生に代わり、チューバやユーフォニウムなどの低音パートのリーダーを任されることがあるのだが、コントラバスが自由人過ぎてなかなか苦労しているらしい。自分自身の演奏も、満足のいくレベルにはほど遠いとのこと。陽介の悩みは連綿と途切れることがない。

我が子と付き合うこと十三年以上、だいたいいつも何かに悩んでいる陽介の〈悩み体質〉については、これも一つの個性だと、近頃の陽子は受け止めている。何も一緒になって悩んだり、無理矢理解決しようとする必要はなく、状況に応じて見守ったり的確なアドバイスをすれば良いのだと。そう自分に言い聞かせねばならないあたり、まだまだ子離れしているとは言えない陽子なのだが。

「――えー、だって東京子でしょー？　ミセス・トーキョーじゃーん」

わずかな油断の隙に、五十嵐礼子がひときわ高い声で言った。

この人はっ、と陽子は苦々しく思う。若いからかなんだか知らないけど、いつもやたらとふざけすぎ、はしゃぎすぎだ。演劇をやっていたとかで、無闇に声が通るし。

「こら、人様に勝手なあだなをつけるんじゃないの。失礼でしょ」

ぴしりとたしなめている陽子の視界の中を、すうっと行き過ぎた人影があった。

「あらら噂をすれば、だね」

礼子がこちらにウィンクをする。陽子は慌てて相手に声をかけた。

「おはようございます……あの、先日はどうも……」

陽子の声も、かなり大きかったはずである。だが、東京子はこちらを見ることさえせず、そのまま足早に行ってしまった。

「……あれれー、ガン無視っすか？　やっぱ山田さんのこと、まだ怒ってるのかなあ」

「むしろあんたが今、火に油を注いだけどね」

礼子と遥の会話を聞きつつ、さすがにがっくりとうなだれる陽子であった。

会場となるホールに着くと、すぐに長い行列が目に入った。どうも子育てをしていると、並ぶのは嫌いだなどとばかりも言っていられなくなるらしい。朝なので、まだそれほど暑くないのが幸いだ。保護者らしき大人の他に、様々な制服の中学生が多く並んでいる。出場メンバーから漏れた吹奏楽部部員なのだろう。プログラムを片手に、金賞を取るであろう強豪校の噂話に花が咲いていた。

列に配慮してか、早めに開場となった。やれやれやっと座れるわとほっとする。

大ホールに入ると、やはり良さそうな席は既に人で埋まっている。人が行き交う通路をゆっくり舞台の方に降りていくと、いつだったか「このあたりが音が良い」と教えてもらった近辺にいくつか空席を見つけた。いそいそ回り込んだら、荷物で場所取りがしてある。その脇に座っている女性が、陽子を見てあからさまに「あっ」という顔をした。陽子の方に見覚えはなかったが、どうやら同じ親の会のメンバーらしい。一応軽く会釈をしたとき、背後から声がかかった。

「すみません、ちょっとどいていただける？　そこ、私の席なので」

振り返ると、よそ行き姿の江賀さんが立っていた。

なるほど、女官に席を確保させて、女帝様は悠々とご来場ね。

「あら江賀さん、おはようございます」

にっこりと挨拶し、ささっとその場を離れる。あの人の近くじゃ、落ち着いて陽介の演奏も聴けないわ、と思いながら。

「あ、ねーねー、山田さん。上、けっこう空いてるみたいよ」

五十嵐礼子に肩を突《つつ》かれた。

「なるほど、二階席ね」

早速上がってみると、一部テープを張って座れなくなっていたが、その後ろの特等席は空席だった。どっかり腰を下ろし、ふうっとオバサン臭いため息をついてから気づく。

「あれ、玉野さん、どこ行ったのかしら」

「ああ、クラ軍団と一緒だよ。大変だよね〜。ちなみに村辺っちも、ホルン仲間といるみたいだよ。良かったよね、ホルンの子たちがみんな、違う小学校出身で」

「あれ、そう言えば、連音君って、楽器なんだっけ？」

何となくパーカッションぽいと思いつつ、尋ねた。

「あー、連音はコントラバスだよ。知ってる？　コントラバスパートってね、ポップスやるときにはエレキに持ち替えるんだよ。やっぱさー、これからの時代、役者やるにしてもさ、楽器の一つも演奏できた方が絶対いいじゃん？　アイドルとかでも、中学時代吹部にいましたって子、わりといるし」

連音君は小学生の頃から事務所に所属し、セリフのない脇役ではあったが、テレビに出たこともあるらしい。

「なるほどねー、エレキ、いいねえ。連音君、すっごく似合いそう」

「でしょでしょ？」

礼子が満面の笑みを向けてくる。こういうときのこの人は、元の顔立ちが整っているのも手伝って、抜群に可愛らしい……常の、周囲から眉をひそめられるような言動を忘れてしまいそうなくらいに。

子供がいなければ、決して陽子と関わることはなかっただろう。初めて会ったとき、酔いどれ金髪で無責任な最低のヤンママだと思った。正直、心底見下していた。それが今、こうして隣の席で笑い合っている。傍《はた》から見れば、仲の良い友達にでも見えるかもしれない。

縁は異なもの味なものとは良く言ったもんだわ、と思い、ああ、これは男女の仲だったかと気づく。

一人、小さく笑ったとき、開演のブザーが鳴った。

そして数時間後。

午前の部が終わり、陽子は礼子と共に興奮しながらロビーに出て来た。

「山田さん、山田さん、連音ってば、ちょー格好良かったよねー。またファンが増えちゃうなあ、困った困った」

全然困っていない顔で礼子が言えば、

「陽介も負けてなかったよー。我が子ながら、すっごい格好良かった。惚《ほ》れ直したよ、息子だけど」

二人とも、自分の子しか見ちゃいないのだ。二人の会話は絶妙にすれ違っているにもかかわらず、なぜかかつてなく意気投合していた。二人いそいそロビーの片隅に行き、そこにあるソファに腰かけて昼食を摂ることにする。子供の分はともかく、自分の食事に手をかける気はまったくなかったから、二人ともコンビニのおにぎり持参だ。うきうきと食べ終え、側にあった自販機のコーヒーを飲んでいると、目の前を陽介が通りかかった。別の場所で皆とお弁当を食べていたらしい。

「あ、お母さん」と陽介は近づいてきた。「あのさ、お茶買ってくれない？　緊張しすぎて喉がカラカラで、全部飲んじゃったんだ」

「陽介、すっごく良かったよー、ほんと、格好良かった」褒めたたえながら小銭を取りだし、陽介に手渡す。「ほら、そこで好きなの買いなさい」

そう言った途端、「山田さん」と明らかに非難する口調で声がかかった。

東京子が、目の前で掌を立てている。

「あ、東さん。先日はどうも……」ごにょごにょ言いつつ、傍らの陽介に忙しなく言う。

「あ、陽介。東さんのお嬢さんにも、何か買ってあげて、ジュースか何か……」

「いいえ、けっこうです、山田さん。それより、陽介君に買わせちゃ駄目」

へ、と陽子は首を傾げる。

「ご存じないんですか？」東さんの口調は、ひどく冷ややかだった。「校外活動中の生徒は、買い物を禁じられているんです。登下校中にコンビニに寄ったりするのも、原則禁止ですし。吹連から厳重注意でも来たらどうするんですか。もしかしたら、審査にも影響しちゃうかも……」

「睡蓮《すいれん》？」

とっさにモネの有名な絵画が脳裏に浮かんだが、相手は素っ気なく言った。

「全日本吹奏楽連盟」

「ああ、ですよね……教えて下さってありがとうございました。金賞間違いなしが、私のせいで駄目になっちゃったら、皆さんに顔向けできないわ。陽介、麦茶でいい？」

我が子に尋ねていると、東さんはぼそりとつぶやいた。

「ないですよ、金賞なんて」

「え？」

「コンクールが始まる前から、それはわかっていたことです」東さんはふと複雑な表情を浮かべ、陽介を見て、しまったという顔をした。

「え、どうしてですか？　完璧な演奏だと思いましたけど」

その時、午後の部開始五分前を報《しら》せるブザーとアナウンスが鳴り響いた。

「……金賞を狙うなら、もっと難度の高い曲じゃないと」

言葉少なにそう言うと、東さんは足早にホールに向かった。

どうやら自由曲の選曲のことを言っているらしい。

「つまりあれかねー」我関せずの体でコーヒーを飲んでいた礼子が言う。「オリンピックの体操とかフィギュアスケートとかでさ、あまり難度の高くない技をさ、いくら完璧に決めても絶対に金メダルは取れないとか、そういうようなものなのかねー」

「……そういうこと、なんでしょうね」陽子はうなずき、そして大きく首を振る。「でも、私たちの中では、あの子らが一等賞よね」

「だよね」礼子は空の紙コップを握りつぶした。「そんじゃ、そろそろ帰ろっか、山田さん」

「……そうね。もう我が子らの勇姿はばっちり見たものね」

たとえ金賞は取れずとも、舞台の上のあの子たちはキラキラと輝いていた。

親としてはそれだけで充分、大満足だった。

3

その日、東京子の朝は早かった。

四時に起床、家族全員分の弁当を作り、大車輪で家事を済ませる。いつもなら送り出す側だが、今日は子供と一緒に出かけなければならない。自分の身支度にも、それなりに時間がかかる。洗面所が混み合うのはいつものことだから、できることは先に済ませておいた。

今年の夏コン地区予選にあたり、役員としての京子の当日仕事は吹部の子供たち全員を引率して会場へ連れて行くことだった。京子ともう一人が引率担当。残り四人の役員のうち、二人は用事があるとかで手伝えず。一人は吹奏楽連盟の手伝い要請で会場入りしている顧問に代わり、楽器の搬送に立ち会い。最後の一人は午後のみ手伝えるということで、打ち上げの用意全般をお願いした。これは一人では無理なので、当然京子たち他の役員も総出で行う。

京子の担当した引率仕事は、責任重大にしてとんでもなく重労働だった。

電車を乗り継ぎ、会場まで連れて行く。当日朝、学校の最寄りの駅に集合だ。言葉にすればそれだけで、人数は多くても、もう中学生なのだからそこまで大変だとは思っていなかった。

ところがどっこい、まず、遅刻してくる生徒がぽろぽろいた……それも出場メンバーに。大切な日だということはみんな重々わかっている。だから、いくらなんでも大丈夫だろうと思っていたけれども、それは甘かった。集合時間の五分後に、息せき切って現れた子は、緊張してなかなか眠れず、そのせいで寝過ごしたのだとぜいぜいしながら言っていた。けれどフルートの女の子二人がまだ来ない。

今どきの高校生なら、ほとんどの子がスマホを持っている。だが中学生だと、親の方針で所持を許されていない子も多い。自宅の方に電話してみると、どちらもとっくに出たとのことだった。充分に時間の余裕を見てあるとは言え、やきもきしながら待っていると、二人揃って泣きそうになりながら登場した。なんでも仲良し二人で待ち合わせしてから一緒に来るはずが、思い違いから別々の場所で待っていたとのことだった。説明しながら泣きだしてしまった二人をなだめつつ、こっちが泣きたいわと思う。

ようやく全員揃ってさあ出発と、ぞろぞろ並んで改札を抜けたら、後ろから「すみませーん」と悲鳴のような声が上がる。パスモで入ろうとしたら、残高不足で改札機が閉まってしまったらしい。

「急いで切符買ってきて」と改札の内から言えば「お金、持ってません」

必要な金額を渡してやると、悲痛な顔で「どうやって買えばいいんですか？」

パスモやスイカがすっかり普及した今、電車の切符の買い方を知らない子がいるのだと知り、愕然とする。

予定の電車の時刻が迫っていた。仕方なく、もう一人の役員に他の子たちを先にホームに連れて行ってもらい、京子は駅員に事情を話し、いったん改札の外に出る。大急ぎで切符を買ってやり、二人でホームへとひた走る。

「駆け込み乗車は危険です」というアナウンスを背に、何とか電車に飛び乗ったときには、そのまま床に座り込みたいほど心身ともに疲労していた。

乗り込んだ車両が違うので、ラインで連絡を取りつつ、ようやく次の駅で合流できたときには心底ほっとした。

だが、安心するのは早かった。車内で、楽譜を忘れたと騒ぎだした子がいる。コンクールに出るくらいだから、ちゃんと覚えているでしょうと言っても、ないと不安だと繰り返す。それじゃ、会場近くのコンビニで同じパートの子のをコピーしてあげるからと言っても、自分の書き込みが……などとぐずぐず言っている。それをなだめていると、別の子がすっとんきょうな声を上げた。入場チケットを忘れたと言うのだ。幸いにと言うべきか、出場メンバーではない。「板に乗る」子とはチケットが違うのだ。

「……現地で買ってしまう？」

当日一般売りもしているので、並べば買える。

「ううん、一応、保護者に確認しておいた方が」

勝手に立て替えて、後で揉めるのも嫌だよねと役員二人で相談し、保護者に急ぎメールで連絡を入れる。幸い、すぐに返事が来て、直接持ってきてもらう手はずとなった。

これでひとまず安心とため息をつきつつ、学校の先生ってなんて大変なのだろうと、しみじみ思う。

必要な持ち物やお金については事前にプリントを配付してくどいほど念を押しておい

たのに、これだ。交通費については、何があるかわからないから少し余分に持たせて下さいとも書いておいた。チケット、楽器（自分で運べるものに限るが）は言うに及ばず、だ。なのに……。

小学生なら、個人差も大きいが、親が付きっきりで持ち物をチェックする必要もあるかもしれない。しかし中学生にもなって、そんなことをされている子供がいたら、それは少々問題だろう。が、当人に任せておいて安心かと言えば、全然そんなことはない。あっちもこっちも、足りないこと、抜けていることだらけだ。

中学生の中途半端さの、なんとやっかいなこと！

京子はまたしても、深いため息をつく。

小学生ほど幼くはないけれど、どうにもまだまだ頼りない。できること、できないことを、自分自身でさえ把握できていない。なのに自尊心だけは、いっちょ前に育っていて、親の手出し口出しを煙たがる。そのくせ失敗しては、親に泣きついてくる。

……まあ、泣きつかれるのは、まだまだ親が必要なのねと思わせてくれる一面もあるけどね……。

京子はそう考えてから、つけ加える。

ただし、我が子に限っては。

こんなに大勢の、発展途上で中途半端な人間の集団を率いるのが、これほど大変だったとは。

　学校の先生ってほんとに大変なお仕事だわと、また思考がループしかけたとき、乗り換えの駅を告げるアナウンスが流れた。

「さあみんな、次で降りるわよ。急いで降りて、人の邪魔にならないところで点呼ね」

　電車が停《と》まってドアが開き、ぞろぞろと降りる。

「各パート、人数確認して」

　みんないまーすという声が上がる中、いきなりぐいと肘を引かれた。

「ママ、五十嵐君が！」

　娘の美也子《みやこ》である。美也子の視線の先を辿《たど》ると、男の子がすやすやと気持ちよさそうに眠っているのが見えた――今、降りたばかりの電車の中で。いつの間にか、ちゃっかり座っていたらしい。

　彼は一人しかいないコントラバスパートだったため、点呼から漏れてしまっていたのだ。

　発車のベルが鳴り響く。考える間もなく、京子はとっさに閉まりかけたドアの隙間に滑り込んでいた。相方の役員に、ジェスチャーで「そこで待ってて」と告げる。通じたかどうか不安なのでラインも送る。それから件の男子を揺すり起こした。

「起きて、五十嵐君。もうみんな、降りちゃったわよ」

目を覚まして、さすがに驚いたらしい。

「うおっ、やっべ」慌ててぴょんと立ち上がり、京子を見てにやりと笑った。「あれ、おばさんも寝てたの？」

「君を起こすために残ったのよ」

さすがにむっとして、ぴしりと言ってやる。少年はぺろりと赤い舌を出した。なかなか可愛い顔をしているのに、妙に小憎らしい子である。

急行だったが、幸い、次の停車駅までは一駅だ。急いで逆方向に向かう電車に乗り、ようやく皆と合流したときにはもう精も根も尽き果てていた。この年で、駅の階段をダッシュで上り下りするのは、いくらなんでもキツすぎる。五十嵐君は人の気も知らず、一人さっさと先に行ってしまうし。

ぜいぜいと肩で息をする京子を、相方の役員が「ほんとにお疲れ様」と労《ねぎら》ってくれた。そしてようやく会場のある駅に着いたとき、彼女は通りに見えるコンビニを指差して言った。

「東さん、楽譜のコピーをお願いできるかな？　コピー代は領収書もらっておいてね。で、これは私からの気持ち」

京子の手を取り、小銭をちゃらりと落とす。

「あそこでコーヒー一杯分、休憩してきて」

ほんの数席だが、イートイン用のカウンターがあった。

お約束の押し問答の末、京子はありがたく小銭を受け取り、コンビニに向かう。楽譜は「えー、書き込みしまくってるから、恥ずかしいな」とごねられたが美也子の分を借りてきた。

コピー自体はすぐに終わり、好意に甘えて休憩を取らせてもらう。この後も当分、座れないのだ。そして一日は、長い。

それでも一人にだけ子供たちを任せてはおけない。アイスコーヒーをぐびぐび飲み干し、コンビニを後にした。

なんだかんだで時間が押している。この後の手順を考えながらせかせかと歩いていると、いきなり背後から「あれれー、ガン無視っすか？」と聞き覚えのある声が聞こえた。

五十嵐君の母親の声だった。

どうやら山田さんから声をかけられたのを、無視した形になっていたらしい。とっさに振り返ろうかと思ったが、下唇をきゅっと噛み締めると、そのまま歩くスピードを上げた。

——別に無視したつもりはありません。あんまりにも疲れていて、忙しくて、これからやるべきことで頭がいっぱいで……気づかなかっただけです。

心の中だけで、そう言い返す。

山田さんにはもちろん、軽薄で無神経な五十嵐さんにも腹が立っていた。

何よ、私はあなたの子供を無事に会場まで連れてくるのに、いらない苦労をさせられたんだからね。何よ、親が親なら、子も子だわ。何よ、何よ、何よ……。

だいたい、こんなに早く来られるくらいなら、自分で子供を会場まで連れてくればいいじゃない。

八つ当たりのように、そんなことを思う。

何もしない人には、絶対に役員の苦労なんてわからない。同じ役員仲間は、京子の疲労を気遣って、労ってくれた。両者の間には、深い深い溝がある。絶望的なまでの、断絶が。

ふと泣きそうになりながら、それでも京子は顔を上げてタンタンと歩道を踏み鳴らす。速く《アレグロ》。非常に速く《アレグロ・アッサイ》。

チューニングルームに入れるのは、出場メンバーの子供たちと顧問の先生だけだ。あれがない、これがないと騒ぎ立てていた子供たちは、今度は自信がない、時間がないと騒ぎだす。彼らの不安を楽器と共に放り込み、京子たち役員に課せられた、一番大切な仕事はひとまず終わった。

一人も欠けず、メンバー全員を舞台に乗せられる。それがすべてで、充分だ。そう思った。

　それでも、最後の審査発表で、「銀」と読み上げられたときには、ひどく残念な気持ちになった。山田さんにああは言ったものの、ひょっとしてダメ金くらいなら……というわずかな期待があったのだ。子供たちの反応も、悔しそうな顔をする子、明らかにちょっと嬉しそうな子と、様々である。それでも、ほぼ全員が泣いていた前回に比べればどんなにマシか。

　昨年のことをよく知っている保護者たちも、「まあ、こんなもんだろ。よく頑張った」というムードが大半だった。だが、収まらないのが江賀さん一派である。

「そう言えば、午後の部が始まる前に、二階席から一中がどうのこうのってうるさい人たちがいたんだけど。確か山田さんたち、よりによって審査委員の先生方の真後ろに座ってたわよねえ。あの人たちがうちの学校の名前を連呼して騒いだせいで、審査結果にマイナスに働いたんじゃないの？」

　いかにもねちねちとした口調で江賀さんは言う。

　学校に戻ってからの、打ち上げの準備をしていたときである。参加できるのは、顧問の先生と吹部部員と親の会役員のみ……のはずだったのだが、なぜか役員ではない江賀さんが堂々と参加している。役員の中にクラリネットパートの子のお母さんがいるため、彼女が呼び込んだか江賀さんが無理矢理ねじ込んだかしたのだろう。だがそのことに関して、誰一人疑問の声を上げなかった。こっそり、役員の中で「お弁当、足りなくならない？」と尋ねたら、問題のクラパートの母親から「大丈夫です、今日、一年の子が一人、風邪でお休みですから」と言われたが、そういう問題でもないと思う。

「……ほんとにあの人たちは、協力しないばかりか、子供たちの足を引っ張るようなことをして……」

なおも言いつのる江賀さんを見かねて、京子は思い切って口を開いた。

「あの、それは違いますよ。山田さんたち、午前の部だけで帰られてましたから。別の一中の保護者の方か誰かでしょうね」

京子がそう言ったのは、純粋な正義感からだった。山田さんのことは嫌いでも、単なる憶測からわけのわからない濡《ぬ》れ衣《ぎぬ》を着せられるのを、黙って見過ごせなかった。もしそんな噂が広まりでもしたら、子供たちにもきっと悪影響を及ぼすだろう。

「あらまあ」

ねっとりとした口調で江賀さんは言い、意味ありげに京子を見た。

あらまあ、それじゃ、あなたはそちら側につくのね？

そう言っている眼だ。とっさに京子は激しく悔やんだが、江賀さんの矛先はすぐに別の方に向かった。

「まあでも、今年は明らかに香具谷先生が自由曲の選曲を間違えたわよね。あんな初心者向けの曲、上手な子の腕の見せ所がないわよねえ」

「——僕はそうは思いませんけどねえ。少なくとも皆、充分に楽しんでいましたよ」

ごく自然に割って入ったのは、当の香具谷先生だった。先ほどまで子供たちを集めて反省会をしていたはずが、いつのまにか打ち上げ準備中の保護者の中に交じっている。さすがに気まずいだろうと江賀さんを見やったが、笑みさえ浮かべて平然としたものだった。

「自由曲と言えば、昨年の地区予選のＤＶＤを見せてもらいましたが」と香具谷先生は快活に言う。「むしろ、なんであれを選んだのかなあと、不思議でした。明らかに皆の技量が足りてなくて、曲がバラバラになっていましたよね」

江賀さんの頬が、ピクリと動く。昨年の自由曲選定にあたり、『絶対この曲にすべきです、これくらいの曲ができなきゃ、金賞なんて獲《と》れないんです』と大塚先生にごり押ししまくったのは、他ならぬ江賀さんなのだ。

香具谷先生はそんな経緯を知る由もないだろう。が、知らず江賀さんに、宣戦布告をする形になってしまった。

役員がはらはら見守る中、江賀さんは引きつったような笑みを浮かべて言った。

「目標は高すぎるくらいがいいんです。そこへ向けて研鑽《けんさん》していかなければ、上達なんてしませんでしょ？　昨年のコンクールについて言えば、あれは大塚先生の指導力不足だと思いますよ？　いえもちろん、大塚先生をけなしているわけじゃないんです。姿勢そのものは間違っていなかったわけですし……でもねえ、香具谷先生」江賀さんは大人が子供に対するように、諭すような口調で話し続けた（実際、年齢は親子ほども離れているだろう）。「先生はまだお若いし、経験もありませんしね。ですから自信がないのはわかりますよ。あえて目標を低めに設定して、大きな失敗を避けようというお気持ちは。ですけどねえ、先生。いつまでもそういう弱腰じゃ、困るんです。地区予選の銀賞で満足しているような、そんな低い志では、子供たちの将来にも悪影響というものでしょう？」

「おっしゃるとおりですね」

香具谷先生は神妙にうなずく。

「ねえ、先生」完全に上に立った江賀さんは、声に露骨な非難の色を滲《にじ》ませて言った。「今回、金賞が獲れなかったのは先生の責任ですよね。先生の指導力が足りなかった、ということですよね」

「おっしゃるとおりです」

唯々諾々と香具谷先生はうなずく。もはや、大蛇に巻き取られた兎《うさぎ》のようだった。

「でしたら先生。先生の指導力不足を補うためにも、来年、こんな情けない結果にならないためにも、今後の改善について、何か腹案がおありでしたらお聞かせ願えますか？」

　相手を追い詰めるとき、江賀さんがよく使う言い回しだ。こう言われると、相手はたいがいしどろもどろになり、結局は江賀さんの誘導により、彼女の思惑通りのセリフを言わされてしまうのだ。

　ところが香具谷先生の反応は、思いがけないものだった。

「ああ、それでしたらご安心下さい」待ってましたとばかりに言いだしたのだ。「おっしゃるとおり、若輩の僕だけでは指導にも限界があります。賞がすべてだとは決して思いませんが、それを望んでいる子が多いのも知っています。そのためには、一人一人の技量を上げるしかないんです。ですから、パート毎の指導者を一新することにしました」

　にこやかに言われ、江賀さんは「は？」と首を傾げる。

「僕の伝手《つて》で、あちこちにお願いしたんですよ。若くても熱意がある人たちです。楽器の腕も折り紙付きです」

　胸をどんと叩きそうな勢いだ。それから先生は、たいそう優しい顔で言った。

「そう言えば江賀さんも、クラパートを教えて下さっているそうですね。子供たちから聞いていますよ。ご多忙な中、無理をして指導して下さっているんだとか……今まで大変なご苦労だったと思います。でもご安心下さい。もう江賀さんにご迷惑はおかけしませんから。実はクラリネットでもすごくいい先生が見つかりましてね。国内の音楽コンクールでも、優秀な成績を収めた人で、実力は保証します」

え……と京子は思う。

これって、非常に身も蓋もない言い方をしてしまうと、「おまえはクビだ」ってことじゃないの、要するに。

少なくとも当の江賀さんはそう受け取ったのだろう。拳をギュッと握りしめ、わなわなと震えている。

香具谷先生って、これは……天然なの？

それとも……。

いずれにしても。

——嵐《テンペスト》の予感。

五重奏
クインテット

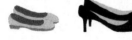

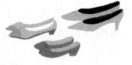

1

文芸編集部の山田さんが怖い。

今まで誰にも明かしたことはないが、営業部の福山《ふくやま》は内心、そう考えている。

発端は、彼が入社初年度にやらかしたポカだった。たまたま通りかかった際、編集部の人が出払っていて、鳴りっぱなしの電話を見かねて応対した。相手はどこかの学童保育所で、「山田陽子さんをお願いします」と言われた。

なんだ間違い電話かと思った。それでややぞんざいに、そんな人はいませんよと告げて電話を切った。

後で大事《おおごと》になった。

迂闊《うかつ》極まりないことだが、結婚しても旧姓のままで仕事を続ける女性が多いのだと、その時初めて知った。出版業界全体の傾向らしい。編集にしろ営業にしろ、それまで培った人間関係すべてに、プライベートな理由で苗字《みようじ》を訂正して回ることの手間を嫌うのだ。もしかしたら福山が知らないだけで、今やこれは働く女性全般のスタンダードなのかもしれない。

　即日同期の女性から、「ねえ、編集部で電話取って、山田陽子なんていないって言ったの、もしかして福ちゃん？」と聞かれた。

　彼女によると、山田陽子とは編集部の小原《おはら》さんのことで、お子さんが高熱を出したのに連絡がつかず、色々、大いに揉めたらしい。

「謝っときなよー。彼女、ものすごく子煩悩で、今回の件はめちゃくちゃ怒ってたらしいから」

　ことさら顔をしかめて、脅すように同期女性には言われた。

　翌日真っ青になって謝罪に行ったら、にこりと笑って「ああ、仕方ないわよ。私が会議中で携帯に出られなかったんだし。編集部内には周知していたんだけど、誰もいなかったうちにも非はあるし」と言ってもらえたものの、明らかに眼は笑っていなかった。

　一週間ほどして、小原陽子はふいに福山のデスクに現れ、一枚の名刺を手渡してきた。

「私、仕事上の名前を本名に変えたから……もう二度とあんなことがないように。だから福山君も、よろしくね」

　やはり笑っていない眼でそう言われ、福山は心底震え上がった。

　その頃既に、小原陽子は業界内で名物編集者として有名になっていた。今まで原稿依頼を断り倒してきた偏屈な作家のもとに彼女が赴くと、なぜかいきなり書き下ろしの話が決まったりするのだそうだ。数々の武勇伝を持つ彼女が、今さら名前を変え、周知徹底するのは、さぞ大変だったと思われる。しかし彼女はまったくためらわず、猛スピードでやってのけてしまった。わざわざ福山のところにまで名刺を持参するあたり、やはりまだ怒っている、相当に根に持っていると確信する。

以来、彼女を見かけると、当時のことを思い出してびくびくしてしまうのだ……あれからもう、ずいぶん経ったにもかかわらず。

その小原陽子改め山田陽子を久しぶりに見かけた。昼休み、社員食堂でのことだ。今や編集長の彼女は、こちらには気づいていない。食べ終わった食器を前に、何やらぶつぶつぶつやいている。

それがときおり明瞭な断片となり、福山の耳に届いた。

「――革命」

え、と耳を疑った福山だったが、さらに言葉は続いている。

「女帝を打ち倒すには……」

「クーデター」

「きっちりとトドメを……」

何とも不穏な単語のオンパレードである。呆気にとられて見ていると、視線に気づいたのか山田さんが顔を上げた。そして福山が震え上がったことに、彼に向かって、にいっと凄絶な笑みを向けたのである。

2

玉野遥から電話があったのは、九月の終わりのことだった。用件は、十月頭に中学校で行われる音楽発表会についてである。より正確には、毎年音楽発表会の後で行われる、吹奏楽部の保護者会に、何が何でも参加せよとのお達しであった。

二年目ともなれば、当然陽子にも察しがつく。役員決めだ。吹奏楽部は夏のコンクールを最大の目標としているため、役員交代もこの時期に行うのが都合がいいらしい。もっとも、真夏の地区大会や県大会を勝ち抜き、九月の支部大会を経て、十月の全国大会にまで行ってしまうと、役員新旧入り乱れて大混乱するであろうことは想像に難くない。引き継ぎだの手伝いだので、なし崩し的に、お役ご免となる時期は後ろへずれ込んでしまうだろう。幸か不幸か、市内近隣三校共に、そんな嬉しい悲鳴を上げたことはないのだが。吹奏楽強豪校ならそのあたりを見越して、交代時期はもう少し後になっているのかもしれないな、と陽子は思う。

それはともかく、陽子としては正直な話、九割方は保護者会を欠席する方に傾いていた。もちろん、何かもっともらしい理由をつけて。

　今年の三月で、ようやくPTA役員という重荷を下ろせたのだ。ほっとしたのも束《つか》の間《ま》、今度は吹奏楽部親の会の役員だなんて、激務の身にはあまりにも負担が重い。若い頃とは違い、もはや無理がきかない年齢になりつつあることだし、何より自分は親の会の中では完全な異分子だ（さすがにその自覚はある陽子である）。今までに息子の部活絡みでしでかしてしまったあれやこれやを思い出しては、二度と繰り返すまいと一応は反省しているのだ。仕事なら、絶対こんなポカはやらかさない。なのに、我が子のこととなると、途端に周囲が見えなくなってしまい、ロケットみたいな勢いで突き進んでしまうのだ。

　子供の保護者としての役員決めは、陽子にとって鬼門である。陽介が小学校に入学したときから、もうずっと。義務として強制される場合がほとんどなので、やむにやまれず嫌々引き受けてきたけれど、できればやりたくないという姿勢に変わりはない。そもそうした役員業務全般が、呆れるほど非効率的かつ前時代的代物なのだ。

　小学校の時のベルマーク委員なんて、話を聞いただけで馬鹿かと思った。平日に委員を三十人も集めて、０・５点だの０・７点だのと書かれた小さいマークを切ったり貼ったり、メーカー別、ポイント別に分けて集計し、所定の用紙に記入してベルマーク財団に送付して……。細かく煩雑な作業を半日がかりで終えての成果は、二千円とか、三千円とか、そんなものだったらしい。

「……正直、そのくらいなら寄附するから、貴重な有休をそんなことで潰さないでって思ったわよ」とは、陽子同様子持ちの同僚のセリフだ。陽子も深くうなずいたものである。その同じ時間で三十人がバイトでもしたら、どれだけ稼げることか。三十人で三千円だったら、一人百円ずつの寄附で終わる話じゃないか。スマホだＬＥＤだドローンだなんだというこの二十一世紀に、どうしてここだけこんなにも、どうしようもなく昭和のままなのか。

その昭和の頃、編集者という仕事は、いたって離婚率が高い職業だったという。校了があればクリスマスだろうがゴールデンウィークだろうが休めない。原稿待ちで深夜になったり、翌朝印刷所に入稿原稿を突っ込むために徹夜になったり、なんてのはザラだ。自然、配偶者とはすれ違いばかりになり、やがて破局に至る……というパターンが多かったらしい。

時代は変わり、今では陽子もそうだが結婚し、子育てをする編集者はごく普通になった。仕事自体、デジタル化が進み、書き手からもデータ入稿がかなりの割合を占めるようになった今、それなりに省力化はされてきた。なにしろ昔は、手書き原稿の文字が達筆すぎたり癖がありすぎたりして、編集部総出で解読作業なんて苦労もあったのだ。ずいぶん楽になったもんだよなどと、古参の編集者から言われたりもするが、それでも激務には違いない。少なくとも、世の多くのサラリーマンと同様に、日中ちまちまとベルマークを切ったり貼ったりしているような余裕はない。そしてもちろん、すごく大変らしいと噂される、吹奏楽部親の会の役員を引き受けるような余裕もない。

もちろんこれは、極めて手前勝手な言い分だ。

まだ若かった頃の陽子は、そうした本音を堂々と口にしてしまい、激しい反発を受けたものだ。年齢を重ね、失敗を重ねた分、現在の陽子は「口は災いの元」「沈黙は金」あるいは「物も言い様」などという諺《ことわざ》の意味を身をもって思い知らされている。いや、知っていると思っていた。だが、昨年の保護者会で〈女帝エガテリーナ〉こと江賀さんと、いきなりやり合ってしまった……つい、うっかりと。

——今年は何か穏当な理由をつけて、欠席しよう。

陽子がそう判断したのは、当然の帰結と言える。

昨年と違い、今年の音楽発表会は抽選に外れたために立派なホールじゃなくて体育館だし。音はひどい、保護者席は少ない上に舞台からは遠い。ホールのように傾斜があるはずもなく、ビデオで録画しても撮れるのは他人の後頭部だけ……そんな話も漏れ聞き、ますます「行かなくていいな」と思っていた。

そこへいきなり遥からの参加要請である。当然「ええ、喜んで参加するわ」などと答えられるはずもない。

それに気になることもあった。昨年もやはり、遥からこの時期の保護者会に誘われた。いや、むしろ連行されたというのに近い。その結果江賀さんから無用の反感を抱かれてしまうことになったわけで、やっぱり行かなきゃ良かったのよと後で悔やんだものだ。そして五十嵐礼子曰く、そうなることを想定した上で、あえて遥は陽子を誘ったに違いないとのことだった。去年のあれがあって、また今年、とくれば、やはり遥には何らかの思惑があるのかもしれない……。

そう思ったから、正面切って尋ねてみた。

「回りくどいのは時間の無駄よ、率直に言って。何か問題が起きたの？　それとも……問題を起こしたいの？」

ぷっと相手は噴き出したようだった。

「自分で言っちゃってるわね。まあその両方かな。率直に言っちゃうけど、確かにあんたはトラブルメーカーだわ。目の前にあるもの全部をぶっ壊して、更地にしちゃう勢いのね。だけど、そこに新しい何かを造り上げるパワーを持っているんだよね……そういうところはすごいと思うよ、ほんと」

妙にしみじみした口調で言われ、陽子はふんと笑った。

「私の職場でのあだなを教えてあげましょうか？　ミセス・ブルドーザーよ」

今度こそ、遥はわかりやすく盛大に噴き出した。

「更地にするのが得意なわけだわ」

「で？　問題って、吹奏楽部でってことよね」

「もちろん」

「例の女帝絡み？」

「もちろん。あの人、今までは陰の権力者だったけど、とうとう表立って親の会のトップに君臨するつもりでいるわよ」

「なんでまた急に？」

「急というか、もうずっとなんだけど、あの人とにかく香具谷先生が気に入らないのよ。ほら、夏コンの後からクラリネットの新しい講師が来たでしょ？」

「ああ、なんか、陽介がそんなことを言っていたような……確か何かのコンクールで金賞を取った優秀な方だとか」

「香具谷先生の妹さんらしいわよ。それで、かぐや姫なんて女の子たちが呼んでるの」

「へえ……」

苗字からだけじゃ、今どきの辛辣《しんらつ》な少女たちにそんなあだなはつけてもらえないだろうから、きっと清楚《せいそ》可憐《かれん》な女性なのだろうなと思う。

「でね、お役ご免になった江賀さんとしては面白くないわけよ。若すぎるだの身内を使うなんて公私混同だの吼《ほ》えているらしいわ」

「わー、大変ねー」

陽子としては他人事だ。

「さらに女帝の導火線に火を点けたのが、アンコンね」

「アンコンがどうかしたの？」

「アンコンはさ、大編成の夏コンと違って、小編成のコンクールだから、出場できる人数もすごく限られるの。だから当然、飛び抜けて上手いっていうんじゃない限り、三年生が優先されるわけ」

「そりゃ、運動部とかでもそうよね」

「どんな部活でも同じことよね。クラリネットは人数も多いし、まだ二年生で普通レベルの江賀さんの娘は出場が微妙……で、江賀さんはずいぶん前から大塚先生に根回ししてたらしいのよね」

「根回し？」

「早い話、自分の娘を今年のアンコンに出場させようと、あれこれ画策してたってわけ。そんでそれはほぼ成功しかけてた……大塚先生が突然辞めたりしなけりゃね。あの先生、わりと親の会の言いなりだったから」

「あら？　私に対しては、ちゃんと毅然《きぜん》とした態度だったわよ。そんな気弱な感じには見えなかったけど」

「それはあんたが単なる保護者の一人だったからよ。私も上の子のときに平役員やったからわかるんだけど、はっきり言って、親の会を敵に回しちゃったら、部活動は成り立たないの。お金だってかかるし、何より人手がいる。加えて大塚先生は若いし吹奏楽は専門外で、自信がなかった。江賀さんは人の弱いところを突くのが抜群に上手いのよ。年長者だってこととか、クラリネット経験者だってこととか、何より親の会とその活動を知り尽くしていることとか、そういうことを盾にとって、いつの間にか最上段に立っている感じ」

「でも、そのやり方が香具谷先生には通用しなかったってわけね。だから陰の女帝としてじゃなく、表立っての地位を奪いにきた、と。さすがエガテリーナ様、まるで宮廷革命ね」

陽子は声を立てて笑った。まさに、夫のピョートル三世から帝位を簒奪《さんだつ》したエカテリーナ二世そのまんまじゃないか。

「それにしても、皆がやりたがらないめんどくさい仕事を、率先してやってくれるって言うんなら、ありがたい話じゃない？　たかだかアンサンブルコンテストのためにそこまでやるとはね。何もそんなにごり押ししなくたって、また来年目指せばいいのに」

あくまで暢気な陽子に、遥はふうとため息をつく。

「まあねえ、だけど三年生で出場するっていうのも、微妙なんだよね。だって、うちの地域の地区予選は十二月よ？　いくらなんでも高校受験の直前過ぎるでしょう。だからせっかく出場メンバーに選ばれても、親が止《や》めさせちゃうケースもけっこうあるわけよ。受験は下手すりゃ一生を左右するわけだし。江賀さんのことだから、どこか吹奏楽に強いとこを狙っているんでしょうけど、推薦取るにはそれなりの内申点が必要だしね。取《と》り敢《あ》えず娘に部長をやらせてプラス一点は確実に狙っているでしょうし、もちろんアンコンで好成績を収められたら、それは大きなアドバンテージになるけど、地区大会でゴールド程度じゃ加点にはならないし。県大会が一月、支部大会が二月じゃ、結局推薦入試には間に合わないでしょ。だから何が何でも今年の地区大会に出したいんじゃないかなあ」

「なんか捕らぬタヌキの皮算用っぽい話じゃない？　そんなクーデターまがいのことをした挙げ句、箸にも棒にもかかりませんでした、なんてことになりそうよね」

「それがそうとも言い切れないのよね……今の二、三年生って、ちらほらすごく上手い子がいるのよ。そういう子たちで編成して、難度の高い曲をやれれば、ひょっとしたらひょっとするかもって感じ」

「え、その上手い子の中に、陽介が入ってるの？」

わくわくしながら尋ねたら、あっさり否定された。

「え、いやごめん、入ってない。ちなみにうちの子も、ついでに江賀さんの子も、入ってないから安心して」

「いや安心してと言われてもね……それにしても何だかなあ……みんな、純粋に音楽が好きで楽しんでいるかと思いきや、賞だの内申点狙いだの、けっこう裏側はドロドロなのねえ」

「いやいや、そういう人はごく一部だって。それも親側の勝手な思惑で。子供たちはちゃんと頑張ってるし、楽しんでる。だからこそ、あの子たちの部活動を、江賀さんたちのドロドロに巻き込みたくないじゃない？」

「そんなドロドロ、私だって巻き込まれたくないわよ」

一応、牽制《けんせい》のつもりで言ったら、相手はやや言葉に詰まった風だった。

「……あら、お見通し？」

ぺろりと舌でも出しているような声で言われ、やっぱりか、と思う。どうやら五十嵐礼子の推察は当たっていたようだ。

「もう、止めてよね。そりゃ昔はさ、若気の至りでＰＴＡに喧嘩売ったりしたけどね、今はもう、そういうのナシだから。今の私のモットーはね、動かざること山田のごとしってくらいなんだから。平和的に、穏やかに、事を荒立てずに生きてるの」

「もうすでに色々やってるくせに、どの口がそういうことを言うのかってね」

「だって陽介に飛び火しかねないじゃない、冗談じゃないわ。そもそも江賀さんが大変な役員仕事を引き受けてくれるっていうんなら、ありがたい話じゃない？　クラリネット軍団の揉め事は、クラリネット内で解決してもらえないかしら」

遥には普段散々やり込められている。少しくらいは意地悪な言い方をしたって、全然問題はないだろう。それに事実、陽子の言葉は完全な本音でもある。無関係な揉め事の渦中に割って入るほど、陽子はお人好しでも酔狂でもない。

「……ふうーん」

ふいに遥の声が、ワントーン低くなった。

「いいのかなあ、そんなこと言ってて。江賀さんとおつきの女官たちは、クラリネットパートの保護者だけで役員を固めちゃうつもりだよ。普通はそんなことは絶対あり得ないんだけど、でもあの人たちならやっちゃうでしょうね。今も絶賛根回し中だし。で、そうすりゃ、まず間違いなくアンコンのエントリーはクラリネット六重奏で決まりよね。選曲に親が口出しするなんてこと、他じゃあり得ないでしょうけど、でも江賀さんならきっとやる。で、Aがクラなら、バランス上、Bは金管編成になるでしょう。でなきゃ、今度は金管の保護者が暴動を起こすわよ。可哀相に、陽介くん、アンコンには出られないよね……今年はもちろん、来年も」

「ちょっと待ってよ。来年は関係ないでしょ、江賀さんたちの任期も切れるわけだし」

「アンコンの申し込み自体は十月だけど、準備はもっとずっと前から始めてるわよ、どこの学校も。まあ、そういう意味でも江賀さんたちは無理を押し通そうとしてるわけだけど。あの人たちにしてみれば、一度決まっていたはずのことを香具谷先生にひっくり返されちゃったってわけだしね。自分たちの正当性をかけらも疑っていないよ、きっと。役員を独占することはオセロの四隅を押さえるようなもので、これで一気に形勢を逆転できると思い込んでる。ほんと、まさにクーデターよね」

陽子は頭を抱えた。オセロの盤面どころか、卓袱台《ちゃぶだい》をひっくり返し合っているようなものだ。部活動を陰から支える黒子であるべき大人たちが、そんなことばかりやっていては、子供たちが可哀相ではないか……否、陽介が、可哀相じゃないか！

「……少し、考えさせて」

そう言い終えて陽子は電話を切った。

「――ねえ、陽介、アンサンブルコンテストって、やっぱ出てみたかったりするの？」

後で、極力なんでもなさそうに陽介に尋ねてみた。彼はまるで、一足す一は二よね、と言われたみたいにきょとんとした。

「え、そりゃあ、出たいよー。今年はやっぱり無理みたいだけど、もっとファゴットの練習を頑張って、来年こそは絶対出たいって思ってるんだ……最上級生になるんだしね」

「そ、そう……」

「吹奏楽やってる人ならたぶん、みんな出たいと思ってるんじゃないかなあ。だけど希望者が全員出られるわけじゃないから、ぼくもまだまだ頑張らないと」

そう言って陽介はにこりと無垢な笑みを浮かべた。

――そしてその夜遅く。

やたらこそこそひそひそと、玉野遥に連絡を取ることになった陽子であった。

3

問題は、エガテリーナの宮廷革命を阻止するには、圧倒的にこちらの兵力が不足しているということである。

女帝みたいな特殊な例は別として、親の会の大半の保護者たちは揉め事や厄介《やっかい》ごとを嫌うだろう。強い者や声の大きい者に唯々諾々と従うのは、ある意味一番楽で平和的な解決方法である。何も人生や生活が左右されるというのでもない。たかだか子供の部活動なのだ。

しかも、女帝のような例外はさておき、進んで役員を引き受けたがるような者は少ないだろう。時間も体力も削られる、苦労のわりに報われることはほぼないようなボランティア、誰が好きこのんでやりたがる？　陽子だって嫌だ。その他大勢、羊の群れの中の平凡な一頭として、平和に草でも食《は》んでいたい。そしててんで勝手な羊たちをまとめるべく、ひたすらわんわん吠《ほ》えては駆け回る牧羊犬を見て、「あらまあ、ご苦労様」と他人事のように言える立場でいたい。

しかし……。

このまま女帝の陰謀を見過ごして、彼女を羊飼いの地位に就けてしまったら……。陽子などは厳寒の冬に羊毛を根こそぎ刈られるような目にあわされるかもしれない。我が身一人ならまだ耐えられる。しかし、災禍が陽介にまで及んでしまったら……。

ぶるりと震えずにいられない陽子である。

だが、遥の話を総合すると、江賀さん一派が役員を独占したとして、割を食う形になるのはクラリネット以外の木管楽器パートだけだ（それからもちろん陽子もだが）。数の上では圧倒的少数派となる。その少ない部員の親の中に、何が何でも我が子をアンコンに出したいという熱意を持つ人が、さてどのくらいいるものか……。

「そもそも、クラリネット帝国ができるんなら、あなたにはそう悪い話じゃないんじゃないの？」

別に嫌みのつもりはなく、素朴な疑問として陽子は聞いてみた。聞かれた遥は、くぐもった笑い声を上げた。

「どうやら私は山田軍団の一員と見なされてるらしいよ。ほんと、迷惑な話」

「山田軍団って……何よそれ、だいたい軍団ってほど人数いないでしょ」

陽子としては、群れたつもりはかけらもない。ただ、ちょっかいをかけてきたり、へばりついてきたりする連中がごくごく少数いるだけだ。

だけど、と陽子は考え込んだ。

「……それだと、玉野会長の線は難しいか……」

玉野遥は夜勤ありの看護師である。平ならまだしも、役職付きの役員をこなすのは大変だろう。けれどそれは陽子だってどっこいどっこいだし、陽子の首に縄をかけて引きずっていく以上、遥にも当然先頭に立って闘ってもらうしかない。

率先して役員を引き受けようとしている――その実態は親の会を私物化し、牛耳《ぎゅうじ》ろうとしているわけだが――連中を引きずり下ろすためには、こちらで別の役員をワンセット用意しなくてはならない。こんな修羅場で進んで手を挙げるような奇特な人物がいるとも思えず、ここはどうしたって陽子たちでそれをやるしかないだろう。

しかしながら、陽子には親の会での人望というものがまったくない。それはもう圧倒的に、壊滅的にだ。

「私は親の会の中ではどっちかって言うと嫌われているしねえ」

自虐的に陽子が言えば、遥も「どっちかって言わなくてもそうだわねえ」と肯定する。その遥だって、山田一派と見なされているのならば、今や大同小異だろう。

「じゃさ、山田さん。五十嵐さんを使うのは？　小学校のＰＴＡ総会のときには大した化けっぷりだったじゃないの」

遥の提案に、陽子はううんと唸《うな》る。

「あれはあの場限りだからごまかせたんで、一年なんて長丁場は無理よ」五十嵐礼子は自分に利がなければ動かず、ただ面白がって傍観しているような人間である。「それに一派と見なされているってことじゃ、同じじゃない？　私ら、夏コンのときに一緒にいたし……でもまあ、一応頭数には入れておくか」

背に腹はかえられない。

「村辺さんもね。あの人は、あんたが誘えば一発でしょ」

「……あんまり頼りにはなりそうもないけどね」

陽子と遥、そして今、名前の挙がった二人を引きずり込むにしても、まだ足りない。役員は、会長、副会長、書記、会計、そして平役員二人の計六人で構成されているのだ。平役員は下の学年の保護者が選出される場合が多いようだが、今回の場合、役員入りは即、女帝一派から睨まれることを意味する。期待はできないだろうし、強要するのも酷というものだろう。

「最低でもあと二人か……難題ね。お飾りでいいってわけじゃないしね……」

現行、六人でどうにか回している仕事量である。名前だけ貸してくれればいいの、後は私たちに任せてくれれば、なんて安請け合いはできようはずもない。

しかもできればその未知の人物には、トップに立ってもらいたいのだ。人望厚く、仕事ができて、あの女帝エガテリーナに対抗できる人。さらには、自分で言ってしまうが、かなり癖のある集団である陽子たちと上手くやっていける人。

『――いないよ、そんな人』

めでたく意見の一致を見た陽子と遥である。

「やっぱりここは山田さんが、生きてててすみませんレベルで卑屈になってお願いしていくしかないかもね」

遥の攻撃に、陽子は憤然と立ち向かう。

「なんで私ばっかりそういう要求をされるわけ？　だったらそっちは生まれてすみませんレベルでお願いしてみたら？」

「私は元々人当たりがいいもの。患者さんにもあったかいお袋さんキャラで通ってるわよ。だいたい山田さんはいつも無駄に態度がでかいのよ。背丈も無駄にでかいけどさ」

「あ、そういうこと言う？　そっちなんて横にでかいくせしてさ」

「あー、そういうデリカシーのないことばっかり言ってるから、いざってときに人望がないんじゃないのさ」

　深夜の電話である。二人とも、ひそひそ声でひとしきり悪口を言い合ってから、ふうとため息をついた。

「……内輪揉めはこれくらいにして」陽子は居住まいを正して言った。「まずやるべきは、あちらサイドと同じく根回しだよね」

「こっちはだいぶ出遅れてるけどね」

「そう、だから不本意ではあるけれど、子供たちを使いましょう。噂を流すのよ……概ね真実の噂をね。江賀さん一派が親の会を乗っ取り、私物化を図っている。もしこれを見過ごせば、夏コンもアンコンもクラリネットが目立つ曲ばかりになる、とね。さすがにこれを聞けば、クラ以外のパートは憤慨するでしょう。で、おそらくその噂は親にも伝わる。男の子は難しいけど、女の子なら、まず母親に言うわよね」

「言うね。九割方は、言うね。吹奏楽部は女子の方がだいぶ多いから、それで問題ないね」

「そうね。江賀さんが既にやっている根回しに追っかけて、こっちが流す噂。二つの情報は矛盾しない。だからみんなは考える。どうするべきかって。そこへすかさず、こっちが選択肢を提示するわけ」

「なるほどねえ……いや、やっぱ山田さんすごいわ」

「ただし、やり過ぎないように気をつけなきゃね。子供たちの不満や憤りの矛先が、江賀さんのお嬢さんに行ってしまいかねないから」

「ああ……それはまずいね」

「そう、かなりまずい。だから噂を流す相手はある程度選んで、江賀さんのお嬢さんも被害者なんだって形にするべきね。エキセントリックな母親から、何が何でもアンコンで全国に行けと強いられる、気の毒な子って感じで」

「了解、そこは大事だね。しっかしほんとさすがだねー、よくまあそんだけパパッと悪巧みが浮かぶもんだよ」

「悪巧みとか言わないでよ」

「いや褒めてんのよ」

「褒めてないでしょ」陽子は苦笑する。「それじゃ取り敢えず、噂の件はそちらのお嬢さんと相談してくれるかな？　五十嵐さんと村辺さんの方は、私から連絡入れとく。うちの子も、仲のいい男子くらいになら噂も撒《ま》けるでしょう。とにかくそうやってじわじわと裏側から保護者間に情報公開して、皆の問題意識を高めておいて、役員決めで江賀さんの独擅《どくせんじょう》場になるのを防ぐのよ」

力強く言ってから、陽子はふと黙り込み、それから独り言のようにつぶやいた。

「情報……公開。そうか……」

「なに、何か名案でも？」

「いや、ちょっと思いついたけど、まだどうなるかはわからないや。それよりも以前、平役員をやったって言ったわよね。それなら……」

多忙なワーキングマザー二人の、謀議の夜は更けていく。

4

時間がない。人手も足りない。そんな逆境の中、出来る限りの手は打った。

公私は分けているつもりだったが、社員食堂でランチを食べながら計画を練っていたとき、無意識にあらぬことをつぶやいていたらしく、営業部の男性社員をおののかせてしまった。相手がこちらを凝視して固まっているのに気づき、とっさに作り笑いをしてみたものの、彼の表情は強張ったままだった。

Xデーはあっという間に訪れた。

どうせ保護者会に参加するなら、たとえ会場が体育館で音がひどかろうと吹奏楽部の演奏も聴きたかったが、仕事が詰まっていて難しい。結局ギリギリになり、駅から集会所までタクシーで乗りつけたら、入り口のところで遥がじりじりと焦れていた。

「遅いよ、もう。間に合わないかと思ったよ」

「ごめんごめん。これでも仕事ぶっとばしてきたんだから」

慌てて駆け込んだ室内は、人でいっぱいだった。同じ集会所だが、明らかに昨年より人数が多い。自分たちが撒いた噂の効果だといいんだけどと、陽子は思う。

手は尽くしたものの、事態がどう転ぶかは予断を許さない。

部屋の奥に、冷ややかな視線の矢を飛ばしてくる江賀さんの姿があった。とっさに極上の笑みで防御したが、更に会釈を加えるほどには陽子も人格者ではない。既に闘いは始まっているのだ。

陽子たちの動きを、敵は果たしてどの程度把握しているものか。会場の空気は、今まで陽子が経験してきたどの役員決めよりも張り詰めている。

昨年同様、現行の役員が議事を進めた。挨拶の後、会計報告が行われたのも、去年と同じである。ただ、彼女たちが心からほっとしたであろうことに、質疑応答で手は挙がらなかった。あの、税務署の査察官のような追及を繰り広げていた一派は、今はそれどころではないのだろう。第一、今それをやったら、来年自分たちが同じ立場に立ったとき、非常に具合が悪いことになる。ある意味、今年の役員はラッキーだったわと、陽子は思う。

ふと、正面の役員席に座った東さんと目が合ったが、ぱっと逸《そ》らされた。やはりどうにも嫌われてしまっているようだ。自業自得とは言え、陽子の胸はチクチク痛む。誤解されやすいけれども、陽子の心臓とて鉄でできているわけではないのだ。

　質疑応答が皆無だったため、議事進行は恐ろしくスムーズだった。いよいよ本題の、新役員決めに突入である。

「それでは、自薦、他薦、どなたかいらっしゃいますか？」

　議長がそう告げるなり、すっと手が挙がった。もちろん、エガテリーナおつきの女官の一人である。

「あ、あの、私、やってもいいかなって……」

「あ、それでしたら私も」

　続いて別の手が挙がる。議長はほっとした様子で、「ありがとうございます。お二人のどちらか、会長をやっていただくことはできますか？」と尋ねた。二人はぶるぶると首を振り、

「無理です、無理です、会長なんて……あの、会計とかでしたら」

「あ、私は書記とかなら」

　と、打ち合わせ通りであろうセリフを口にした。

「会計と……書記ですね。あと四人ですが……」

　議長が皆を見渡したタイミングで、さらに三本の手が挙がった。

　相変わらず素晴らしい、と陽子は思う。傍観者に徹するならば、これほど楽な役員決

めはない。

議長はやや当惑したように押し黙る。立候補した保護者たちの共通点に気づいたらしい。そしてどうやら現役員は、今回の宮廷革命について知らされていないようだ。

ただ一人を除いては。

エガテリーナ一派の権力掌握を阻止するべく、陽子たちはそれぞれの伝手で役員になってくれる人を探していた。あまり気は進まなかったものの、遥以外にはママ友と言える人なんていない陽子はしぶしぶ村辺千香に連絡を取った。遥が言っていた通り、一発オッケーであった。おずおずと、しかし嬉しげに、『会計なら、たぶんできると思います』などと言う。彼女が簿記の資格を持っているという話は聞いていた。

これが数年前なら、

『あんたが？　よりによって会計？』

などと返していたことだろう。そう言われるだけのことを千香は過去にしてきている。ファミレスのスティックシュガーをごっそり抜いていこうとしたのは、はて、何年前のことだったろうかと思う。

だが、まあ、昔と言えば昔なのかもしれない、と陽子は思い直した。

出費があるならそれ以上に稼げばよろしいという主義の陽子は、帳簿付けの類は実は苦手である。他の面子を見ても、得意そうな人はいない。どうにも危ない感じは拭えないが、できるというならやってもらえると正直助かる。

一方、得にならないと難色を示すかと思われた五十嵐礼子だが、電話で説明したときの感触は、存外悪くなかった。

『つまりさ、我慢して役員やれば、ある程度は口を出せるってこと？　アンコンの編成に、コントラバスを入れるとか？　部活頑張って賞も取りましたっていうのは、経歴としては悪くないよね』

相変わらず我が子のことしか考えていない。が、それは陽子とて同じである。

『言っとくけど、それはできないからね。そういう異常なことをやろうとしているから、こっちが出しゃばらざるを得ないわけだから』

こんこんと説明したのに、礼子は、

『でも、まあ、ね？　あの先生若いし、仲良くなっちゃえば、ね、ふふ』

などと気持ちの悪い笑い声を立てている。役員になったら、立場を利用して香具谷先生に接近し、色仕掛けでもやりかねない勢いだ。

——だけどまあ、あの先生、見かけによらずしたたかそうだから大丈夫か。

そうであることを祈りつつ、礼子を役員候補としてカウントすることにした。

しかし陽子としてはここで弾切れである。遥も精一杯当たってはくれたものの、話を聞いただけで皆、怖《お》じ気《け》づいてしまったらしい。それはそうだろう。成功しようが失敗しようが、江賀さんたちに恨まれるのは必至なのだから。いったい誰がそんな、わざわざ虎の尾を踏みに行くような真似をしたがるだろう？

一味の中では一番社交的な遥でさえ撃沈したのだ。残りの二人は推して知るべしであった。

陽子としては、やはり会長ができる人が欲しかった。皆の反発を招かない公平かつ誠実な人柄で、実務ができて責任感がある人。それとできれば、時間にある程度余裕のある人。自分たち四人には、見事に当てはまらない。

実はたった一人、陽子はこれらの条件を兼ね備えた人を知っている。しかしその人は、色んな意味で、もっとも引き受けてくれなそうな人物でもあった。

『え、東さんに？』

陽子の考えを聞いた遥は、すっとんきょうな声を上げた。

『いや、それは……さすがにどの面下げてって感じじゃない？　第一、あの人は今年の役員なのよ？　誰が見たって、人一倍働いてた。それを更にもう一年、それも会長とか、どんな罰ゲームよって感じだわね』

『それは重々わきまえているし、ほんと申し訳ないとは思うけどさ、他にいないんだもん』

長年会社員をこなし、今では人の上に立っている陽子である。人の能力を見抜く目には少々自信があった。東京子以上の適任者はいないだろう。

が、遥の言ではないが、まさしくどの面下げて、である。

だが、〈気まずい〉という理由でこれほどの人材を放置する手はない。わずかな望みにかけてみることにした。電話ではあったが、現状を伝え、誠意を尽くしてお願いしてみた。江賀さんの陰謀については初耳だったらしく、息を呑む気配が伝わってきた。だが、返ってきた答えは短かった。

『無理ですね』

やはりか、と陽子は肩を落とす。間髪容れず、東さんは言った。

『山田さん、そう言いましたよね、〈夜並び〉で私が時間変更をお願いしたとき』

それを言われると、ぐうの音も出ない。

とにかくそのことと、市長とのことを再度謝罪して、陽子は引き下がることにした
——取り敢えず、その場は。

それから役員決めの今日までの数日間、できる限りのことはした。速達で手紙も送った。毎日、電話もした。時間を取らせないよう、短い言葉で丁寧にお願いしたつもりだ。それでもやはり迷惑だったかもしれないが。そして、その都度断られた。今朝、しつこくしたことを謝罪する電話を入れて、それで終わりとした。

できることはすべてやった。あとは蓋を開けてみるしかない。

「――あの、会長には江賀さんを推薦します」

先に立候補したうちの一人が、頃合いを見計らったように言った。

「それはいいわ、江賀さんにでしたら、安心してお任せできるわ」

もう一人が言う。どうもあまり演技力はなさそうだ。

旧役員が顔を見合わせ、保護者たちの一部がざわつく。根回しが行き届いていなかった人たちだろう。

「……あ、あの……、皆さんクラパートのお母様方ですよね。あまり、偏ってしまうのは……」

おずおずと、議長が言う。

「ダメだという決まりは、特にありませんよね？」にこやかに進み出てきたのは、当の江賀さんだ。「ぜひにとおっしゃるのでしたら、会長を引き受けさせていただきますよ」

その言葉に、会場内がさらにざわついた。

役員に当たらなくてすみそうだと、単純に喜んでいる人たち。江賀さん一派の行動に、不穏な匂いを嗅ぎ取り、隣同士でひそひそささやく人たち。噂は本当だったかと、顔をしかめる人たち。反応は様々だ。

「――質問よろしいですか？」

こちらも頃合いと見て、陽子は挙手した。会場中の視線が、いっせいに集まる。

「今、江賀さんがおっしゃいました通り、確かに親の会規約には、役員を一つのパートの保護者で独占するべからずとは書かれていません。けれど、実際には過去の役員はバランス良く各パートから選ばれています。理由はもちろん、特定のパートに有利になるのを避けるため、でしょうね。たとえば、夏コンでそのパートのソロがある曲を選ぶようにするとか、アンコンでそのパートによる編成が選ばれる、とか。そういった、利益誘導を避けるための、いわば不文律です」

そして江賀さんは過去長きにわたり、そうした不文律を六法全書のごとく振りかざし、歴代役員を散々糾弾してきたと聞く。ずいぶん手前勝手な話じゃないのと陽子は苦笑する。

「それで江賀さんに質問ですが、江賀さんが会長になられたとして、よもや今年も来年もアンコンのエントリーがクラリネット六重奏になる……なんてことはありませんよね?」

剛速球のストレートをど真ん中に投げ込んでやった。元々回りくどいことは嫌いだし、ここで深々と釘を刺しておきさえすれば、何も陽子たちが無理を押して役員などやらずに済むかもしれないのだ。

何しろ、今ここで「そんなことはない」という言質《げんち》を取れれば、事実上、女帝のもくろみは頓挫するのだから。

女帝はくわっと眼を見開いて、陽子を睨みつけてきたが、別に痛くも痒《かゆ》くもない。隣で礼子が「おお、コワー」とつぶやいたが、こちらもてんで平気そうだった。

「山田さん、またあなたなの？」

憎々しげに言われ、もう一本、釘を刺しておく気になった。

「ええ、また山田です。それでもう一つ江賀さんに質問なんですが、クラリネットをご指導頂いていたときのことを、ボランティアだとおっしゃっていましたよね？　ですがおかしいですね……過去の帳簿を見ると、毎回、江賀さんに幾ばくかのお金が親の会から出ているようなんですが」

陽子の言葉に会場内がざわつく。

これは陽子たちが役員をやらざるを得なくなったときのための布石だ。またあのネチネチ糾弾大会をやられたのではたまったものじゃないから。

江賀さんは顔を真っ赤にして叫んだ。

「タクシー代ですよ。わざわざ時間を割いて指導しているんですから、交通費くらいは当たり前でしょう？」

「ですが、他の外部講師に来て頂いたとしても、どのみちお嬢さんの送り迎えは必要でしょう？　他の親御さんは、自家用車を使うか、それこそ自腹でタクシーを使うかしているわけですから」

完全下校時刻は季節によっても違うが、せいぜい六時過ぎまでだ。コンクール前などは特に、不便な場所にある公民館などを借りての校外練習が必須となる。当然夜遅くなるわけだから、送迎が必要なのだ。中学生の女の子を、真っ暗な住宅街でウロウロさせるのはあまりに危険だ。

つくづく、女の子の親とは大変だと思う。いくつになれば安心、というのはないのだから。まあ今日日《きょうび》、男子だって絶対安全とは言いきれないのだけれど。

それはさておき、陽子がつついているのは重箱の隅レベルのことであるが、同じようなことを江賀さんは他の人に散々やってきたのだ。雉《きじ》も鳴かずば打たれまいにと、陽子は人の悪い笑みを浮かべる。自分が他者に行ったことは、いつか回り回って自分に返ってくる……それだけの覚悟もなしにふんぞり返っていたのだとすれば、もはやお笑い種でしかない。

もっとも、あまり人のことは言えない陽子である。

ちなみにこの件は、既に子供が卒業済みの、過去の会計担当者から遥が聞き出してきた。しがらみがなくなりさえすれば、人はけっこう饒舌《じょうぜつ》になってくれるものだ。それが長年もやもやと溜め込まれていたことならなおさらである。

ともあれ、手は打った。後は相手次第だが……。

「なんて卑劣な人なの、本当に」憤懣《ふんまん》やるかたないといった調子で江賀さんは吐き捨てるように言った。「私は、皆さんがやりたがらないお仕事を進んで買って出ただけなのに、吹奏楽部のお役に立ちたい一念ですのに、どうしてこんな侮辱を受けなきゃならないんですか。それじゃ、代わりにあなたが会長をやるとでも？　はたして皆さんがついてきてくれるかしらね？」

「いえいえ、私などにはとてもとても務まりませんよ」

陽子は静かに首を振る。謙遜ではなく、単なる事実だ。江賀さんは勝ち誇ったように笑った。

「それじゃあ皆さんにお聞きしますが、他にどなたか立候補される方はいらっしゃるんですか？」

一同を睥睨《へいげい》するその眼は、明らかに名乗り出た者は容赦しないぞと語っている。会場は、瞬時に凍りついてしまった。

「……ほら」

と江賀さんが言いかけるのを遮って、陽子が声を上げた。

「では、仕方がないですね。それでは私たちがやらせていただきます」

打ち合わせ通り、陽子たちは前に進み出た。玉野遥、五十嵐礼子、村辺千香、そして最後に夜並び仲間のゴルビーこと赤西さんのおじいちゃんという面子である。エガテリーナの陰謀ドロドロ宮廷革命を阻止するのに、情報公開《グラスノスチ》と改革《ペレストロイカ》のゴルバチョフほどぴったりな人物が他にいるだろうか？

何しろ江賀さんは、年長であることを笠《かさ》に着て他の保護者を見下し、香具谷先生を子供扱いしている。ならば、さらなる年長者を押し立てればいいじゃないか？

……などというのは単なる苦し紛れのこじつけだ。藁《わら》にもすがる思いで赤西家に連絡し、事情を説明したら、ゴルビーはしわがれた声でただこう言った。

『心得ました』と。

それを伝え聞いた礼子が『キャー、武士っぽくて渋いわ、痺《しび》れる』などとミーハーに叫んでいたが、実は陽子も少し胸がときめいたものである。ゴルビーには確かに、人の上に立つ者の威厳と風格が備わっていた。

江賀さんは前に出たメンバーをなんとも言えぬ顔で眺め渡し、ぼそりと言った。

「五人しかいないようですが？　あと一人はどうされるんです？」

「そのことなんですが……ここ数日、お子さんたちからこんな質問をされた方がたくさんいらっしゃると思うんです。『親の会の会長は、ほんとのところ誰にやって欲しいか』って」

「山田さん、あなたは子供たちに……」

江賀さんが言いかけるのを、陽子はまた容赦なく遮った。

「そうしたら、あるお名前が、とてもたくさん挙がったんです。皆さん一様に、『無理だと思うけど』とおっしゃってらしたそうですが」

　ここで陽子はその人物に向き直って言った。

「――東さん。無理を承知で、お願いします。どうか、親の会の会長を引き受けて下さらないでしょうか」

　東京子は驚きと怒りがない交ぜになった表情で、陽子を見返した。

「お願いします、東さん。私たちでは、駄目なんです。このままでは、親の会がバラバラになってしまいます。それでは、一生懸命に頑張っている子供たちが、あまりに可哀相です。あなたがこの一年、誰よりも頑張ってらしたことは、みんなが知っています。仕事量が多くて、ご負担が重かったこともよくわかりました。そんな現状を変えたいんです。私たち仕事を持った母親でも、無理なく役員をこなせるようにしたいんです。でもそのためには、すべてを把握している方のお力が、どうしても必要なんです」

　低く低く、陽子は頭《こうべ》を垂れた。

「……親の会がバラバラになって、それはあなたたちのせいじゃないですか」

　陽子の後頭部に降ってきたのは、東さんの涙声だった。

「山田さんも江賀さんも、勝手なことばっかり。あなたたちみたいな人がいるから、苦労が絶えないんじゃないですか」

　まことにもってごもっともで、陽子としてはさらに頭を深く垂れるしかない。

「あなたたち、役員を舐めすぎですよ。そうそう都合良くいくもんですか。何にもやらない人ほど、文句ばっかり言ってきて、私、何も悪くないのに、こんなに頑張ってるのに、どうして謝ってばっかりなんだろうって、絶対、そういう風になるんだから。やって当たり前で、全然、感謝なんかされなくて、先生は気軽に色んな要求をしてくるし、家族からは家のことが手抜きだって文句言われるし、勝手な保護者ばかりだし、役員の中でだって、嫌みを言われたり、仕事を押しつけられたり、誰も引き受けてくれなくて結局私が一人でやったり、ほんとに、この一年……」

途中からは号泣状態である。

何かしら身に憶えのある人たちの間で、気まずい空気が漂った。そのトップクラスに位置する陽子が、またもや謝ろうと口を開いたとき、いきなり東さんが机をタンと叩いて顔を上げた。

「――やりますよ。それしかないんなら、やりますよ。やればいいいんでしょう?」

そして机に突っ伏し、またわっとばかり泣き出したのであった。

5

東さんの号泣会見(とは五十嵐礼子による命名だが)から、数ヵ月が経った。

あの後、玉野遥がしみじみと言っていた。

『なんかさ、実家の母親のことを思い出しちゃって。まさに昭和のお袋さんって感じの人で、よく働くし、いつもニコニコしててさ、だから家族みんなそれが当たり前になっちゃってて、甘えきっていたんだね。ある日、母親がいきなり食卓で泣き出しちゃって。私はこんなに熱があって辛いのに、どうして誰一人、気づいてくれないのって。お母さんはロボットじゃないのよって。そのときのバツの悪い感じに似てたなあって。お母さんは家族の誰かが具合が悪いときには、すぐに気づいてくれてたしね』

陽子自身の母親はまたタイプが違う人だったが、遥が言っていることはとてもよくわかった。考えてみれば、役員なんてものは家庭内に於《お》ける母親の、どこか損な役回りと似ているかもしれない。いないと家庭が回らない。だけどやって当たり前で別段感謝もされず、駄目なときだけ指摘を受ける。みんなてんで勝手な要求もする。そして理不尽なことに、その仕事はなんとなしに軽く見られたりもする……。

ともあれ、吹奏楽部親の会に、新体制が発足した。

会長、東京子。副会長、赤西ゴルビー。会計、村辺千香。書記は一応陽子だが、名目上は平役員の遥と礼子にも、仕事の再配分を行っている。さらに役員見習い的な位置づけの保護者を数人、一年生の保護者から見つくろっている。

走り出すなり改革に次ぐ改革を断行していたら、思った通り凄《すさ》まじいブーイングが起きた。多くは過去の役員経験者からである。兄弟姉妹で吹奏楽部という例がとても多いため、上の子のときに役員経験済みの保護者が多数いるのだ。

曰く、自分たちのときと、あまりにもやり方が違う。伝統がどうの、今まで積み重ねてきた苦労を台なしにするなとか、だからアンコンもぱっとしない結果に終わったんだとか（当然ながら、編成や曲の選定などには役員はノータッチである）、うるさいことこの上ない。が、たいていの場合、「ご意見、ありがとうございます。ほんと、私たち、至らなくて……それで私たち、役員の定員枠を取っ払うつもりでいます。ですから、今から一緒に役員しましょうよ！　実は早速やって頂きたい仕事があって！」とハイテンションで畳みかけると、相手は速攻で逃げ出してしまう。どうあっても一味には入りたくないらしい。

仕事があるというのは本当だった。ここのところの陽子は、貴重な休日をその仕事に潰されている。目的は何と、スポンサー探しだ。

三月末の定期演奏会に先立ち、役員は当日配付するパンフレットを作成する。プログラムだのパート毎の紹介だのがメインだが、それはまあいい。原稿を集めて校正して製本する。陽子はまさに本職だ。ただしこの仕事に関わるのはずぶの素人《しろうと》ばかりなので、会社とは別種の苦労も多い。それでも他の誰よりも適任と言えるだろう。問題は、何ページにもわたる広告欄だ。事前にアポイントを取った上で地元の商店や学習塾などを回って広告を募り、広告料をいただく。細かい料金設定があり、当然サイズが大きいほど高い。こんな手作り感満載の、部数もたかが知れているパンフレットに文字だけの広告が載ったところで、実際に宣伝効果があるとも思えない。要するにこれは、広告に名を借りた寄附金要請なのだろう。

実際、吹奏楽にはとてつもないお金がかかる。前年度だと、楽器のメンテナンスに年間十万円ほど、壊れた楽器の修理費用に六万円近くもかかっている。定期演奏会を行う市民ホールの使用料は、前日練習分、当日分合わせて十一万三千六百円也《なり》。さらにパート毎の講師料、練習する場所の使用料、大型楽器搬送のためのトラックのレンタル料、レンタル譜および楽譜代、コンクールのＤＶＤ撮影代、衣装代などの他、各コンクールに参加するにもチケット代を含め、参加費が必要だ。部費や親の会会費だけでは到底賄えない金額である。

もちろんこれらの内訳には、個人個人の楽器の消耗品代やお手入れ用品代などは含まれていない。陽介のファゴット一つ取っても、リード代が積もり積もってけっこうな金額になっている。パート毎の外部講師への謝礼には、個人負担分も多く含まれている。また、特に大きな費用がかかる定期演奏会の際には、個別の参加費を一人七千円、徴収している。保護者の負担はすでに重いが、さらに一口千円で寄附も募る。十口二十口は当たり前、祖父母も別口で資金提供するのがほぼ慣例だ。この際の依頼状の作成も、陽子の仕事だ。この手紙は部員を通して卒業生にも届けられる。寄附して頂いたお礼として、パンフレットとポスター、それに定期演奏会の招待状を送付する。正直、一口寄附ならこの時点で赤字だ。

これだけの自助努力をしても、まだ全然足りないのだ。

だからパンフレットの広告料は、窮余の策だったのだろうとは思う。

だが、人様にお金を出して頂くというのは、生やさしいことではない。丁寧な依頼状を携え、過去に広告を出してくれた方のリストを片手に市内を巡りつつ、陽子はつくづく痛感した。普段部員が利用している楽器店や文具屋、演奏会のときに花束を買っている花屋など、こちらが直接の客である場合は「ああ、一中さんね」と快く出してもらえる。が、「どうしてこんなところがお金を出してくれたんだろう?」と不思議になるような広告主は(酒屋とか床屋とか、脳神経外科なんてのもあった)、どうやら当時の役員との個人的な繋がりで、いわばカンパしてくれていたらしく、足を運んでもすげなく断られることが多かった。今まで毎年広告を出してくれていたところにも、不況を理由に渋られたりもする。一応粘りはするけれど、まさか押し売りするわけにもいかない。減ったリストの分は、過去の役員たちが皆そうしたであろうように、自分のコネや努力で新規開拓するほかない。だが、基本昼間は勤務先にいて、地元とさほど深い繋がりがあるわけでもない陽子には、大変に難しいことだった。高身長の陽子は相手に無用の圧迫感を与えてしまうらしいので、極力背を丸め、腰を低くしてお願いして回る。心身ともに、疲れることこの上ない。

しかも広告を取れたら取れたで、今度は一件一件、内容の打ち合わせに校正のやり取りが待っている。パンフにポスター、招待状を送るのは寄附の場合と同じだ。定期演奏会が終われば、すべての広告主と寄附金を出してくれた方々に、丁寧な礼状を出す。膨大な仕事量だ。

もうこうなったら私が見開きで買い取って、でっかい字で『山田陽子見参』とでも載せてやろうかしら。

半ばやけくそで、そんなことを思う。実際言おうものなら、礼子あたりから「うわ、出たよ、金持ち発言」などと揶揄《やゆ》されるのがわかっているから、絶対に口にはしないけれども。

それにしても、と思う。こうやって営業の真似事をしてみると、うちの社の営業さんのありがたさが身に沁みるわね、と。日本全国の書店を回って、限られたスペースに、なんとか一冊でも多く自社本を置いてもらおうと、日々奮闘してくれている。出版不況で本がとんと売れない中、きっと言うに言われぬ苦労もあるのだろう……。

しみじみとそんなことを思いつつ、陽子はリストの次の商店へ突撃するべく、ゆっくりと深呼吸をした。

6

エレベーターを降りたところで文芸編集部の山田陽子とばったり出くわし、福山はびくりとした。

「あら、福ちゃん、なんか久しぶりー」などと相手は気軽に挨拶をしてくる。

「あ、お久しぶりです」

とこちらはガチガチの挨拶だ。

「ねえ、福ちゃん。私、最近つくづく思うのよ。営業って、ほんと大変な仕事よね。営業あっての編集なのよね、本当に。いつもありがとね、書店さん回り、頑張って」

軽く手を振って、彼女はエレベーターに乗った。その姿が閉まる扉の向こうに消えるのを呆然と見送り、福山は考えた。

突然、どうしたというのだろう?

これにはきっと、裏がある。何かの布石か、あるいは背後にとてつもない陰謀が……。

やはり山田陽子は恐ろしいと、一人戦慄《せんりつ》する福山であった。

六重奏《セクステット》

1

——中学の吹奏楽部で、もっとも重要で大変な行事とは、年度末の定期演奏会である。

もしそう言ったら、当の部員たちからは「何言ってんだ、そりゃ違う」と真っ向から否定されることだろう。「最重要は夏のコンクールに決まっているじゃないか」と。

それはもちろんそうなのだ。定期演奏会なんて、あくまで学校内だけのことで、コンクールみたいに順位がつくわけでもない。聴衆だってほぼ身内ばかりだ。演奏する曲数は多く、そのための練習も充分大変で、コンクールに出場できない部員にとっては文字通り晴れ舞台ではある。けれど、わずかな失敗も許されないコンクールとは、緊張感からして雲泥の差だと、部員たちは思っていることだろう。

だが、これが保護者側、それも親の会役員にとっては、大きく事情が異なるのだ。

たかが中学の部活発表会と侮るなかれ。市民ホールを丸ごと借り切っての、一大音楽イベントなのだ。それを主催者となって一から自分たちの手で造り上げていく。大変でないはずがない。

定期演奏会のパンフレット作成、そしてそれに載せる広告のスポンサー集めだけで、心底うんざりしていた山田陽子だったが、それはまだ単なる序章に過ぎなかった。

「――何、これ？」

吹奏楽部親の会会長、東京子から配付された資料を見て、陽子は呻《うめ》くように言った。

「見ての通り、定期演奏会の役割分担表と、当日のタイムスケジュール表です」淡々と京子は説明する。「これは去年のものですから、これを叩き台に、若干《じゃっかん》の修正を加えればいいかと」

陽子は改めて資料に目を落とす。パソコンで作成されたそれは非常に見やすかったが、その内容は実にとんでもなかった。

来賓・誘導係に十三名。開場前にお客様の整列整理及び最後尾のプラカード持ち。来賓受付場所の準備。開場後は来賓の受付とご案内。

受付に四名。プログラムにチラシを挟み込み、テーブル、受付の準備。受付開始後はプログラム配付。

「ねえ、この来賓って何？」

「校長先生に教頭先生、外部講師の先生方、スポンサーの皆様や、自校や他校のＰＴＡ会長や役員さん、市内他中学や高校の吹奏楽部親の会の方々、です。これから招待状を作成してチケットと一緒にお送りします」

陽子の質問に、京子はいたって事務的に答えた。そして陽子の顔は見ずにつけ加える。

「ご招待している他校吹奏楽部でもそれぞれ定期演奏会をやりますから、当然こちらもご招待を受けます。後で誰がどの学校に行くか分担を決めましょう」

「げっ」とつぶやいたのは五十嵐礼子だったが、陽子とて同じ思いだった。悪いが他所の子の演奏になど、まるっきり興味がない。それでなくとも定期演奏会の準備で休みなく働いているというのに、この上縁もゆかりもない演奏会に出向かなければならないとは……。ほとんど怒りさえ覚える陽子である。

一つ大きく息をつき、それから次の項目を見やる。

「ねえ、このスズランテープって、何？」

ホール準備六名、の項目である。来賓席、ＤＶＤ業者の撮影場所、車椅子の方の座席確保。ビニールテープ、スズランテープ、はさみ、貼り紙を準備のこと、とある。

「ホール準備の手伝いなら、山田さん去年やってたでしょ？」そう言ったのは、玉野遥だ。「ほらーあれよー。チアガールのポンポン作ったりする、ペラペラのヒモ。あれで、一般のお客さんが座っちゃいけないところをマーキングしとくのよ。来賓席とか書いた紙をぶら下げてさ」

言われてみれば確かに、昨年そういう作業もやった。

「え、あれ、スズランテープっていうの？　何それ、商標？　生まれて初めて聞いたわ、そんな名称」

編集者として、平均よりは言葉を知っているという自負のある陽子がぶつぶつ言っていると、京子が冷ややかに言った。

「山田さん、話が進まないので質問は後でまとめてくれませんか？」

「……ああ、すみません」

首をすくめつつ、再び資料を見やる。三たび「何これ」と思った心を読んだように、京子はそのくだりの説明を始めた。

「花係十二名というのは多いと思われるかもしれませんが、実はこれだけいてもギリギリの仕事量があります。まず、開演前早くに届くスタンド花を受け取り、舞台に運びます」ここでちらりと陽子を見やり、説明を追加した。「スタンド花っていうのは、新規開店した店先に飾ってあるような、大型の花台のことです。あれがいくつも届きます」

「どこから？」

思わずまた質問を挟んでしまう。

「ＰＴＡとか市内の学習塾とかからです。他校の吹奏楽部からは花束が届きます。もちろんこれは、うちからも他の中学に贈っているわけですが。で、ですね。終演後、この花を全部さばいて、子供たちの人数分の花束をこしらえます。これがかなり厄介な作業なの。ホールを片付けて撤収する前に全部やっちゃわなきゃならないし、学校まで運ぶのも一苦労よ」

「何だってそんな無駄なことを」呆れ果てて陽子はつぶやく。「スタンド花って、けっこういいお値段よね？　あれだけお金がない、お金がないって苦労しているんだし、PTAからはその分、現金でもらった方がなんぼかマシじゃないの？　なけなしの予算から他の中学に花なんて贈らなくても、お互い話し合ってすっぱり止めちゃったら、その分お金も浮くわけだし、余計な労力もかからないし、今からでも交渉してみない？」

京子ははあっとため息をついた。

「うちでも、そして他所でも、過去にそういう意見は出ているみたいですけど、大抵、立ち消えになっちゃってますね。やっぱり舞台に花があると、一気に華やかになるんですよ。ないと寂しいって言うか……子供たちも後で花をもらえるのを、結構楽しみにしていますよ。花束やプレゼントをたくさんもらう子がいる一方で、もらえるのがスタンド花の花束だけって子もいますからね。ああ、そうそう、花係の仕事ですが、お客様が個人宛に持ってきて下さった花束やプレゼントの受付と管理が、ものすごく大変なの。その場でお名前と誰宛かを書いていただいて、外れないようにしっかり花束に貼り付けて、お花が傷まないように丁寧にお預かりして……」

「いったい誰がそんなに花なんて持ってくるんです？」

「そりゃ、皆さんお友達とかご親戚とかをご招待しているんですよ。バレエとかピアノの発表会なんかでもそうですけど、だいたい招かれた方は皆さん、マナーとして何かちょっとした贈り物を持参しますよね。まあ、お花が多いわけですが」

そう言われて陽子は少しぎくりとする。

「え……、以前、旦那の上司から、お子さんの定期演奏会に招待されたんだけど……花なんて持っていかなかったけど……持っていくべきだったの？」

「別に決まっているわけじゃないけど……持っていった方が喜ばれたかもしれませんね。だって旦那さんの上司なんでしょ？」

「やー、そりゃ山田さん、妻としての配慮ってやつが足りなかったねー。旦那さんは株を下げたかもねー」

横でダルそうにスマホをいじっていた礼子が、こんなときだけ嬉しげに茶々を入れてくる。その向こうではゴルビーがこっくりこっくりと船を漕いでいる。戦力として頼りにならない、心許《こころもと》ない、そもそもロクに話を聞いちゃいないの、ないない尽くしの二人である。

意外と言っては何だが、村辺千香は陽子の目から見ても文句のつけようのない会計担当だった。打ち合わせのたびに自ら「チェックお願いします」と持参する出納帳と親の会の通帳は、一円の狂いもなくきっちりしている。

集計中だった給食費を千香がちょろまかしたのは、陽介が小学校に入ったばかりの頃のことだ。あれからもう八年近く経ったか。それだけの年月があれば、人は変わるのかもしれない……まだまだ油断はできないが。だが、陽子とて、当時と今とではずいぶん変わったと思う。その変化は、成長と呼んでいいんじゃないかしらと自分では思う――残念ながら誰もそう言ってくれないけれども。遥あたりには「まあそりゃ、破壊力とか攻撃力は確実にアップしたよね」なんて言われそうだけれども。

ともあれ千香に対する陽子の評価の方は、確実にアップしている。もっとも以前が低すぎたから、これでようやく普通レベルなのだが。その千香が、おずおずと口を開いた。

「あの、山田さん。お花の取りやめは、今さら難しいですよ。だって、近くのお花屋さんからは大口の広告料をいただいちゃってますもん」

「ああ……」

陽子は天井を仰いで自らの額を指先で叩いた。

そうだった。裏にそういう事情があるから、広告料を気前よく弾んでくれたのだ。

役員を始めて痛感したことだが、様々な役割だのシステムだの習わしだのが、まるでパズルのピースみたいに隙間なく詰め込まれていて、「これは無駄よね」なんて気軽に一つ外そうものなら、思いもよらない部分に影響が出たり反発を受けたりする。〈改革〉の難しさを、今さらながら思い知る陽子であった。

「――卒業生に贈る花束の手配も、花係の仕事です」京子は淡々と説明を続ける。「係の中で何人か、終演前までに花屋さんに取りに行ってもらいます」

「あら、それは気の毒ねえ……それじゃ演奏を、途中までしか見られないじゃないの」

ならば自分は花係は嫌だなと思いつつ、陽子は気軽に合いの手を入れる。すると、京子と遥が揃って「何言ってるんだ？」という視線を送ってきた。

すごく嫌な予感がした。

いやでもまさかそんなと動揺しつつ、タイムスケジュール表に目を落とす。来賓・誘導の十三名。受付四名。花係十二名。ホール扉の二名。それらすべてに、開演前だけでなく、開演中及び終演後の仕事が割りふられていた。例外は陽子が昨年手伝ったホール準備くらいである。それとて、係の代表者たる役員や半数くらいのお手伝い要員にはきっちり別の仕事が用意されている。

「え、何？　これって……役員とお手伝いの人は、子供たちの演奏を見られないってこと？」

恐る恐る尋ねると、京子は心底呆れたように肩をすくめた。

「当たり前じゃないですか。私たちは主催者側なんですよ？　スタッフがお客さんとして席に座れるわけ、ないじゃないですか」

2

本気で口を開け、ぽかんとしてしまった。

遥からは「あんたは去年、一体何を見ていたの？」と呆れられたが、そんなものは決まっている。我が子だ。陽介以外は何も、一切目に入っていなかった。

しかし陽子の望みなんて、ごくごくささやかなものだったはずだ。何もどこかの女帝みたいに、全国行けだのアンコンのメンバーに選抜しろだの言っているわけじゃない。地元の市民ホールでの、部員全員が出られる定期演奏会。そこで我が子の勇姿を脳裏に刻みたい、その旋律に耳を傾けたい、ただそれだけだ。たったそれっぽっちの、ささやかで切なる願いさえ、叶わないと言うのか？

「……役員なんてなるんじゃなかった」

ごくごく正直な気持ちを吐露したら、京子はなんとも言えない顔をした。

「……私は、今年こそはゆっくり座って落ち着いて見られるかもと思ってましたけどね」

それを言われると一言もない。

「まあまあ、私らは後でDVDをすり減るまで見るしかないね」

取りなすように遥が言った。

要するに、役員や多くのお手伝い要員は、当日都合が悪くて来られない親と同様に、業者の撮影したＤＶＤを購入して自宅のテレビで見るしかないというわけだ。

なんという理不尽。陽子は天を仰ぐ思いであった。自己犠牲と奉仕の精神に富んだ自分たちには、ご褒美があってもいいくらいじゃないか？　なのに、まったく報われないばかりか、一番楽しみで大切にしていた「我が子の生の晴れ舞台」を奪われる羽目になろうとは。

心底がっくりしたものの、もはや諦めるより仕方がない。何より、陽子同様ショックを受けている礼子や、生真面目に淡々と仕事をこなしている京子を巻き込んだのは自分なのだ。

少し考えてから、血を吐くような思いで言った。

「わかりました。でしたら少なくとも東さんには、開演後にホール内にいられる仕事を割りふった方がいいですね」

事故防止のためのホール内巡視の仕事がある。携帯電話の使用や、禁止されている撮影行為、演奏中のドアの開閉に対する注意など、来場者への注意も行わなければならない。彼女なら、その係の取りまとめに適任だろう……もっとも、演奏を聴くような余裕があるかどうかはわからないけれども。

「えー、山田さーん、私も中がいいなあ……」

礼子の言葉に、陽子はあっさり首を振った。「いやいや、お客さんもあんたに注意とかされたくないでしょ」

「しないよ、そんな面倒なこと。連音の勇姿が見たいだけだもん」

けろりと言われ、「余計ダメでしょ」と却下する。そこへ京子が「せっかくですが」と割って入った。

「会長は通常、フリーで全体を監督します。じゃないとトラブルなんかにすぐ対応できないでしょう?」

そりゃそうだわと皆が納得する中、礼子だけがまだ中がいいんだけどと諦めが悪い。

ああだこうだと揉めながら担当決めを行い、当日手伝いの依頼、楽器搬送のための車出しの依頼、必要な物資の購入に発注、衣装製作のためのあれやこれや……。やるべきことは山のようにある。

「ねえこういうの、私たちの頃は自分たちで作らなかった?」

昨年の『定演衣装作りについて』と題されたプリントを手に取りつつ、陽子はぼやくように言った。昨年は『パイレーツ・オブ・カリビアン』のテーマを演奏したのだが、その際に着用する海賊風衣装とやらの製作が保護者一人一人に義務づけられた。ちょうど多忙だった時期に苦手な裁縫仕事で、まさに目が回る思いだったが、義母や知人の教えと助力を受けてどうにか乗り切った。どうしてこんな苦労をしなきゃならないんだと恨めしかったが、定演当日、その衣装を身につけて楽器を演奏する我が子の姿に涙したものである。

「……いやー、中学じゃ、どうだったかなあ」遥が丸い顔を傾げた。「そもそもこんな手間のかかるようなことはやってなかったな」

「そう？　私が行ってた中学だと、運動会の応援合戦とか、やたらと衣装系、あったよ？　親が作ってくれてたなあ」

とは礼子の言である。このあたり、微妙に世代差があるようだ。もちろん、地域や学校によっても違うのだろう。が、体感として、親がかけるよう要求される手間暇は、昔とは段違いに増えているように思う。

「だからまあ、今度は私が作る番なんだろうなあとは思うけどどね。ミシンないから超絶大変だけど」

らしくないしおらしさで、礼子は言う。確か彼女は実家とは絶縁状態だと言っていた。

「子供いて、ミシンがないっていうのが信じられない……」

京子は本気で驚いた風だった。

「あー、東さん、ミシンもってんだー。じゃあちょっと貸してよー。東さんちで縫わせてもらってもいいしー、あ、そうだ。ついでに縫ってもらっちゃってもー」

どあつかましいことを堂々と口にする礼子に、京子は一言「無理」と返した。遥がぷっと噴き出す。

「東さん、何か変わったよね。前はノーと言えない感じだったのに、ずいぶん強くなったよ、いい意味でね。まあ……」と遥は人の悪い笑みを浮かべつつ、皆を見渡す。「こんな底辺母親の群れに投げ込まれたら、強くならざるを得ないか」

「誰が底辺母親よ」

何という失礼な言い種かと、陽子は肩を怒らせる。どれほど我が子を愛しているか滔々《とうとう》と語りたい衝動に駆られたが、ちらりとこちらを見やった京子の眼差しの前に自重する。

「ま、まあ、とにかく衣装については、先生とかけ合って、できるだけ簡単にいきましょう。役員やりながら衣装作りなんて、はっきり言って私には荷が重すぎるもの」

「そのことなんですが」京子が答えた。「先生とも話してみたんですが、先生もあまり保護者の負担が重いのは望ましくないが、ずっと制服オンリーというのも寂しいということで、どうでしょう、今は通販でもディズニーの衣装とかがすごく安く売っていますので、この際、ある程度揃えてしまうのは。これは親の会賛助会費からの持ち出しになりますが……」

「なんとかなると思います」会計の千香が帳簿を見ながらうなずく。それへうなずき返し、京子は続ける。

「チームTシャツは例年通りでいいとして、それと、考えてみたんですけど、ポンチョはどうでしょう？」

「ポンチョって、頭からすっぽりかぶるやつ？」

陽子の脳裏に『母をたずねて三千里』のマルコ少年がぼんやり浮かぶ。

「ええ。サテンを一メートルずつくらいにカットして、真ん中に切り込みを入れてかぶるだけ。まあ、さすがに端の始末は必要ですけどね。カラフルな布でパート毎に色分けしたらきっと華やかですよ」

「それにしましょう」

食いつかんばかりに陽子は同意する。他の者もうんうんとうなずく。

「おじいちゃんはポンチョってわかる？」

なぜかやたらとゴルビーに懐いている礼子が尋ねると、いつの間にか目覚めていた彼は重々しく頷いた。

「今の話からすると、貫頭衣のようなものと考えて差し支えなさそうですな」

「かんとうい……、あーそうね、そうだと思うよー」

すごく適当な感じで礼子は肯定する。

「……それは、私にも作れるようなものですか？」

ゴルビーのひどく不安げな声に、思わず皆が彼を注視した。

「え、おじいちゃんが作るの？」

そう言えば、赤西家の母親を一度たりとも見たことがないなと気づく。ゴルビーの話しぶりからどうやら血の繋がった娘らしいが、苗字が同じであるらしく、何か事情があるのかもしれないとは思っていた。

「もしできればそうしたいと思っとります」ゴルビーは恥ずかしそうに言った。「去年の衣装では、娘がえらく苦労しとったんで、あれもずいぶん忙しくしとるから、もし自分で作れるなら、娘に少しでも楽をさせてやれるかと……」

「おじいちゃんマジ優しいーっ」礼子がすっとんきょうな声を上げた。「いいなあ、私もこんないいパパが欲しかったなあ」としつこく言っている。冗談めかしてはいたが、実はまったくの本音なのかもしれなかった。

しかしゴルビーは弱々しく首を振る。

「いや、私は全然良い父親なんかじゃなかったよ。仕事にかまけて、家のことは全部妻任せでね……土日も仕事、子供が熱を出しても仕事って有様で。挙げ句の果て、妻を病気で死なせてしまいました。娘から恨まれるのも当たり前だし、今頃こうして孫のために多少のことをしたところで、罪滅ぼしにもならんのはわかっているんですが……」

思いがけずヘビーな打ち明け話に、皆はしんと静まり返った。

その静寂を破るように「うぐっ」とくぐもった声が聞こえ、見ると京子が盛大に顔をゆがめて泣いていた。

「……っ、あっ、赤西さんっ、もし良かったら、ポンチョ、お教えします……うちにミシンもありますし……」

嗚咽混じりに言っている。当のゴルビーは感極まったように、「やっ、これは恐縮です……正直、ありがたいです」と応じ、礼子はどさくさに紛れて「東京さーん、私も私も」と乗っかった。

遥がしみじみと、「東さん、あんた、いい人だよねえ」とつぶやいたが、陽子も全く同感だった。

東京子はまれに見るような善人であり、正義の人だ。不幸な巡り合わせにより（ほとんどは陽子の自業自得なのだが）彼女とぎこちない関係になってしまったことが、やはりどうしても悔やまれてならない陽子である。

ともあれこの一件で、かなりてんでバラバラ感のあった役員一同が、少なくとも同じ方向を向き、ある程度は信頼しあえるようになったように陽子は思う。

そう言えば顧問の香具谷先生とも、定期演奏会の諸準備を通じてかなり親密度が増した。京子によると、前任の大塚先生はひたすら、これまで通り、前年に同じくの人だった。が、香具谷先生は大胆な合理化や省力化に諸手《もろて》を挙げて賛成してくれた。一見、頼りなさそうなぼんぼん風なのだが、いつぞやは女帝をあっさり退けてしまったと聞く。いざというときには一歩も退《ひ》かず誰とでも対等に渡り合う度胸と、意外と回る頭を持っているらしい。もちろんそれは、陽子相手でも同様だ。

『役員の皆さん六名と僕は、合わせて一つのチームです』役員就任後に、彼にはそう言われた。『僕ら七名で呼吸を合わせ、七重奏《セプテット》を奏でるつもりで、どうぞよろしくお願いします』と。

この、デコボコ異色の七重奏、時に調子っ外れな音を出し、時にあらぬところでゼイゼイ息継ぎしながらも、どうにかこうにかメロディらしきものを奏でている真っ最中、と言ったところか。

3

定期演奏会の日はあっという間にやってきた。前日夕刻よりのホール練習からスタートする、二日がかりの行事である（しかも役員である陽子は前日昼間、同じホールで開催される他校の定演に招かれている）。

コンクールのときとは違い、子供たちの表情にはどこか余裕がある。三年生は既に卒業し、それぞれの進路も決定済みだ。来年のこの日のことを思うと、陽子の胸はきゅうきゅう痛む。

あの小さかった陽介が、高校生になるなんて。ちゃんと希望通りの道に進むことができていればいいのだけれど！

だが、そんな感慨にひたっている時間はもちろんない。前日、ホール練習に励む子供たちに心奪われつつ、受付の設置や客が持参する花束やプレゼントのための荷物台の設置、スポットライトや必要な机、椅子などの数量確認を行った。これらは市民ホール事務局に昨年のうちから必要数を申し込み済みのものである。役員に就任して間もなく、まだ右も左もわからない状態での大事な仕事だから、陽子たちだけだったら大いにまごついたりヘマをしでかしたりしていたかもしれない。が、東さんという頼もしい会長のおかげで、この辺はとてもスムーズ、かつ完璧だった。彼女が懇切丁寧なタイムスケジュール表や役割分担表を作ってくれたおかげで、陽子たち役員はもちろん、手伝いの保護者たちもよどみなく動くことができた。

陽子は前日練習の際、遅くまで頑張る子供たちと先生への弁当や飲み物の差し入れ準備をしながら、要所要所で陽介の演奏姿をしっかり目に焼きつけていた。何しろ当日の本番は見ることができないのだから。

当日、開演までの間にもホール練は行われている。高校生や大学生、社会人になったOB、OGも客演として共に演奏する曲が数曲あり、舞台上は様々な制服だのスーツだのが入り乱れ、大変に賑やかだ。が、こちらはひたすら時間に追われる状態で、練習に耳を傾ける余裕などはかけらもない。観客に配るパンフレットに、他校定期演奏会のチラシや広告などを挟み込む作業、次々に届く祝電やスタンド花の受け取り、届いた祝電の中から演奏会で読み上げる物の選別、会場内の準備作業、ホール外の立て看板や観客誘導のポール設置など、ひたすらくるくると立ち働く。

舞台上には生徒たちによって美術部渾身《こんしん》の背景画が飾られ、両サイドには皆でえっちらおっちら運び上げたスタンド花を設置し、いかにも華やかで晴れがましい光景となった。花を贈ったり贈られたりは無駄な出費でしかないと思っていた陽子だったが、なるほどこうしてみると、「ないと寂しい」という京子の言葉にも納得である。舞台演出費として割り切るしかないのかもしれない。

開場時間にはまだ三十分以上あったが、すでにホール横には長い行列ができていた。誘導を行いながら列を辿っていくと、夫と義母、それに義妹の姿があった。皆、この演奏会のために出資してくれたスポンサーであり、招待客なのである（もちろん夫は、前日練のための車出しなど、できる限りの協力はしてくれている）。陽子自身の両親はこうした行事にいそいそ参加してくれるタイプではないが、お金だけは出してくれた。代わりにそのチケットを手にした叔父叔母が、花束を手にはせ参じてくれている。しみじみ、ありがたかった。

陽介の関係者だけで五人だ。他の生徒も似たりよったりで、加えて部の歴代ＯＢやＯＧ、各パートの講師の先生方、自校や他校のＰＴＡ役員、そしてご招待したスポンサーの方々で、大ホールの席は例年、そこそこいっぱいになってしまう。開場後は来賓・誘導係が大わらわになる。

会計の千香はウエストポーチに現金を入れて、各種支払いに駆け回っていた。ホール使用料はもちろん、駐車場の警備・誘導をお願いしているシルバー人材センターの方への支払い、打ち上げ用の弁当代など、当日払いの出金がけっこうあるのだ。お手伝いの人たちとの細々とした経費や領収書のやり取りは見ているだけでも煩雑で大変そうだったが、千香は受付業務の補佐をしつつ、会計の仕事もきちんとこなしている。そして顔が広くて人当たりの良い遥は受付に、花の扱いなら得意だという礼子は目下プレゼント受付に、そしてゴルビーは列の最後で「最後尾」のプラカードを持って立っている。目礼してくるゴルビーに、「列、そろそろ折り返しますね」と告げて二列目の誘導ポールを追加する。遊園地やコンサートホールなどでよく目にする光景だが、まさか自分がそれをやる日が来るとは思っていなかった。

「ここが最後ですね？」

そう確認しながら列に並んだ少女を見て、はて、どこかで見たようなと陽子は首を傾げた。肩口で切り揃えた黒髪に、名門私立高校の制服姿で、大事そうに小さな花束を持っている。

新谷先輩だ、と気づき、息子に「良かったね、先輩が来てくれたよ」とテレパシーを送る。声をかけたい誘惑に駆られたが、こちらはDVDで散々その姿を見ていても、向こうはこちらのことを知らないのだ。ぐっとこらえて、にっこり笑いかけるだけにしておく。

列は順調に延び、折り返し三列目ができたところで開場時刻五分前となった。東会長の判断で、開場時刻を早めることとする。お膳立て通りに人がするするとホールに吸い込まれていく光景は、どこか爽快だった。動きだした列の誘導はゴルビーに任せ、陽子は来賓受付にまわる。記帳していただき、賛助金などもここで受け取る。車椅子のお客様もこちらに誘導する。

礼子がまとめ役をしているプレゼント受付には、ちょっとした渋滞ができていた。お名前と贈る相手をカードに記入してもらい、それをテープでしっかり貼り付けておく。花束と品物は分けないといけないし、さらにパート毎にも分別する。用意していたたくさんの段ボール箱や紙袋が、みるみるうちに花で埋まっていく。花屋大儲《おおもう》けだ。それを見て、なるほどこれは大変だわと思う。終演後、これをそれぞれに配るのも一苦労だ。さらにスタンド花をさばいてラッピングもしなければならない。暢気にお客さんしていたときには見えなかった苦労が山ほどあり、さすがの陽子もしおらしい気持ちになった。

やがて生徒によるアナウンスがあり、いよいよ演奏会が始まった。陽子は今度は遅れて駆け込んでくる客をひたすら誘導し、曲が終わるまで待機させ、演奏の邪魔にならぬよう会場内に送り込む。中では会場係が、事故防止のためのホール内巡視、立ち見客の席への誘導、携帯電話の使用や、撮影、録音などへの注意と、てんてこ舞いだろう。漏れ聞こえてくる演奏や拍手の音を聴く限り、プログラムは順調に進んでいるようだった。ホール外の誘導はもう必要ないので、ゴルビーにはドア係として正面扉前に座ってもらう。黒スーツ姿に腕章で、いかにもスタッフ然とした陽子たちと違い、ゴルビーは腕章をしていてもくたびれたおじいちゃんが休んでいるように見えるらしく、途中、親切な観客から「あっちのソファの方が座り心地がいいですよ」などと声をかけられたりしていた。会場内にもシルバー席を設けてあり、本当ならそこでゆっくり見てもらいたいくらいなのだが、人員不足故、そうもいかない。

途中休憩が終わると、さすがに客の出入りも途切れてくる。それで暇になるかと言えば、もちろんそんなことはない。プレゼントの山の仕分けや、終演後の確認、打ち上げの手配確認などを行っているうちに、ついにアンコールまで含めた、すべてのプログラムが終了した。

演奏を終えた子供たちが客席出口の両側に並び、お帰りになるお客様へ「ありがとうございました」とお礼の意を伝えるのが慣例となっている。ぞろぞろ出て来た中から陽介を見つけ出し、陽子はそっと耳打ちした。

「新谷先輩から花束をいただいたよ。お礼を言わなきゃね」

彼女が大事そうに抱えていたのは、陽介のための花だったのだ。

陽介はぱっと顔を輝かせ、きょろきょろしだした。するとすぐに昨年度卒業生の一団が現れ、ひときわ「ありがとうございました」の声が高くなる。新谷先輩は陽介に軽く片手を振って笑顔を向けてくれた。だが、そこで立ち止まってしまうと人の流れを邪魔してしまうため、陽介がまごまごしているうちに先輩は女子グループと共に外に出てしまった。

「ほら、追いかけて」

背中を叩いてやると、陽介は意を決したように外に出る観客の流れに乗った。これは母親として見守らねばと、妙な野次馬根性が頭をもたげ、陽子も後に続く。ホールの前は、さっさと駅に向かう流れと、そこここで小さな固まりになって写真撮影をしたり、語らったりする集団とで、ひどくごった返していた。その中に息子の背中を見つけ、見守り態勢に入りかけたのだが、何か様子がおかしい。新谷先輩を含む女の子のグループが、大学生くらいの男数人に話しかけられている。

「ねーっ、桜、ちょーきれいに咲いてっから、一緒に見ようよー。お菓子とかもあるしさー。飲み物奢《おご》るし」

どう見てもほろ酔い加減で、たぶん近くの公園の花見客なのだろう。とっさのことに固まっている少女たちにお構いなく、軽薄そのものみたいな男たちはぺらぺらとしゃべり続けている。

「やっぱ女の子いないとさびしーじゃん？　先輩からさー、女子連れてこいって命令されてさー、それも可愛い子限定でって。君らオッケー、ばっちりオッケー。ねー、ちょっとだけでいいからさ、おいでよー」

そう言って、新谷先輩の腕をぐいと引く。

「あの、止めて下さい」

後ろから、やや上擦《うわず》った声で陽介が言った。相手は小馬鹿にしたように、「えー、何、ボクちゃん、中学生？　君はいらないから、帰ってママのおっぱい吸ってなー」

阿呆面《あほづら》で言い、どっと笑う。見かねて進み出ようとした陽子の脇を、すっと通り過ぎた人物がいた。

「今ここであなたが出ては、陽介君の立場がない」

陽子の眼下には、小柄な老人の禿頭があった。いつの間にかゴルビーが、陽子を庇うように前に出ていたのである。

「うちの生徒たちに何か御用ですかな？」

ぴしりと鞭打つような厳しい口調に、チャラ男たちは半ば酔いも醒《さ》めたらしい。

「やっべ、校長先生来たよ」

などと言いながら、顔を見合わせている。

「ここでこれ以上迷惑行為を続けるのでしたら」と言ってゴルビーは陽子を振り返った。

「山田さん。警備の方たちを呼んでもらえますか？」

駐車場警備をお願いした、シルバー人材センターのおじいちゃんたちのことかしらと思いつつ、「はい、わかりました」と短く答える。男たちは興醒めしたような顔で、「もう行こうぜ」などとつぶやきながら、あっさり去って行った。ほっと胸を撫で下ろしつつ、ホールに戻って東会長に事の次第を知らせ、念のため、手伝いのお父さんたち数名に外を見回ってもらうことにした。過去には盗撮騒ぎもあったというし、用心するに越したことはない。主催者側として、こうした不埒《ふらち》な輩《やから》から子供たちや来場者を守るのも、大切な使命なのだから。

それにしても、と陽子は密かに心ときめきつつ思う。ゴルビーはもちろん、我が息子のなんと凜々《りり》しく格好良かったこと！　今日の疲労が一度に吹き飛ぶ出来事だった。

もっとも無事に終演を迎えたことは、登山に喩えればやっと頂上に着いたといったところで、まだまだ長い茨《いばら》だらけの帰路が待っているのである。

4

四月になり、いただいた花がほとんど萎《しお》れた頃、子供たちは進級した。

東京子にとっては、束の間の穏やかな日々であった。何しろ三月までは定期演奏会の準備に追われ、てんやわんやの日々だった。それも大盛況のうちに終わり、親の会会長としては大いに胸を撫で下ろしたものである。

昨年秋、山田さんのせいで二年連続役員をやる羽目に陥ったときには、とにかく運命と山田さんを呪ったものだった。それもよりによって会長である。前に出ることが苦手な京子には、ただひたすら荷が重かった。

だが、前期の書記という役職に比べ、より責任が重くなっているにもかかわらず、仕事としては今期の方がなぜだかやりやすかった。

単純に仕事量が減った、ということもある。山田さんが何かというと省力化、効率化を叫び続けた結果だ。しかし過去の役員経験者たちは、改革や変化を自分たちの仕事を否定されたと受け止め、ヒステリックに騒ぎ立ててきた。だが彼女たちの文句、苦言、苦情を、山田さんはばっさばっさと切り捨て、投げ飛ばしてしまった。

そう言えば、毎年恒例だった〈夜並び〉も、山田さんの画策で消滅したんだったわ、と思い出す。長期にわたる苦心惨憺の挙げ句のことだったから、あのときにはずいぶん彼女を恨んだものだった。けれど、今期も役員をやるとなれば、あの労苦を再び繰り返さずにいられることは単純にありがたい……だからって別にあの人に感謝したりはしないけれども。

前期の役員がやたらと大変だった理由として、会長と平役員の一人がほとんど戦力になっていなかった、ということがあった。会長は優柔不断で何ひとつ決められず、そして「下の子が風邪ひいちゃって」とか「夫の親族が来るから掃除しなきゃ」なんて理由でしょっちゅうミーティングを休んでいた。酷《ひど》いときにはイベント当日にドタキャンされたこともある。そしてもう一人は仕事を持っていて、ほとんど幽霊役員だった。役員決めの際、当時の役員が「大丈夫よお、旧役員の○○さんだって仕事してるし—」などと強引なことを言って無理矢理任命したものだから、最後の方には「だから無理って言ったじゃない」—と逆ギレに近い状態になり、役員間のムードもギスギスしてしまった。しかもあとで聞いたらその○○さんは不定期のパート勤務で、フルタイム勤務の人と同列に並べたこと自体、無理があった。

その点、今期の役員のムードは悪くない。山田さんの仕事の割り振りが絶妙なのだ。半数が働いているわけだが、専業主婦や隠居の赤西さんばかりに負担が偏らぬよう配慮されているのがわかる。各自の得意、不得意を把握して、「皆が少しずつ無理をすればできる」状態に持っていく。完全に陰の会長だ。それは皆も思っていることであろうが、本来人の上に立つことが苦手な京子としては、一向に構わなかった。とにもかくにも、就任時、号泣するほど重荷だった会長の仕事も、気づけば最初の、そして一番高い山は大過なく越えていたのである。

そして異変に気づいたのは、四月末頃のことだった。

次女の美也子の食欲が、目に見えて落ちていたのだ。

夕食のとき、自分でよそわせた茶碗には、ほんの一口分くらいのご飯しか盛られていなかったり。洗おうと持ち上げた弁当箱が、やけに重かったり。開けてみると半分以上も残されていて、かつてないことに京子は首を傾げる日々だった。当人に尋ねると、ダイエットを始めたと言う。成長期なのに良くないわと好物を並べ立てたら、「学校で、また太った？　って言われちゃう」と、ひどく恨めしそうな顔をされた。

思春期女子への「全然太っていないじゃないの」なんてセリフは、当然ながら聞き流されて終わりだ。

五月に入ったが、イベントや夏コンに向けての練習練習練習で、連休も名ばかりとなりそうだった。飛び石連休の中日《なかび》、早朝から弁当と朝食を作っていると、いつの間にか美也子が音もなく背後にいて、「お腹《なか》痛い。今日、学校休む」と独り言のように言った。常は無理をしてでも登校しようとする子だから、よほど具合が悪いのだろうと「大丈夫？

病院開いたら、すぐに行こうね」と言うと、美也子は慌てて首を振る。

「違うの、えと、昨日からアレになっちゃって……すっごく痛いし、量も多くて貧血気味だから、今日は……」

それはそれで心配だと思いつつ了解すると、美也子はほっとしたように階段を上がっていった。

何はともあれ、夫と上の子は送り出さねばならない。いつもの慌ただしい朝のスケジュールに、中学への休みの連絡をつけ加え、バタバタと動き回る。洗濯物を干し終え、ゴミを集めて回り、そうそう忘れるところだったわとトイレのサニタリーペールを開けてみて、ふと動きが止まった。

中身は空っぽ、前回のゴミ捨てで京子がビニール袋をセットしたままのきれいな状態だった。

——美也子は嘘を言っている。嘘をついて、学校をさぼったのだ。

これまでにない事態に混乱しつつトイレを出たとき、二度寝から起き出してきたらしい美也子と鉢合わせした。母親が手にしたゴミ袋を見て、明らかに「しまった」という顔をしている。

「……美也子。あなた、学校で何かあったの？」

恐る恐る尋ねると、娘の顔はみるみる歪《ゆが》み、いきなりわっと泣きだしてしまった。

美也子が学校でいじめられている。

それは確かだった。

どうやら机に悪口の落書きをされたり、嫌なことを書かれた手紙を入れられたりしている、らしい。聞こえよがしに嫌なことを言っては、くすくす笑ったりされている、らしい。数人で固まり、細かな持ち物も、なくなったり、置いた憶えのないところから見つかったりする、らしい。

娘の重い口を開かせて、ようやくそれだけ聞き出した。いったい誰から、とか、どういうことを言われているの、などという具体的な内容については、頑なに口を閉ざしている。手紙もすぐに捨ててしまったらしい。

どうしよう……どうしたらいい？

学校に行って、先生に相談しようか？　それとも……それとも……。

おろおろと言いつのったら、美也子は悲鳴のように「やめてっ」と叫んだ。

「大丈夫だから。そんなことしなくても、大丈夫だから」

全然大丈夫そうじゃない顔でそう言って、自室に籠ってしまった。一度、フルートの音が三小節ばかり聞こえてきたが、それもふつりと止んだ。

その翌日も、美也子は学校へ行くことができなかった。何とか食事だけは摂らせたものの、やはり食欲はないようだ。パパやお姉ちゃんには言わないでと懇願され、未だ誰にも言えずにいる。

明日から連休後半に突入だ。

どうしよう……これ以上学校に行けない日が続いたら、欠席日数の多さは受験で不利になるかもしれない。いや、それ以前に、このまま不登校になってしまったら？だけど、もし無理矢理にでも登校させたとして、その結果、いじめがエスカレートして、万一のことになったとしたら？　考えるのも恐ろしいことだが、新聞やテレビでは、最悪の結末がよく報道されている。そんなことになってしまったら、自分は正気でいられる自信はない。

思考は同じところをぐるぐる旋回しながら、綿飴《わたあめ》みたいにより悪い想像をまとい、不安の固まりはもくもくと大きくなっていく。考えているうちにキリキリと胃が痛くなってきて、ああそうだ、お昼を作らなきゃと思う。自分一人ならパスしてもいいが、美也子には何か食べさせないといけない。

冷凍うどんでも茹《ゆ》でようと鍋を火にかけたとき、電話が鳴った。ディスプレイを見てため息をつく。落ち込んでいるときに声を聞きたい人じゃなかった。

「——山田です。昨日、書類を戻してもらう手はずだったと思うんですが」

きびきびと言われ、ため息を押し殺す。山田さんはよくこうして、会社の昼休みに役員仕事の連絡電話を寄越すのだ。吹奏楽部親の会の書類関係は、子供たちを通じてやり取りすることが多かった。しかし目下、それどころではない。

「ごめんなさい。美也子、昨日今日とお休みしてて……」

「あら今日もなんですね。お風邪ですか？」

「いえ、その……」

とっさにうまい返事ができずにいると、山田陽子はいきなり太刀《たち》で斬り込むように言った。

「何か、ありました？」

どきりと心臓が跳ね上がる。

何よ、この勘の良さ。野生動物並みじゃないの。

「……山田さん」そう呼びかけて、何でもないのよと続けようとした。いつものように事務的に、素っ気なく。

だが、実際に口から飛びだしたのは、まったく別のセリフだった。

「山田さん、うちの子が自殺しちゃったらどうしようっ」

それは溺れる者が藁をつかむような、半ば破れかぶれだったのかもしれない。

だが、無我夢中でつかんだ藁は、妙に頼もしかった。

「落ち着いて、東さん。順を追って説明して下さい……大丈夫、力になりますよ」

──そしてこの後、京子はつくづく思い知ることになる。自分がつかんだ藁が、駆逐艦並みの浮力と速度と戦闘力を備えていたことを。

5

遅めの昼食を食べさせた後、京子は美也子にきちんと向き合い、静かに話を切り出した。

「単刀直入に言うね。美也子に嫌がらせをしているのって、吹奏楽部の子よね？　そして同じクラスの、女の子」

美也子は目をまん丸に見開いた。そこへさらに追い打ちをかける。

「そしてかなり痩せ型。成績は美也子よりも下」

「……何で、わかるの？」

そう言われて、むしろ京子が驚く。山田さんのプロファイリングは完璧だった。

『──細々とした物がなくなるってことで思い出したんですけど、確か定期演奏会でフルートの忘れ物がありましたよね？　あれ、美也子ちゃんでしょう？　あのとき、チェック係だった私が見つけたんですけど、当人は、何でそんなとこに？　って不思議がっていましたよ。たぶん、嫌がらせはもう始まってたんですよ。だとすれば、いじめ首謀者は当然吹部の子で、フルートは女子トイレにあったんだから当然女子で、美也子ちゃんのフルートケースがどれだか知っている子。そして四月以降の嫌がらせについては、同じクラスじゃないと不可能ですよね。それに美也子ちゃんが急にダイエットを始めたのは、たぶん体型に関することをしつこく言われたから。普通体型の子に〝また太った？〟なんて言えるのは相当ガリガリな子でしょうね。今の子の価値観じゃ、それがスタイルいいってことみたいだけど。で、それしか攻撃材料がないってことはたぶん成績はそんな大したことない……』

立て板に水の如き推理に、圧倒されてしまった。

『でも大丈夫ですよ』と最後に山田さんは言った。『私、仕事でいじめ関係の資料を集めたことあるから、ちょっと詳しいですよ。多くの場合、最悪な事態になってしまうのは、誰にも言えずに一人で悩み苦しんでいたケースです。美也子ちゃんはちゃんとお母さんに言えたんだし、お母さんも早いうちに気づいてあげられたわけで、ちゃんと信頼関係が築けているから、大丈夫』

力強く『大丈夫』と繰り返され、相手に対して氷点下で凝り固まっていた思いが、一気に温かなお湯にまで変化していくのを感じた。

役員をしていて、村辺千香が山田陽子を教祖のごとく絶対視し、ほとんど崇拝している様子をかねがね薄気味悪く思っていたが、今、ようやく腑に落ちた。村辺千香にも、過去、何事かが起きたのだろう。

なぜわかったかと驚く次女に、京子は努めて余裕の表情を浮かべて言った。

「見くびらないで。私はあなたの母親なのよ。で、どうなの？　ここまで条件が絞られちゃったら、もうママにだってわかるわよ。西崎《にしざき》さんはどうしてあなたを攻撃するようになったたか、理由はわかってる？」

ずばり名前を出したことが決定打で、美也子はようやく重い口を開き始めた。

西崎萌花《もえか》は美也子と同じ、フルートパートである。二年生の二学期、受験が迫った三年生に代わり、どちらがパートリーダーを引き受けるかで揉めたことがあった。

「言っちゃ悪いけど、あの子にパーリーは無理だと思った。下級生に対しても、すごいえこひいきするし。嫌いな子は平気で無視とかするし」

落ち込みの中にも、頑ななまでの決意を見せて美也子は言った。だから、退けなかったのだと。あの子にやらせたら、フルートパートがめちゃくちゃになっちゃうから、と。

結局そのときには、先生の鶴の一声で美也子がパートリーダーに決定してしまった。

それが、まず遺恨の元となった。

更には、定期演奏会の際、両者の間でピッコロの押し付け合いが勃発《ぼっぱつ》した。どちらもフルートが吹きたくて、譲らなかったのだ。

そしてこのときもまた、最終決定を先生が行い、結果、希望が通らなかった萌花の美也子に対する恨みが蓄積されてしまった。

「萌花はね、私のこと、ずるいって言うの。親が会長だからって、特別扱いばっかりされてるって。そんなことないよね、ママ」

「──当たり前でしょう！」

京子は怒りに燃えた。うち震えた。

親の欲目抜きにしても、美也子は真面目な努力家だった。細やかな気配りができる子だし、なにより公正だ。後ろ指さされる理由など、何ひとつない。そしてその親たる京子が吹部親の会の会長だからって、親にも子にも、いいことなんて何ひとつない。むしろ京子の時間が大幅に失われるしわ寄せが、家事の質の低下だの、時間をお金で買うような出費だのに繋がっている。

なのに、と京子はくちびるを嚙み締める。何ひとつやらない人ほど、長と名がつく人間には、権力や利得があると天から思っている。

なんて割に合わないんだろう。

こうなったら腹をくくって闘うしかない、と京子は心に決めた。山田さんから授けられた策を、片っ端から実行するのだ。撃って撃って撃ちまくってやるのだ。

まずは京子は厳かに、娘にファスナー付きポリ袋を手渡した。

「この次に嫌な手紙をもらったら、読まなくていいから、これに保管しときなさいな」

「でも、差出人とか書いてないよ」

「だけど、指紋はついてるでしょ」にっこり笑って京子は言う。「立派ないじめの証拠になるわ」

「指紋……」ぽかんと口を開けてから、美也子はにやりと笑った。「そうだね、わかった、そうする」

『まず大事なのは、証拠の保全です』

電話で山田さんはそう力説していた。『先生も学校も、いじめなんて認めたがりません。だからひたすら証拠を積み上げとくんです。机に落書きされたらすかさず撮影。もしできそうなら、悪口を録音……まあ、このあたりは中学生じゃ難しいかもしれませんが、日記をつけたり、嫌がらせの手紙を保管しとくことは簡単ですよね……ばっちり指紋がついてますよ』

『指紋って……』

京子が驚きの声を上げると、相手はくすりと笑った。

『ま、もちろんそれは表向き、お子さん向けの説明です。でもそう言っておけば、いちいち傷つかなくて済むようになるでしょ？　むしろ、証拠をわざわざありがとうって気分にもなりますよ。気持ちがずいぶん楽になるはず。そしてね、これはいじめっ子側にも効くんです。人ってのは、そういうしょうもないアクションを取るとき、相手の反応を期待しているんですよね。ああ、落ち込ませてやったと、ほくそ笑むわけ。それが平気な顔して、むしろ大事そうに袋にしまわれたりしたら、きっと不安になりますよー』

ああ、この人、今ものすごく悪人の顔をしているな、というのがよくわかる声音だった。

「──次にやるべきは、相談という名の言いふらし」京子は山田さんから教わったとおりの手順を口にする。「クラスに一人か二人はいるでしょ？　正義感が強くてみんなから好かれてる、すごく性格のいい子。そういう子に、こういうことをされてて辛い、哀しいって訴えるの。誰がどう聞いたって非はあっちにあるんだから、きっと味方になってくれるわよ」

思い当たる子がいるらしく、美也子はこくこくとうなずきながら聞いている。どうやら、学校に行く気になってくれたものらしい。だが、相手との接点は教室ばかりではない。

「……明日の部活はどうする？」

休んでも……と続けかけたら、遮られた。

「行く。このまま休んでたら、夏コンに出られなくなっちゃう……そうしたら、萌花の思う壺《つぼ》じゃん」

そこにはいつもの勝ち気な次女がいた。その様子に、京子はその場に崩れ落ちそうなくらいに安堵《あんど》していた。

「あのね、山田陽介君も味方になってくれると思うわよ。さっき、お母さんとちょっと話してね」

そう言うと、美也子はふうんと意外そうな顔をした。パートも違うし、今年初めて同じクラスになるまでは、特に接点もなかったのだろう。

『――遥さんとこと同じクラスだったら良かったんですけどねー。もし差し支えなければ、陽介にも話は通しとく。ま、正直男の子なんてこういう任務にはからきし向いてないけど、娘さんがいない間にされるセコい嫌がらせを見張るくらいならできるでしょう。監視の眼は多いほどいいですから』と山田さんは言っていた。

『……どうしてそんなに親身になってくれるんですか?』

思わず口から漏れ出た問いに、彼女はふっと吐息のような笑い声を立てた。

『東さんには大きな負い目が……借りがありますからね。返せるときに返しておかないと、こっちの気持ちが債務破綻《はたん》しちゃいますから』

冗談とも本音ともつかない口調だったが、どちらにせよ、今回ばかりは心底ありがたかった。

連休中はこどもの日に行われるフェスティバルのための全体練習がメインで、周囲の眼が常にあったためか、特に問題なく過ごせたようだ。

そして迎えたこどもの日、市民祭の野外特設ステージでの演奏だ。当然ながら京子たち役員は、他の保護者と共に楽器の搬送や子供たちの引率、誘導、主催者側との打ち合わせなど、忙しく立ち働くことになる。

子供たちを待機場所に誘導し、おとなしくさせようと無駄な努力をしていると、ねえねえと肩を叩かれた。五十嵐礼子である。

「いじめっ子の萌花ちゃんって、あの子だよねー。ほんと、ありゃスリムって言うよりガリだよね。胸なんかぺったんこじゃーん」

指をさしてケラケラ笑う。

「ちょっと、声が大きい」

慌てて制止する。ざわめきの中でも、自分の名前や悪口は結構聞こえてくるものだ。案の定、西崎萌花はぴくりと静止し、こちらを気にする様子を見せている。

「あー、いーのいーの」礼子は萌花に視線を投げたまま、にやにや笑った。「あの子だって同じことしてるわけじゃない？　人にやったことはさー、そのまんま自分に返って来ても仕方がないんだって教えるのも、大人の役目でしょ」

つけまつげバッチリの眼で、ウィンクしてくる。

そうかもしれないが、やっていることは相当に大人げない。ほんとに山田さんときたら、なんだってこの人にまで言ったのよと、少しばかり恨めしくなった。

他団体のプログラムが進行していく中、まだ待ち時間はかなりある。音を出しての練習はできないし、やれトイレだ記念撮影だ面白そうな舞台パフォーマンスだと、ふらふら集団を離れて行く子供たちを取りまとめ、じっと待機させるのは大人でも至難の業だろう。それを各パートリーダーが必死でやっているのを、京子ははらはら見守っていた。

ふいに女子の一角で、なぜか怪談話が始まった。中心になっているのはクラパートの玉野鈴香である。その手の話はやはり子供には求心力が強いらしく、いつの間にか皆が耳を傾け、「キャー」とか「怖いー」とか楽しそうに叫んでいる。

落ちがついたところで、一人の男子が口を開いた。

「怖い話っつったらさー、オレも聞いたわー」

そう話し始めたのは、五十嵐連音だった。彼は気まぐれでやや自分勝手なところがあり、手を焼かされることもあったが、男子も女子もこぞって身を乗り出すあたり、人気がある子なのだろう。

その連音が話し始めた内容に、おやと思った。

とある中学での話。ある女生徒が、些細《ささい》なことがきっかけで、同じクラスの女子に嫌がらせをするようになる。聞こえよがしに悪口を言ったり、物を隠したり、机に落書きしたり、悪意のこもった手紙を書いたり。一つ一つは大したことじゃなかったが、された方は段々元気がなくなり、その落ち込む様子を見て女生徒はすっとしていた。やがていじめた相手は学校に来られなくなり……。

何よ、これ。うちの子と西崎さんのことじゃないの。

どういうこと？　と周囲を見回すが、山田陽子も五十嵐礼子も近くにはいない。やがて連音の話は大きくハンドルを切り、アクセル全開になってきた。

中学を卒業し、自分がしたことなんてすっかり忘れた頃になって、いじめっ子の周辺で不幸な出来事が次々に起こるようになる。母親が自転車で事故を起こしたが、原因は何者かによってブレーキを破壊されていたためだった。姉は駅の階段で誰かにぶつかられ、転げ落ちて骨折をした。その後も大小様々な不幸が続き、挙げ句の果て、父親は電車で痴漢冤罪《えんざい》のターゲットにされ、騒いだ女性が逃げてしまったために捕まりはしなかったものの、近所で噂になってしまい、一家は周囲から白い眼で見られるようになってしまった。

いじめっ子は逃げるように若くして結婚し、やっとこれで幸せになれると思ったら、新居に一枚の葉書が届く。黒く縁取られたそれには、真っ赤な文字で、

〈ご結婚、おめでとうございます。

人の恨みは百年続く。されたことには百倍返し。〉

と書かれていた。

翌年、子供が生まれたときにも、

〈ご出産、おめでとうございます。

人の恨みは千年続く。されたことには千倍返し。〉

と書かれた同じ葉書が届いた。そしてさらに翌年、奇怪な事故で夫と赤ん坊を一度に失うことになる。その葬儀に現れたのが誰あろう、昔、いじめた相手だった。痩せて髪を振り乱した彼女はうっすら笑い、一枚の葉書を直接手渡してきた。

〈お一人様、おめでとうございます〉で始まり、〈されたことには万倍返し〉で終わる葉書を見て、すべてを理解した。今までの不幸は全部、この人の復讐《ふくしゅう》だったのだ、と。

「どうして？　何で関係ない家族に手を出すのよ。直接私を殺せばいいじゃない」

泣きながらそう言ったら、相手は笑って首を振った。

「あら、ダメよ。そんなことしたら、恨みが晴らせなくなるじゃない？」

そう言って、立ち去ってしまった。

いじめっ子は絶望し、かつて通っていた中学の屋上から身を投げて死んでしまう。今でも深夜、そこを通りかかると、苦しげな顔をした女の幽霊が現れ、「ごめんなさい、もう許して。私、そこまで酷いことしてないじゃないの」と言ってはすすり泣くのだった……。

連音は語り終え、周囲はしんと静まり返ってしまった。

——怖いわ、変にリアルで怖すぎ、うちの子、サイコな復讐者にされてるし、みんなどん引きだわ、と京子は心の声で盛大に突っ込んだ。また連音が芝居っけたっぷりで、登場人物二人のセリフを見事に演じわけ、本気で怖い仕上がりとなっていた。

西崎萌花はと見やると、心持ち青ざめ、明らかに引きつった顔をしている。

「どうやらうまくいったようね。さすが連音君、演技力は大したものね」

いつの間にか傍らにいた山田陽子が、得々とした顔で言った。

やっぱりこの人の画策したことだったか。どうりで五十嵐礼子が事情を知っていたわけだ。誰かに知られたら大問題になりかねないと怯える京子の言葉にも、彼女は「ただの怪談話じゃない」とどこ吹く風だった。

「子供にはさ、『いじめはよくないからやめましょう』なんてお題目を唱えたところで、伝わりっこないでしょ？　で、前に同僚が言ってたのを思い出したのよね。自動車免許更新のときに見せられるビデオが、ホラーみたいで怖かったって。運転中、ついついメールチェックしたら人身事故を起こしちゃって、それまでの日常はあっさり崩壊、自分は人を殺《あや》めた犯罪者に……って内容の。大の大人はともかく、中学生にはけっこう効くと思ったの」

そう言って、山田陽子はにんまりと悪者の笑みを浮かべた。京子は思わず苦笑して、

「子供たちのトラウマにならなきゃいいけど」

そう言ってから、つけ加える。「でも、本当にありがとう、山田さん。感謝していま

す」

彼女はひらひら手を振った。

「気が早いわよ、東さん。こんなのほんの布石じゃない。まだまだプランは用意してあって、これからどんどん過激になっていくからね。さあて、敵さんはどこで音を上げるかしら」

夜叉《やしゃ》の如き顔でそう宣言され、これからどうなっちゃうのと震え上がる京子であった。

6

京子が心から胸を撫で下ろしたことに、その日を境に西崎萌花の嫌がらせはぴたりとなりをひそめた。美也子は毎日空のポリ袋を持ち帰り、むしろどこか物足りなそうですらある。「相談という名の言いふらし」も、必要がなくなってしまった。

山田陽介君からは「何かあったら言って。力になれるように頑張るから」と言われたそうで、「なんか、山田君のこと見る目が変わった」と美也子はつぶやいていた。本当に、あの母親の息子とは思えない、心優しい少年だと思う。

どうやらもう大丈夫、と思った頃に山田さんには改めて感謝の意を伝えた。相手はなんでもないというように片手を振り、言った。

「今も昔も、中学三年生のストレスってキツいわよね。ついこの前まで気楽な小学生だったのに、いつの間にか否《いや》が応でも受験と向き合わなくちゃならないときがきて、勉強もどんどん厳しくなってきて、自分の限界だとか成績だとかと真正面から向き合わなきゃならない。その上吹部じゃ毎日練習練習。朝練昼練放課後練に、休みなんて一日中。完全に家族よりも長時間、顔を突き合わせているんだから、そりゃぶつかりもするわよね。合わない相手がいても、逃げる場所も避ける方法もないし。同じパート内でも競争は熾烈《しれつ》だし。時間はどんどん過ぎて行くし、成果なんてものはすぐには出ないし、だから焦りも苛立ちもする。ま、だからっていじめが正当化されるわけじゃないけどね。私の立てた計画、順序が入れ替わってプラン3から始めたけど、たぶん、初期ならプラン2くらいまでにある程度は収まっていたと思うわよ」

それでも念には念を入れて、最後は証拠を握りしめて教育委員会に乗り込むところまでシナリオができていたらしい。さらにその先の見通しまであったとか。

その先って何？　と京子は怯えながら思う。どう考えても、壊滅的な未来しか見えてこない。

「……でも、ま、そこまでやっちゃうと部内の空気が最悪になっちゃうから、穏便に済んでよかったわ。先々のいじめの芽も摘めたかもしれないしね。部内安泰、言うことなし、だわ」

山田陽子はそうしめくくり、しごく満足げに微笑んだのだった。

七重奏！
セプテット

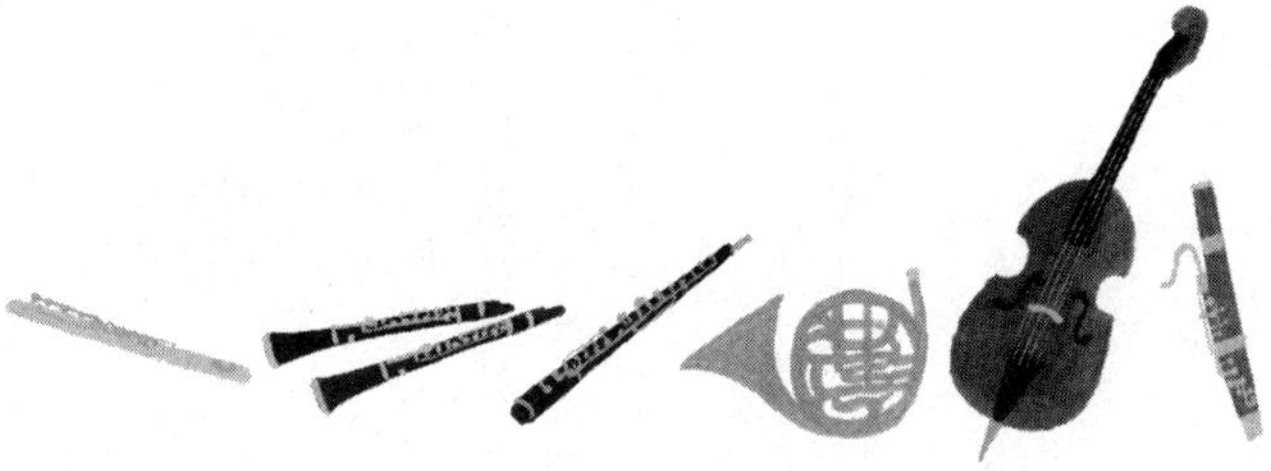

1

「――ですから」と山田陽子はひときわ声を張った。「佐々山《ささやま》先生のデビュー作のことを思い出して下さいよ。あのときも、そんな強気の部数が捌《さば》けるわけないと散々おっしゃっていましたが、蓋を開けてみたら案の定、あっという間に品切れだったじゃないですか。あれでどれだけ売り逃したと思っているんです？　同じ轍《てつ》を踏むつもりですか？」

「しかしそれはもうずいぶん前のことじゃないですか」と営業部の福山も負けてはいない。「今は当時よりさらに状況も悪くなっています。博打《ばくち》が裏目に出たら、誰が責任を取るんですか？」

「だから一《いち》か八《ばち》かの勝負じゃないんですってば！　さっきお配りした資料を見ていただけました？」

「そりゃ見ましたけどね……」

単行本の部数検討会議で侃々諤々《かんかんがくがく》とやり合っている真っ最中、ふいにノックと共にドアが開いた。編集部のアルバイト女性が、おずおずと入室し、陽子の近くまでやって来た。

「山田さん、大変です。今、電話があって、お子さんが倒れて病院に運ばれたって」

陽子にだけ伝えたつもりらしかったが、彼女の高い声はやけに響いた。会議に出席している全員が、「え？」といっせいに陽子を見やる。視線が集中する中で、陽子は石膏《せっこう》像《ぞう》のように真っ白になって固まっていた。

「……山田さん、何やってるんですか。早く行って下さい」

ぴくりとも動かない陽子にそう声をかけたのは、今の今までやり合っていた福山だった。

「あ、え、でも……」

陽子は常にない弱々しさで、惚《ほう》けたような声を出す。

「大丈夫です。この場は任せて下さい。悪いようにはしませんから」

力強くそう言われ、陽子は思わず涙ぐみそうになった。

「――ありがとう、福ちゃん」

そう言うなり皆に一礼し、陽子は慌ただしく会議室を飛びだして行った。

2

夏のコンクール地区予選は、七月末に開催される。夏休みに入り、吹奏楽部の練習はいっそう熱のこもったものとなっている。陽子たち役員も手分けして、軽食や飲み物、アイスキャンデーの差し入れなど、出来る限りの支援を行っていた。今、この時間は学校で猛練習中のはずだ。

——陽介が倒れたって、一体、なぜ？

そう言えば最近、猛暑続きのせいか、食欲がなかったみたい……それにキツい練習の疲れもあったに違いないわ。土日も関係なく、早朝から夜遅くまで練習練習、最上級生になって、低音パートリーダーも任されて、コンクールの練習の傍らで下級生にも指導しなきゃいけなくて、責任は重いし、夏休みの課題もどっさり出てて……。親として、側で見ていてもハラハラするような日々を送っているんだもの、きっとすごく無理して、頑張っていたのね……。

考えただけで、また涙ぐみそうになってくる。

アルバイト女性から受け取ったメモを手に、陽子は取る物も取り敢えず電車に飛び乗った。とにかく、一刻も早く病院に駆けつけねばならないと、気ばかり焦ってじりじりと焦げ付きそうだ。

悲愴《ひそう》な思いで駆け込んだ病院のロビーには、存外元気そうな陽介の姿があった。並んでソファに腰かけていた女性が、ほっとしたように立ち上がる。

「あ、陽介君のお母さん。この度は本当に申し訳ありませんでした」

深々と頭を下げたのは、香具谷 栞《しおり》である。今までに数度しか会ったことがないが、顧問の香具谷先生の実妹で、クラリネット奏者だそうだ。かの女帝の後釜として、クラパートの指導に当たってくれている。そちらへ形ばかりの会釈を返し、陽子はバタバタと息子に駆け寄った。

当の陽介は、額に冷却シートを貼り付け、手にはスポーツ飲料のペットボトルを抱えて、どこかバツの悪そうな表情を浮かべている。

「お医者様によると、軽い熱中症とのことです。兄は一度学校に戻らなきゃならなくて、代わりに私が陽介君に付き添っていました。ここへ来たときには少し熱がありましたが、今は平熱に戻っています」

慌てて冷却シートの隙間から額に触れると、確かに熱はなさそうだ。

「——熱中症？　なんだってそんな……」

ほっとしつつ、ついつい口調はきつくなる。栞は心底申し訳なさそうに、再度頭を下げた。

「実は……具合が悪くなったのは陽介君だけじゃないんです。陽介君を含めて四人が立てない状態になってしまって、他にも気分が悪くなった生徒さんも何人かいて。ここのところ練習中は、窓を閉め切っていたんです。カーテンも閉めてて、それでこの暑さで……」

「なんだってそんな馬鹿なこと！」

陽子は驚いて叫んだ。全体練習をする音楽室にも、パート毎の練習をする教室にも、クーラーはついていない。窓を開けて風を通していても暑いのだ。それを閉め切ったりすればどうなるかくらい、火を見るよりも明らかだろう。

「実は……」と栞はうつむきつつ説明を始めた。

学校に、近隣住民からのクレームが寄せられたのだ。朝から夕方まで、楽器演奏の音がうるさすぎる、と。

昨年秋頃、中学のすぐ隣にマンションが建ったのは陽子も知っている。「あそこに住んでたら、始業十分前に起きても間に合うわねー」などと家族で軽口を叩いたものだ。

冬場、そして春先までは、特に問題もなかった。だが、マンション住民も学校側も、窓を開け放つ季節がやってきてしまった。大問題の発生である。

「五月の運動会のときにも、予行演習の時点から、放送や音楽がうるさいって声はあったらしいんですけど、年に一度のことですし、ボリュームにも配慮してなんとか理解していただけたそうなんです。ですけど、夏休みになって吹奏楽部が終日練習するようになると……」

途端にマンションの理事会を通して、騒音被害の苦情が校長宛に寄せられてしまったのだ。今までのような個人によるクレームではないあたり、マンションの相当数の住人がうるさいと感じているのだろう。

コンクール直前のこの土壇場で、急遽《きゅうきょ》練習に使えるような場所も予算もない。やむなく、窓を閉め切っての練習となってしまった。

「もちろん、合間合間に窓を開けて空気を入れ換えたり、水分補給もしっかりさせていたそうなんですが、それも限界があって……」

「なんてこと！」

瞬時に猛烈な怒りを覚えた陽子だったが、これぱかりは誰が悪いということでもない。子供たちが真摯かつ懸命に奏でている音楽も、すぐ側で終日聞かされたらたまらないのはよくわかる。あちこちでパート毎に分かれて行っている練習も、近隣住民にとっては単なる騒音のごった煮でしかない。夜勤があって昼間は眠らなければならない人もいるだろう。赤ん坊や病人を抱えた家もあるだろうし、テレビや音楽視聴、電話での会話の妨げにもなっていたかもしれない。山の中や田んぼの中にぽつんとあるならいざ知らず、これは都市部にある学校がすべて同様に抱えている問題なのだろうとも思う。

「……もちろん今日の練習は途中で切り上げる形になりましたが、明日からどうしたらいいいか……コンクールまで、本当に時間がないのに、困りました」

美しい眉を寄せ、困り果てたように栞は言う。子供たちからかぐや姫とあだなされるのも、むべなるかな、である。この人はきっと今まで、こうして長いまつげを伏せて「困りました」とつぶやけば、即座に四方八方から救いの手が差し伸べられてきたのだろうなと、陽子は意地悪なことを考えた。が、それはやり場のない怒り故の理不尽な感想で、もとよりクラリネットパートの講師に過ぎない彼女に、解決策を講じる義務はない。顧問である香具谷先生の妹として、共に思い悩んでくれているのだ。

「……陽介に付き添っていただき、ありがとうございました」

陽子はさっと一礼する。先ほどの栞の話からすると、どうやら今回病院に運ばれた生徒の保護者のうち、最後に駆けつけたのは陽子であるらしい。やむを得ないことだとは言え、陽介にも、栞にも、申し訳なかったと思う。

「ひとまず陽介を家に連れて帰って、親の会の方でも相談してみます。あ、これ、飲み物代です。どうもありがとうございました」

有無を言わさず相手に小銭を押しつけ、病院を後にした。

帰りのタクシーの中で、陽介は情けなさそうにつぶやいた。

「男で気分が悪くなったの、ぼくだけなんだ。恥ずかしかったよ」

なるほどそれで、ずっと微妙な表情だったのか、と陽子は得心する。

「熱中症に男も女もないでしょ。そんなことで恥ずかしがれるくらい元気なら良かったわ」

ぽんと息子の肩を叩き、頭脳をフル回転させた。

取り敢えず、すぐにできることは？　現状、夏の制服で行っている練習を、せめて上だけでもTシャツに替えるのは？　下もいっそのこと夏の体操服とか。これは今回の件を校長に伝えれば、まずダメとは言われないだろう。各家庭から余っている扇風機を借りることはできるか？　親の会会費から寄附することは？　子供たちに濡れタオルを首に巻かせ、扇風機を最強で回し続ければ、気化熱で体温は多少は下がるはず。除湿機もあればなおいい。もちろんこれまで以上の換気と給水休憩は必須……あとは……。

「今日は練習がちゃんとできなかったから、明日は頑張らないと」

自らを鼓舞するように陽介は言う。一日練習をさぼったら、その分だけ皆から置いて行かれる……常日頃、そう言っている陽介だ。今回のことはひどく不本意で、そして明日はいつも通りの練習ができると信じて疑っていない。

陽介にとって、中学最後の夏コン、最後の挑戦だ。

何とかしなくてはならない。それも、早急に。

事態を重く見た親の会は、即日行動を開始した。

あらゆる伝手と人力を動員して、取り敢えず扇風機は十台ほど確保できた。取り急ぎ、Tシャツと体操服の件も学校側の了解は取れた。しかしそれでも、気温がぐんぐん上がっていく昼前から午後にかけて、安全にしのげるとは到底思えない。私立校の生徒たちは空調完備の音楽室で、悠々と練習をしているであろうと考えると、やるせなくなってくる陽子たちである。同じコンクールを目指しているのに、なぜこちらは命懸けみたいになっているのだ。

とにかくここはできるだけ大事にして、校長先生を前線に引っ張り出すことにした。香具谷先生からは既に報告がなされている。翌朝、扇風機を持ち込むために学校に行くので、その際に面談できるよう取りはからってもらう。お休みのところを、わざわざ登校していただく形だ。

硬い表情の親の群れに、校長は明らかに腰が引けていた。

「……昨日は本当に申し訳ないことで……」

と謝罪めいた言葉が終わるのを待ち、陽子は言った。

「この部屋は冷房が効いていますね」

「は、はあ……」

「職員室にも冷房が効いていますね。と言いますか、校内で冷房が効く部屋って、あとは保健室くらいですか？」

「はあ、まあ……」

話の流れを何となく感じたのか、校長は浮かぬ顔になる。

「コンクールまで、場所を提供していただけませんか？　一番暑い何時間かだけでも。それでも全然違うと思うんです」

「いや、しかし……」

「子供たちの命がかかっているんです！」

鬼の形相で陽子は言い切り、傍らで礼子が小声で「勝負ありだね」とつぶやいた。あまりの勢いに押し切られた校長は、カクカクと小刻みにうなずいている。交渉というよりはほとんど恫喝《どうかつ》であったが、とにかく要求は受け入れられた。

在室の先生方の指示に従うこと。備品に決して手を触れぬこと。電話がかかってきたら即座に演奏をストップすること、などを条件に、猛暑時間帯限定で職員室を使わせてもらえることとなった。通常ならあり得ない、無理矢理のごり押しがまかり通った形である。

無茶でもなんでも、とにかくコンクールまでの一週間を何とかしのぎ切らねばならなかった。

「一週間だけじゃ駄目でしょう」と声高に言ってきたのは女帝エガテリーナこと江賀さ

んだった。「県大会は八月、支部大会は九月ですよ。ずっと暑い状態は続くんです。役員さんは先の先まで見通して動いて下さらないと」

さすがは十月の全国大会まで見通している方のご発言である。

しかし確かに、コンクールは地区予選で敗退したとしても、練習自体はずっと続くのだ。そして同じ問題は、来年も、再来年も、夏が来るたび永遠に繰り返されてしまう。

こうして陽子たち役員は決意した。

「こうなったら陳情しかないわね」

昔とは比較にならない夏の高温や、航空機の騒音などを理由に、全国的にも少しずつ公立校の冷房設置は進められている。うちの学校でだって検討されて然《しか》るべきだ。現に子供の健康が脅《おびや》かされたのだから、最低でも音楽室には設置させないと！　それもできるだけ早く。

となると、学校を通じて要望を入れて……などと通常の手順を踏んでいたら到底間に合わない。

こうなったら、市長に直談判するしかない。

親の会一同は鼻息も荒く、短期間で出来る限りの署名を集めて回った。そして嘆願書と医師の診断書をセットにして東会長と陽子で市役所に乗り込んで行った。とは言っても、いきなり面会できるほど市長は暇じゃない。いささか卑怯かと思ったが、事前に電話の際、昨年作家と共にお会いした出版社の者だと強調しておいた。虎の威だろうがコネだろうが、使えるものは何だって使ってやろうと思った。それが功を奏したのか、その日のうちに役所の方から、いついつのこの時間ならオーケーとの連絡が来た。

甲村市長は陽子のことをよく覚えていた。

「市民ホールの件ではお役に立てたようで何よりです」と言いながら、白い歯を見せて魅力的に微笑む。このときの陽子のスタンドプレーで散々迷惑をかけた京子は今、隣にいる。さすがの陽子も彼女の表情を窺う勇気はない。

「あのときは、本当にありがとうございました。おかげさまで、とても助かりました」

深々と頭を下げ、それからすぐに本題に入る。手慣れた会議でのプレゼンよろしく、滔々と現状と要望を告げていると、市長はおかしそうに笑いながら途中で遮った。

「いや、お話はよくわかりました。実はしばらく前から、小中学校への冷房設置は検討を重ねてはいるんですが、何分予算も厳しくてですね、なかなか実現に至らずにいます。しかし今回の件は確かに、早急に対策を講じる必要がありそうですね。なにより子供たちの健康が第一ですから。わかりました。モデルケースとして、音楽室だけでしたら、私の権限でも何とかなると思います。業者に直接連絡して急がせますよ」

朗らかに請け合ってくれた。

「次回市長選のときにはぜひよろしく」というテレパシーを受信した（ような気がす

る）陽子は、京子と共に口々に感謝の言葉を述べた後で、「市長さんに大変なお力添えを頂きましたこと、校長先生や親の会一同にも、よーくお伝えしておきますね」とつけ加え、にっこりと微笑んだのであった。


こうして汗と涙の……と言うよりは汗が大部分の日々も終わりを告げ、子供たちは冷房の効いた音楽室で思う存分練習できるようになった。陽介からも、「山田君のお母さんのおかげだってみんな喜んでる」という報告をもらった。

「いやいや、私だけじゃなくて、東会長と役員皆と親の会の力だよ」と言ったものの、もちろん悪い気はしない。役員をやっていて良かったと思った、貴重な瞬間であった。

そしてコンクール当日までは本当にあっという間だった。遥かな昔、〈鬼の登校班長〉と恐れられていた陽子は、羊の群れみたいな子供たちをどうにかこうにか統率し、会場まで無事に連れて行くことに成功した。その手際については、あの東会長からお褒めの言葉をいただいたほどである。が、現地についてからが一騒ぎだった。

昨年もそうだったらしいし、例年そうなのだろうが、忘れ物の嵐だった。事前に持ち物リストを作成し、入念なチェックシートまで配付しておいたのになぜこの体たらくと、深いため息が出てしまう。

まずは制服の上着を忘れた子が数名。きちんとした印象を与えたいと、全員で上着着用と決めていたのだが、この暑さでは着て来られるはずもなく、荷物として持ってくるはずが家に置いてきてしまった……というパターンだ。仕方なく、全員上着は脱いで白いシャツ姿となることにした。夏だし、これはこれで涼しげでいいわよねと言っていたら、今度はネクタイを忘れたと騒ぐ子がいる。一中のネクタイは妙な緑色をしている。これが、管楽器の内部を掃除するのに使っているスワブという布と、全く同じ色だった。そこで忘れ物をした当人の、唾液まみれのスワブをネクタイ形に折りたたみ、安全ピンで胸元に取りつけてやった。本人は微妙に嫌そうな顔をしていたが、自業自得である。

「遠目にはわかりません」と告げて解決とした。

すると今度は、ローファーを忘れた男子がいる。やはりきちんとした印象を与えるため、全員黒のローファーで統一していたのに、一人薄汚れた運動靴では台なしだ。しかも彼のポジションは前列である。

「足のサイズはいくつ？」と尋ねたら、陽子と同サイズであった。陽子自身はそれなりにきちんと見え、いざとなったら駆け出せるように、ヒールのほとんどない、黒のパンプスを履いていた。やむを得ず、陽子の靴と一時交換してやることにした。忘れ物をした立場でいながら露骨に嫌がられたが、こっちの方が嫌だと怒鳴りたくなってくる。誰が好きこのんで、思春期男子の小汚い、臭いを放っていそうな運動靴を履きたいものか。こっちが大足女で、サイズが合っていることを感謝して欲しいくらいなのに。

「女物だなんて遠目にはわかりません」と告げているところで、香具谷先生が緊張感に欠ける声を上げた。

「おやおや、僕もポケットチーフを忘れてきてしまいました」

おぼっちゃん、あなたもですか、と大声を上げたいのをこらえ、ティッシュをきれいに畳んでスーツの胸ポケットに突っ込んでやる。

「これで遠目にはわかりません」

三連続だ。

粗雑極まりないが即効性の高い陽子の対処法に、東会長はあんぐりと口を開け驚愕の表情を浮かべている。例年ならこうした場合、役員や手伝いの保護者たちが、何とか近場で調達する手段を講じて駆け回り、あとでその費用負担について揉めたりしていたそうだから。それに比べれば、いかに雑だろうが後顧の憂いなしな分、なんぼかマシというものだろう。

それにしても出場前にこんなにぐだぐだで大丈夫なのか。大いに不安になりながら、先生と子供たちをチューニングルームに追い立てる。ここから先は、出場する者だけしか入れない。

親にできるのは、あとはただ祈ること、見守ることだけだ。

舞台裏や縁の下でどれほどトラブルが起きようと、夏コン地区予選の舞台に立った子供たちは晴れがましく輝いていた。

　今までで最高の出来だったと、親たちは皆、口々に言った。割れんばかりの拍手をしながら、涙を流している親もいた。陽子もまたその一人である。

　そして審査発表。皆が固唾《かたず》を呑んで耳を傾ける中、場内アナウンスの声は言った。

「ゴールド・金」

　親も子も、まさに歓喜の瞬間であった。


「——世の中で一番嫌いな言葉は何だって聞かれたら、あたしは断然、〈ダメ金〉って答えるな」

　憤然と五十嵐礼子は言い、横に広がってしまったパンプスを気にしながら、珍しく陽子も心底同感だった。

　銀や銅なら、「ああ、だめだったな」とその場でわかる。発音の似ている金と銀を聞き間違えぬよう、金の場合はわざわざ前に「ゴールド」をつけるから、それがない時点でもう先へは進めないとわかるのだ。が、「ゴールド・金」と言われたら、その場で抱き合って喜び、そして県大会に進めるものと考える……それが当然だろう。

　金賞で一度、歓喜の頂点に上らせておいて、最後に、「なお、地区代表として、以下の三校が選ばれました」と順次校名を読み上げる。ゴールド校にとっては審査発表以上に緊張の瞬間だ。最後まで名前を呼ばれなかった団体の落胆は、限りなく深い。どうかすると、銀賞や銅賞だった学校よりもよっぽど悲嘆に暮れる。

なんと無慈悲で残酷なシステムか、と陽子は憤慨する。〈ダメ金〉とは、吹奏楽部関係者なら誰しも、なるべくなら耳にしたくないし口にもしたくない、厭《いと》わしき言葉なのではないか。

表彰式が終わり、喜びに沸く団体がいる一方で、他の多くの団体はお通夜のような有様だった。女の子同士で抱き合って泣いていたり、悔し泣きする我が子を母親が懸命に慰めていたり。

どんな勝負でも、あと少しのところで手が届かなかったというのが、たぶん一番悔しい。

もっと頑張れれば。もっともっと努力して、死ぬ気で練習していたら。そうしたら、今、ここで歓声を上げているのは自分たちだったかもしれないのに。

そう悔やまずにいられないのだ。

さすがに男の子の陽介を抱きしめて慰めるわけにもいかず、少し離れたところで胸を痛めている陽子の耳に、やけに朗らかな声が届いた。

「さ、皆さん。次は市民音楽コンクールです。泣いている時間があったら、一分でも長く練習です」

香具谷先生がパンと手を叩きながら子供たちに移動を促す。

この先生はおっとりしたぼんぼん風に見えて、どうしてなかなか厳しい。が、子供たちもよく付いていっている。陽子もバッグを取り上げ通路に出たら、そこで会釈をする女性がいる。香具谷栞だった。

「あ、先日はどうも申し訳ありませんでした」

「いえこちらこそ、付き添いありがとうございました。おかげさまでとにかく金賞、ですよね」

「兄はねー、言えないんですよね」妙にしみじみとした口調で、ふいに栞は言い出した。

「たとえ県大会には行けなくても金は金、みんなよく頑張ったって。昔、中学のときにダメ金で悔しい思いをして、先生からそんな風に励まされたのに反発したそうなんですよ。金とダメ金は全然違う。ダメ金なんて、メッキの偽物だって」

「……しっかりした中学生だったんですね」

最初に浮かんだのは、そんな的外れな感想だった。今の陽介から、そんなセリフが飛び出すとは到底思えない。

そう思った心を読んだみたいに、栞はふいににこりと笑って言った。

「陽介君だって、しっかりしているじゃないですか。今からもう、将来のことを考え始めているみたいですし」

陽子は軽く目を見開いた。

「初耳ですね。病院でそんな話を？」

「ええまあ、時間もありましたし、私が無遠慮に色々聞いちゃったんですけどね」

へえっと思う。このきれいな若い娘さんに、陽介は将来の話をしたのか。陽子ですら聞いたことのない話を。

若干嫉妬心らしき感情が湧き起こるのを自覚し、ああ、やだやだと思う。

これって姑《しゅうとめ》根性の萌芽かしら……気をつけないと。

夕食のとき、ストレートに尋ねてみた。陽介は恥ずかしげに顔を伏せ、ぼそりと言った。

「別にそんなにちゃんと考えてるわけじゃないんだ。ただ、吹奏楽やってて、楽器に関わるような仕事ができたらなって、ちょっと思っただけ」

「楽器屋とか、楽器職人とか？」

「それもいいけど、管楽器のリペアマンとか。ほら、こないだ直してもらったでしょう？」

「ああ、スワブが取れなくなっちゃったときね」

熱中症騒ぎの少し前のことである。何かと忙しい陽介を見かねて、後輩の男子が気を利かせ、陽介のファゴットの手入れをしてくれようとしたことがあった。結果、見事に中で詰まらせてしまい、いくらテグスを引っ張ってもぴくりとも動かなくなってしまった。コンクール目前のことで陽介も真っ青になったが、泣かんばかりに謝る後輩に文句も言えない。それで翌日、仕事を少しだけ抜けさせてもらった陽子は、都心部にある専門店で陽介と落ち合い、プロの手を借りて何とか事なきを得た。その際のリペアマンの仕事ぶりに、陽介はいたく感銘を受けていたものらしい。その店には以前にも一度、楽器の調整をお願いしたことがあった。昭和の遺物然としたファゴットが、それまでとは全然音が変わったのだと言う。正直陽子には違いがあまりわからなかったのだが、『同じ楽器とは思えないよ、すごく良くなった』と喜ぶ陽介を見て、陽子まで嬉しくなったことはよく覚えている。

陽介は珍しく饒舌になっていた。

「進藤《しんどう》兄弟なんて二人とも、将来自衛隊の音楽隊に入りたいって言ってるよ。だけど超絶難関なんだって。ぼくは自分でそんなに才能ないのはわかってるけど、でもファゴットが好きだから。演奏人口も少なくて、だからわからないことや困ることも多くて……それでも色んな人に助けられてきたんだ。だからぼくも、誰かを助けてあげられたらって思って。それで栞さんにちょっと聞いてみたんだ」

「どうしたらリペアマンになれるか？」

「うん。やっぱり、なりたい人は多いけど、実際になれる人は少ない仕事だって。音楽関係全般に言えることだけどって。それで、とにかく今は、しっかりした吹奏楽部がある高校への進学を考えた方がいいってさ」

「なるほどねえ……」

相槌を打ちながら、陽子の眼がふと潤む。

陽介が。かつて保育器の中で、壊れそうに儚《はかな》く小さな赤ん坊だったあの陽介が、いつの間にか将来のことを考えるようになっていた。こんなにちゃんと、成長していたんだ……。

子供は恐ろしいほどのスピードで成長する。そしていずれ、巣立っていく。折々、そういうことを考えずにはいられない。覚悟しておかないと、その日はきっと、あっという間にやってくる。

「いや、あの、別に、ほんと、ただちょっと思っただけなんだけどね」

焦ったようにパタパタと手を振る陽介は、幼い頃と何ら変わらないように見え、少しだけほっとする陽子であった。

3

夏休みも終わり、二学期が始まった。

市民音楽コンクールの方はめでたく金賞だった。ごくごく小さなコンクールとは言え、昨年は銅賞だったのだから大進歩である。子供たちにも、ほのかな自信が窺えるようになっていた。

陽子たち役員も、ほどなく任期を終える。無難にとは言いがたいが、つつがなくこなしたと自負する陽子である。特に音楽室に神速の業《わざ》でエアコンを設置したことは、我ながら大手柄だったと思っている。

就任当初、女帝エガテリーナとその女官たちによる妨害だの陰謀だのさらなるクーデターだのがありはしないかとの懸念があったが、存外、大したことはなかった。せいぜい、事あるごとに役員側の不備を指摘してきて、陽子に冷静に切り返され言い負かされると、離れたところから仲間内でひそひそチラチラくすくすやるくらいのものである。あとはクラパート保護者のラインで盛んに役員の悪口を言い合っていた模様だが、何か設定のミスをやらかしたらしく、それが他の保護者間にもダダ漏れだったりしたことがあるくらいだ（陽子たちは役員の間でライングループは作っていない。ゴルビーがスマホを所持していないからだが、それで特に不便もない）。問題の事件は一部で騒ぎとなっていたようだが、陽子としては何ら痛痒《つうよう》を感じなかった。ただ、親たちがこんな有様では、子供たちに情報リテラシーがどうのこうのと言えないじゃないのと情けなくはなったけれど。

とどのつまり、エガテリーナにとっても我が子が頑張っている場である吹奏楽部は大切で、それを進んでぶち壊すような真似まではできなかったのだろう。

ただ、コンクールで県大会突破すらできなかったことはやはり大いなる不満であるらしかった。そこはまあ、陽子としても気持ちはわかるので、同調して大いに悔しがってみた。するとなおも、「役員さんの支援が足りなかったせいじゃないかしら。もっときめ細かなフォローが必要だったと思うの」などとグチグチ嫌みたらしく言っていたが、さらりと聞き流しておいた。どうせもうすぐ、新役員にバトンタッチして任期満了だ。きたる音楽発表会の後の保護者会で新役員が決まるまで、彼女たちの猛烈な攻撃を受け止めるまでがお仕事と割り切るほかない。

と、思っていたら……。

その前にもう一波乱あった。

やはり女帝はコンクールで勝ち進むことを諦め切れていなかったのだろう。いつだったか玉野遥が言っていたように、現在の吹奏楽部のメンバーの中には、相当に上手い子たちがいる。そういう上級者のみを選《え》りすぐってアンサンブルチームを編成すれば、ひょっとして全国も夢じゃないかもしれない。

以前から事あるごとに香具谷先生には進言していたらしい。陽子自身、エガテリーナがまるで蜜を垂らすようにそんな話をしているところを目にしたこともある。その甲斐あったのかどうか、先生は学年問わず選り抜きのＡチームと、チャレンジのＢチームを作ることを決めた。Ａは先生が編成を決定し、Ｂの方は三年生の出場希望者を優先する形で決められる。

女帝の目論見《もくろみ》どおり、のはずだった。ただし一点、彼女の誤算があった。エガテリーナが暴れている、という情報をもたらしたのは、遥だった。それだけ聞けば、まるで怪獣でも出現したようだ。

女帝とその周囲にとって極めて不幸なことに、彼女の末娘、江賀明日香《あすか》は、Ａチーム選抜には選ばれなかったのである。

香具谷先生が選んだ編成は、金八《きんぱち》、つまり金管八重奏だった。何しろ金管には、〈神童ツインズ〉として一部で名高い進藤兄弟がいる。トランペットとトロンボーンの主旋律組で、非常に華やかな演奏をする。双子だけに息もぴったりだ。定期演奏会でもこの二人のデュオは会場を大いに沸かせ、拍手喝采を浴びたものだった。残り六名も、選りすぐりの実力者で固められていて、確かにこれは一中の小編成ナンバーワンと言える面子であった。

だが、その決定を聞くやいなや、彼女が職員室にすっ飛んで行って香具谷先生を責め立てたのは、まあ予想の範囲内ではあった。

江賀明日香は現在のクラパート勢の中では二番手といったところか。一番上手い子は受験を理由に二学期からは仮引退状態なので、事実上は明日香がトップにいる。女帝としてはクラリネット三重奏か四重奏が良かったのだろうが、残念ながら小編成で聴かせられる程の実力者が現状では揃わない。オーボエとホルンにかなり上手い子が一人ずついるので、フルートにファゴットも入れて木管五重奏というのが、彼女の考えた最強の布陣だった（ちなみにこのファゴットはもちろん陽介のことである。二人しかいないファゴットパートの中の一番だ）。

ところが目をつけていたホルンは金八メンバーに取られてしまった。それなら仕方がない、クラリネット、オーボエ、フルートで木管三重奏……と勝手に決めて先生に言いに行ったら、あっさり却下されたらしい。

『三年生には最後のチャンスですし、木八《もくはち》ぐらいにしたいですねえ』

と、口調は穏やかながらBの編成は木管八重奏に決まってしまったそうだ。

その際、女帝は明らかな誤りを正す勢いでしゃべりまくったであろうことは想像に難くないし、嫌み、哀願、果ては脅迫めいたことまで口にしたであろうこともまた、確実である。あらまあ香具谷先生も大変ねえと、このあたりまではまったくの他人事だった。何しろ役員任期もあとわずかだ。アンコンの地区予選は次期役員就任後の十二月なのだから、完全に対岸の火事でも眺めているつもりになっていた。

甘かった。

さしもの女帝も、一見ひどく恐縮しているようでいながらのらりくらりと攻撃をかわし、結局テコでも動かない香具谷先生に見切りをつけざるを得なかった。そして堂々Bチームで全国を目指すことを高らかに宣言したのである。

陽子が傍観者ではいられなくなってしまったのはここからだった。何しろその同じBのメンバーには陽介がいたのだから。ついに希望が通り、念願のアンサンブルコンテストに出場が叶ったのである。

親としては諸手を挙げて祝福してやりたいところだが、あの女帝がべったりと関係してくるとなると、どうにも気が重かった。

ちなみにメンバーは、クラリネットに江賀明日香と玉野鈴香、ホルンに村辺真理、コントラバスに五十嵐連音、フルートに東美也子、オーボエに赤西潤子《じゅんこ》、そしてファゴットに山田陽介の七名である。奇《く》しくも現役員の子プラス女帝の子という、濃すぎるにも程がある面子となってしまった（あくまでも問題は親側にあるのであって、子供たちは概ねいい子である）。親側の異様なムードに恐れをなしたのか、アンコン参加を希望したのはこの七名のみであった。というわけで、結局木八どころか木管七重奏という、いささか半端感のある編成となった。

ずば抜けて上手い子たちで固められた金八メンバーに対し、木七《もくなな》メンバーはどうにも寄せ集め感が拭えない。完全に賞を狙いに行ったエリートAチームに、「参加することに意義がある」のBチームといった色分けである。

「まったく、玉石混淆《ぎょくせきこんこう》もいいところだわ」と女帝はつぶやいていたとかいないとか。それを伝え聞いた陽子自身、我が子は玉と信じて疑っていないから、「ほんとにねえ」という感想を抱いたのみだったが。

だが、収まらないのは玉野遥だ。面と向かって女帝から、「お宅のお嬢さんが足を引っ張らないようにお願いしますよ」と言われたとかで、「何様のつもり？」とぷんぷん怒っていた。

「そりゃだって、女帝エガテリーナ様だし」

からかうように言ってみたが、そう言えば村辺千香も「江賀さんから、『あーあ、ホルンは中川《なかがわ》さんが良かったのにねえ。村辺さんじゃねえ……』ってため息つかれちゃいました……」と暗い顔で言っていた。

アンサンブルコンテストの場合、出場者が限られるため、親の会による支援も基本的には出場メンバーの親が直接行う。具体的には、夏コンの場合と同様、楽器搬送のための車出しや放課後練の場所確保（これは主に市民センターや公民館を使用している）、練習で遅くなるからその送迎、そして軽食や飲み物の差し入れなどがある。人数が少ないから車出し可能な保護者も限られてしまうし、一人一人の負担も重くなってしまう。本来ならチームの枠に囚《とら》われず、親たちが一致団結して事に当たらねばならないはずなのに、女帝が金八を完全に敵と見なしてしまったのでそれも難しそうだ。

「うちはAと違ってパーカッションがないし、手伝ってあげる義理もないわ」とうそぶいていたそうだが、五十嵐礼子は「他の楽器はともかくコンバスはどうすりゃいいのよ」とお冠《かんむり》だ。もとより、親の会にはA、B両チームを分け隔てなく支援する義務があるだろうに、女帝ときたら「敵に塩を送ることはない」なんて言っている。

親たちの間では、美しいアンサンブルどころか、早くも醜い不協和音がギコギコと鳴り響いている有様であった。

4

そんなこんなで不穏な空気をたっぷり含みつつ、陽子たちの任期は終了となった。新役員はあらかじめ充分な根回し済みで決定していたし、親の会の勢力図も目下妙なことになっているしで、毎年恒例の旧役員吊し上げみたいな質疑応答が皆無だったのは、陽子たちにとっては幸いであった。特に会計担当の村辺千香は、あからさまにほっとしていた。もちろん、東会長と陽子がタッグを組めば、あらゆる重箱の隅つつきに完璧に対応できる自信はあったのだが。

とはいえ時間は貴重だ。さっさと終わるに越したことはない。思えば一年間、怒濤《どとう》のような日々であった。色んなことがあったけど、陽子が一番キツかったのは、音楽準備室にあった楽器搬送用毛布に大量のダニが発生しているのを見つけてしまったときだった。なぜかこれに触れると痒くなるなあと思い、あるとき日向《ひなた》でよくよく顔を近づけてみてぞっとした。虫が大の苦手な陽子は思わず小娘のような悲鳴を上げてしまい、後々まで五十嵐礼子にからかわれたっけ……。

他にもあんなことやこんなことがあったなあと、ふと遠い目になっていると、とんと肩を突かれた。玉野遥である。

「なんかさあ、新役員さんたち、全体に頼りない感じがしない？　やたらふわふわオドオドしているし、引き継ぎやってもちゃんとわかっているんだかかなり不安な感じだし」

「あら、大丈夫よー」と陽子は朗らかに、そしてやや軽々しく請け合った。「私たちだって引き受けた当初はあんな風に生まれたての子鹿みたいだったわよ、きっと」

「絶対違う。少なくともあんたは、グリズリー並みに雄々しく逞《たくま》しかったね。まあそりゃ就任前からだけど。初対面でいきなり江賀さんに食いついたときなんて、野生の王国かと思った。ありゃ戦慄したわ」

相変わらず冗談がキツい。

「やあねえ、あの人がいるのはロシア帝国でしょ？」

軽口には軽口で返しつつ、しかし困ったもんだわと思う。新役員さんたちには、ぜひとも年度末の定期演奏会を華々しく成功させてもらわなくてはならないのだ。何しろ、陽介には最後の定期演奏会なのだから。就任後すぐに必要機材などをまとめ上げ、市民ホールに申請するという大切な仕事が待っている。ちゃんとやってよねと思い、さらにはしばらく監視した上でアドバイスでもした方がいいのかしらと考えて、はたと気づく。今さらながら、在任中にあれこれ口出ししてきた人たちの気持ちがわかってしまった陽子であった。こうして人は舅《しゅうと》、姑になっていくのか。

ともあれ親たちはあくまで黒子であって、そのすったもんだや思惑なんて子供たちには関係ない。だが、その主役たる子供たちの様子にも、二つのコンクールが終わったあたりから、どんよりした憂鬱の影が落ちるようになっていた。主に三年生の間で、理由は言うまでもなく高校受験である。三年生の過半数は、受験勉強に専念するため、仮引退状態に入っている。例外はほぼ、アンコンを目指すメンバーだけだ。だから残った者は心揺れるのだ。この期に及んで楽器なんて鳴らしている場合か？　同級生たちは、とうの昔に走り出しているってのに。

秋口に、陽介から神妙な面もちで相談を受けた。私立高校の推薦入試を受けさせて欲しいと言う。陽介の内申点なら、とある私立校に単願で推薦を出せば、ほぼ合格であろうと担任の先生に勧められたそうだ。

「あ、わかっちゃった。新谷先輩のとこでしょ？」

ぴんときたつもりになって言ったら、陽介は少しムッとした顔をした。

「新谷先輩は女子校だよ……でね、友花《ゆうか》学園って言うんだけど……吹奏楽部もまああ有名でさ。まだ全国には行ったことがないらしいけど、ファゴットがいるらしいんだ。ホームページ見たら、けっこう良さそうでさ」

早速パソコンで見てみたら、確かにすごく良さそうな学校ではあった。

話を切り出された瞬間から、陽介の内心は何となくわかっていた。私立にしろ、公立にしろ、本格的に受験態勢に入るならばどうしても、アンコンの方の練習がおろそかになる。念願のコンクールに初めて出場が決まった陽介としては、それは絶対に避けたいことだろう。が、十二月の半ばまで練習練習の日々を過ごしていたのでは、とうてい受験には間に合わない。既にたいがい、出遅れているのだから。

しかも公立を受験するなら、主要五科目すべてにわたる準備が必要になってくる。私立なら英数国の三教科で済む。その中に陽介の苦手科目はないし、単願ならまず落ちることはないだろう。早い時点で合格の確約がもらえるならば、願ったり叶ったりで、安心してアンコンに集中できる、ということなのだろう。

だが、正直親としては少々複雑だった。陽介がコンクールのために全力を尽くしたい気持ちはわかる。そうした姿勢は貴重だとも思う。が、言葉は悪いがしょせんは中学生の部活動である。そのために、もしかしたら将来を左右するかもしれない受験で、易《やす》きに流れてしまって良いものなのだろうか。陽介の学力なら、今からでも頑張ればもう少し上のランクの公立なり私立なりに合格できるのではないか？

どうにもそうした思いが拭えない。

「……陽介の気持ちはわかったわ。大事なことだから、お父さんに相談しなくちゃね」

ひとまずそう言い置いて、その場は終わった。

後で夫に話してみたら、概ね陽子と同意見であった。陽子同様、パソコンでホームページを見てみて、「確かに良さそうな学校みたいだけど、まあこういうのは、製品カタログと一緒でさ、購入意欲をそそるようにできてんだよな。やっぱり大事なのは実物を自分で見ることだよ」と言い出した。ちょうど次の週末が学園祭だった。折しもその日は香具谷先生が出張で、吹奏楽部の練習も久々の休みである。

こういうのも巡り合わせというものだろう。入試相談もやっているようだし、一家三人で出かけることになった。

友花学園は私鉄の各駅停車のみが停まる駅で降り、坂道を十五分ほど上ったところにあった。校門から校舎まで、しばらく林のような木立が続く。環境は抜群に良さそうだった。

受付で記名し、プログラムをもらったら、ちょうど三十分後に吹奏楽部の演奏が予定されていた。さっそく会場の方に向かうと、これまた立派な自前のホールである。

今どきの私立って、みんなこんなんなの？　それともたまたまそういうとこばっかり行ってるのかしら？

いやあ贅沢ねえと感心しつつ、少なくともこの学校なら親の会によるホール予約の苦労だけはなさそうだと陽子は考える。しかもこの立地なら、いくら音出ししても近所からクレームが来る心配はなさそうだ。いやそれ以前に、完全に空調設備が整っている。

舞台上では一つ前のプログラム、バトントワリング部による演技が行われていた。潑《はつ》剌《らつ》とした可愛らしいお嬢さん方が、舞台狭しと飛び回り、バトンを放り投げたりくるくる回したりしていた。

「これはいいときにきたなあ」と夫はやけに嬉しそうだ。陽介は女の子たちの華やかな妙技を、目を丸くして見つめている。確かに彼女たちはまばゆく、楽しげで、この学校で青春を謳《おう》歌《か》しているように見えた。

夫にとっては残念だったかもしれないが、バトン部の演技はあっという間に終わり、いよいよ吹奏楽部の出番となった。総勢六十名ほどもいるだろうか。その人数もさることながら、やはり迫力が中学生とは段違いである。体格も違うし、肺活量も違う。見慣れているはずのすべての楽器が心持ち、小ぶりに見える。

音の奔流みたいな演奏が続いた後、箸休めのようにソロの演奏が挿入された。トランペット、サックス、トロンボーン、フルートと続いた後で、ファゴットを抱えた長身の男の子が進み出てきて、おっと思う。隣で陽介が身を乗り出すのがわかった。

やがて音の粒が会場を転がりだした。ファゴットってこんなに柔らかな音が出る楽器だったのかと、少し驚く。新谷先輩も相当に上手いと感じたが、それより確実に、はるかに上手い。音楽に関してはまったくの素人である陽子だったが、それでもこの奏者が相当な技量の持ち主だということだけはわかる。ちらりと隣を見やると、思った通り陽介の口はぽかんと開き切っていた。

吹奏楽部の持ち時間が終わりに近づき、部長による挨拶があった。マイクの前に出て来たのは、何とあのファゴット男子だった。ひょろりとした優男風である。

「えー、二年の吉岡《よしおか》です。部長をやらせていただいています。本日は最後まで演奏を聴いていただき、ありがとうございました。えー、もしこの会場に、来年うちを受けてみようかなって受験生の方がいらっしゃいましたら、ぜひとも吹奏楽部に入部して下さい。特にファゴット吹いてみたいなーなんて方、待ってます。僕一人で寂しいんで」

客席から軽く笑いが起こる。部長の脇から女の子が出て来て、マイクを奪い取った。

「副部長の上田《うえだ》です。もちろん、他のパートも大歓迎です。それでは、本日はありがとうございました」

と強引にしめくくり、大きな拍手を受けて吹奏楽部の演奏会は終了した。隣で懸命に拍手をする陽介の眼は、まるでキラキラ星のように輝いていた。

少なくとも陽介がなかなかのメンクイであることは確かだ。きらめく才能があり、かつ容姿も優れている人にころりと転ぶ。それはもう、面白いほどわかりやすく。そしてひとたびこうなってしまった陽介は、相当にやっかいだ。彼の中で、既に真っ直ぐで正しい道が出来上がってしまい、別のルートを取ることなんて考えられなくなってしまうのだ。

5

夫と話し合った結果、特進クラス合格を目指すことを条件に、友花学園の推薦入試を認めることにした。元々中学受験を認めていたくらいだから、金銭的には問題ない。背伸びして入った高校で成績低迷するくらいなら、余裕で入った学校で上位を目指して欲しいというのが夫婦共通した願いだった。

こうして親子は無事合意に達し、陽介の進学問題についてはある程度の道筋ができた。これで受験勉強は三教科に集中することとし、あとは心置きなくアンコンの方に注力できる……はずだった。

練習しようにも、肝心の、演奏する曲目が決まらないのだ。

香具谷先生は「自分たちで決めるように」と申し渡してきたそうだ。自主性に任せると言えば聞こえはいいが、金八に全力を傾けるあまり、木七の方は放置されているような気がしないこともない。もちろんそれは親の僻《ひが》みというもので、充分相談には乗ってくれているらしいのだが。

目下の編成だと、演奏できる曲はかなり絞られてしまう。それでもいくつか候補を挙げると、女帝が娘を通じ「そんな簡単な曲じゃ、金は獲れないわ」と片っ端から却下してしまうのだ。

「こうなるのがわかってたから、先生が決めなかったんじゃね？　あれの相手を延々するとか、ウザすぎじゃんね」

五十嵐礼子は訳知り顔で言っていたが、ありそうな話だと陽子も思う。しかも女帝ときたら、文句を言って却下するばかりで、まともな対案を出してこないのだ。とにかくそれじゃダメの連続で、ここまでくると我が子を応援しているのか足を引っ張っているのかわからない。

あまり曲の選定に時間をかけていると、肝心の練習時間がどんどん少なくなる。おっとりした子が多い木七メンバーにも、さすがに焦りの色が見えてきた頃、赤西潤子がおずおず提案したそうだ。

「あの……うちのおじいちゃんの曲はダメかな？」

赤西さんのおじいちゃんとはすなわち、ゴルビーのことだった。

潤子が言うには、ゴルビーは現役時代、公立中学校の音楽教師をしていたそうだ。ずっと吹奏楽部の顧問をしていて、全国まで導いたことも何度かあるらしい。

陽子はいつぞやのゴルビーの言葉を思い出していた。

――私は全然良い父親なんかじゃなかったよ。仕事にかまけて、家のことは全部妻任せでね……土日も仕事、子供が熱を出しても仕事って有様で。

あれは定期演奏会の前だったか。

そしてまた、別のときには陽介が珍しく憤然と言っていた。

『赤西さんのお母さんって、吹奏楽が大嫌いなんだって。だから保護者会にも顔を出さないし、演奏も一度も見に来てくれないんだって、言ってた』

それを聞いたとき、違和感はあったのだ。吹奏楽なんて、好きか、興味がないかのどっちかだろう。陽介が吹奏楽部に入る前の陽子が、明らかに後者であったように。

それを敢えて大嫌いだと言うからには、それなりの理由があったというわけだ。

なるほどなあと陽子は思う。今の香具谷先生を見ていてもわかるが、吹奏楽部に休みがほとんどないということはつまり、顧問の先生にも休みなんてものはないのだ。朝練昼練放課後練、コンクール前の夜練に、土日も連休も長期休暇もひたすら練習練習。熱中症になったとき、陽介は練習ができなかったことを気に病んでいた。一日練習をさぼれば、皆はそれだけ先に進んでしまう。それは自分が下手になるのと同義だ。そんな強迫観念にも似た意識が、部の子供たちには共通してある。そしてそれは実際のところ、真実なのだろう。音楽に限らず、何か目標を持ち、他者より秀でようと努力するとは、つまりそういうことなのだろう。

部活顧問の先生は、そんな子供たちに完全に寄り添いつつ、強いリーダーシップで率いていかねばならないのだ。仕事というよりはむしろ、ほぼボランティアとして。……それはプライベートには多大なしわ寄せが来ることだろう。これだけ家に寄りつかない夫、ないし妻というのは、結婚生活が破綻するに充分な原因となりそうだ。

もっとも香具谷先生の場合、そもそも結婚に至るようなお付き合いをする暇すらないかもしれないが。いや、でもまあ、大塚先生という輝かしい（？）前例があることだし……。

などというのは余計なことで、この場合大切なのは、ゴルビーが現役時代に、自分が指導する吹奏楽部のために数々の曲を作曲していた、という事実である。しかもその中に、ずばり木管七重奏のための曲が含まれていたのだ。

その名も『荒野の七重奏《セプテット》』と題された曲を、潤子はオーボエで演奏してくれたそうだが、木七メンバー皆が「これだ！」という反応だったらしい。そもそもこんな特殊な編成にどんぴしゃの曲があったという時点で奇跡的である。その上ドラマティックでメロディも美しいし、初めから木七用に作曲されたものだから編曲の必要がないし、何よりオリジナル曲であるということがいい。曲の難度も、「頑張ればできる」レベルである。中学生のコンクール向きの曲はやはりある程度限られるらしく、昨年のアンコン地区予選ではクラリネット四重奏で『オーディションのための六つの小品』が延々六校分も続いたらしい。そんな中で、「誰も知らない名曲」というのはインパクトという意味でも強いのではないか、と皆で盛り上がったそうだ。

いかにも子供らしい、思い立ったら即の行動力で、皆でぞろぞろとゴルビーに直接許可をもらいに行ったという。

「で、どうだったの？」と尋ねたら、陽介は少し首を傾げた。

「なんか、怒ってるみたいな、困ってるみたいな感じだった。最初はダメだって言われたんだけど、みんなで一生懸命お願いしたら、最後には楽譜を出してくれたよ」

ということであった。

例によって女帝は、「そんな、素人が作った曲だなんて、不利に決まっているわ」と騒いでいたらしいが、実の娘からさえ黙殺されてしまった。木七メンバーは、自分たちの手で納得のいく曲を選べたことで、めでたく一致団結していた。

一方の金八メンバーも、陽介から伝え聞く限りでは順調そうだ。難度の高い曲を選んで、猛練習を重ねているという。彼らなら、万年地区予選止まりの現状を、変えてくれるかもしれなかった。おそらく関係者は皆、そう思っていた。金八メンバー自身はもちろん、木七のメンバーも。

進藤ツインズが大喧嘩していると聞いたのは、コンクール前日のことだった。あらあら大変ねえと思いはしたものの、正直、木七のことだけでいっぱいいっぱいである。それに木七には大きな不安要素があった。プログラム順が一番なのだ。

一番初めなんてむしろ良いじゃないのと、暢気に考えていた陽子だったが、東元会長の話を聞くに、これは非常にクジ運が悪かったものらしい。

管楽器全般に言えることだが、冬の冷えは音程にかなり悪影響が出てしまうのだ。

「それじゃ、カイロや何かで温めたら？」と提案したら、玉野遥にとんでもないとぶるぶる首を振られた。

「冷え切った木管楽器を急激に温めたりしたら、下手すりゃ割れちゃうよ。その時点でコンクールは終わりだね」

木管楽器のうちでも文字通り木で作られているものは、非常にデリケートだ。湿気にも弱ければ、直射日光にも弱い。雨に濡れるのはご法度だし、陽介の学校では陽がさんさんと差し込む廊下を移動するときにはわざわざ毛布でくるむ。吹部による運動部の応援の際なども、ファゴットやオーボエなどの子たちはもっぱらメガホンで声出しだ。真冬など、外から暖かい室内に楽器ケースで持ち込むときも要注意で、いきなり開けるとその寒暖差で割れてしまうこともあるそうだ。

「うわあ、やっぱり私には楽器は演奏できそうもないわ」とため息をついたら、五十嵐礼子から「山田さん、がさつだもんねー」とからかうように言われた。

「あなたに言われたくないわー」

打てば響くように言い返す。「ですよねー」と谺《こだま》のように合いの手を入れた村辺千香も、昔よりだいぶ朗らかになった。思えばこの人たちとの距離もずいぶん縮まったもんだわと感慨深い。

ともあれ、当日はできるだけ早く会場入りし、楽器をゆっくり丁寧に温めるしかなさそうだ。

「金八がプログラム順を代わってくれていたらこんなことにならなかったのに……」と女帝はくちびるを噛む。Aの方は午後の演奏なので、どうやら個人的に順番を代われと要求し、一蹴されていたものらしい。それは当然で、金管楽器だって低温の影響を受けるし、こうしたコンクール審査にありがちなこととして、プログラム順が浅いうちにはあまり高い点数をつけない傾向がある。後からもっと良い演奏をする団体が現れたときのために、余白を残しておくのだ。もちろん女帝だってそんなことは百も承知のはずだ。よくもまあ、厚かましい要求を堂々とできたものだと感心する。敵に回したら厄介この上ない人だけれど、味方にいてもどん引きだ。

「赤西さん、今日までご指導、ありがとうございました」

流れを無視して陽子はゴルビーに向き直る。彼には曲の提供のみならず、香具谷先生不在時の指導もしてもらっていた。何しろ曲を作った当人なのだから、これ以上の指導者はいない。香具谷先生もそう太鼓判を押していた。

「……いや……」とゴルビーはもじもじとうつむき、そして言った。「あの子らの音楽はいいですよ。無邪気で、純粋で、のびのびとしていて……とても、いいです」

ゴルビーの言葉に、陽子も、他の皆も深くうなずく。

陽子には未だ、音楽の善し悪しはわからない。以前は、物語と音楽と、どちらかが消えねばならないのなら迷いなく音楽に消えてもらおうと考えるような人間だった。

だが、この三年間は、間違いなく陽子を変えた。陽子だけじゃない。吹奏楽部親の会の多くの人は、最初は楽器の名前も知らず、それぞれの見分けもついていなかった。音楽と言えば、歌謡曲とイコールだった。それが今では、「あのトランペットのアンブシュアが……」なんて普通に語っている。

この年齢になってさえ、人はまだ変われるのだ。

陽子は今、心の底から思う。

音楽がこの世にあって、本当に良かったと。

そしてコンクール当日。それでなくとも緊張するのに、一番初めの演奏で。

それでも陽介たち木七メンバーは、特に気負った様子もなく、いつも通りの演奏をしていた。心配されていた楽器の音程も、どうやら大丈夫そうだ。

ファゴットにオーボエ、二本のクラリネットにホルンにフルート、そしてコントラバス。それぞれの楽器は、果てしない荒野をさまよう旅人たちだ。おのおの違った個性を持つ彼らが、風の吹きすさぶ荒れ地で出会い、警戒し、反発し、そしていつしか共に歩き出す。そういう曲なのだという。若かりし頃に作曲家を目指し、やがて音楽教師になったゴルビーが、かつて弱小吹部のために作った曲なのだそうだ。

荒れ地に、音楽が満ちていく。乾いた土に、音の雫《しずく》が沁みとおっていく。そしていつしか大地は、豊かな緑野へと変貌を遂げるのだ。

無邪気で、純粋で、のびのびとしていて。

ゴルビーの言葉どおりだった。てんでバラバラの個性が、美しく重なり合い、音が物語を紡ぎ出す。最後は浮き立つように楽しいメロディなのに、聴きながら陽子はまた、いつの間にかぼろぼろと涙をこぼしていた。

憧れのトランペットを吹きたくて、ただその一心で、ひたむきに受験勉強を頑張っていた陽介。それが無残な結果に終わり、絶望に打ちひしがれていた陽介。気を取り直して入学した公立校で、またしても希望が通らず、さめざめと泣いていた陽介。思い返すだけで、胸が痛くなる一連の光景だ。

それが今、心から楽しげに、美しいハーモニーを奏でている。

よくやったよ、陽介。ほんとにあんたって子は、よくもまあやりきったよ……。

舞台の上で、陽介と六人の仲間たちは、キラキラと光り輝く七つの星だった。


すべての参加団体の演奏が終わり、表彰式となった。

驚くべきことに（女帝によれば当然ながら）、一中から出場したチームはA、B共にゴールド・金だった。心配されていた金八の双子は、直前までの険悪なムードはどこへやら、本番では見事に息の合ったプレイをしてみせた。

そして……。

さらに驚くべきことに、A、B共、見事に県大会への出場権を得たのである。

Wの奇跡、と親の会では口々に言い合ったが、女帝エガテリーナにおかれましては、やはり「当然よ」であった。そして香具谷先生もまた、自信に満ちた顔で言った。

「そうです、当然の結果です」と。

その傍らで、「あ、お母さん」と弾んだ声を上げたのは、オーボエの赤西潤子だった。

「来てくれたんだー、ありがと」

光が差すような満面の笑みを浮かべている。

陽子ははっと振り返る。そこに、初めて見る赤西潤子の母親がいた。娘を少しきつめにしたような、きれいな顔立ちの女性である。彼女は娘の頭をそっと撫でながら、ちんまりと側にいたゴルビーに向かい、やや緊張の面もちで口を開いた。

「……お父さん、今までごめんね。お母さんが亡くなったのも、自分の結婚がうまくいかなかったのも、全部お父さんのせいにしていた。本当は、ずっと言いたかったの。役員やってくれて、ありがとう。この子にオーボエを教えてくれて、ありがとう……とても素敵な曲だった」

対するゴルビーは、無言だった。周囲の密やかな注視の中、わずかにくちびるを震わせ、そしてつうっと一滴の涙をこぼした。

「……俺こそ」と、絞り出すように言う。「俺こそ、すまなかったなあ……おまえにも、お母さんにも、寂しい思いばっかりさせてなあ……」

彼女はふと泣き笑いのような表情を浮かべ、かすかに首を振る。そして潤子に言った。

「お母さん、もう行かなきゃ。県大会、頑張るのよ」

誰にともなく一つ会釈して、彼女は去って行った。きっと多忙な人なのだろうと、同じく多忙な陽子は思う。

横では涙もろい東京子が、鼻をぐすぐすいわせて盛大にもらい泣きしていた。

エピローグ

一月の県大会では、残念ながらA、Bとも〈ダメ金〉に終わった。もちろん皆、悔しがってはいたのだが、どこかほっとしたようにも見えた。何と言ってももう、受験待ったなしの崖っぷちの状況だったから。

色んなことがあった。金八メンバーの双子の大喧嘩は、二人が同じ女の子を好きになってしまったことが発端だったらしい。部で一番の美少女と評判だったユーフォニウムのお嬢さんは、バレンタインに五十嵐連音にチョコをあげたとかで、双子は仲良く玉砕した。

その連音はとうとう、テレビドラマで名前のある役をもらえたそうだ。そのための大事なオーディションが県大会の日と重なってしまい、関係者一同は大いに気をもんだものだ。結局、香具谷栞がバイクの後部座席に連音を乗せ、渋滞する国道を疾走して無事にオーディション会場まで送り届けた。まさかあのたおやかなかぐや姫が大型バイクを乗りこなしているとは、親も子もびっくりだ（このことは後で問題になりかねないため、関係者は申し合わせて固く口を閉ざしている）。

バレンタインで吹部の女子から大量のチョコをもらった連音とは比べるべくもないが、実は陽介も複数の女の子からチョコをもらっていた。何と新谷先輩と、東美也子からである。新谷先輩はクール便で家まで送ってくれて、〈定演のときは助けてくれてありがとう！〉というメッセージカードがついていた。チャラ男たちに取り囲まれたときのことだろう。美也子からは部活で手渡しだったが、やはり〈去年はありがとうございました〉と書かれたカードが入っていた。例のいじめ事件のときのことと思われる。実際には陽介は何もしていないに等しいのだが。

陽子としては、すわ、陽介にモテ期到来？　と色めき立ったが、どちらも愛の告白というよりは、お礼ができるいい機会だからというニュアンスである。当の陽介は母親相手に照れたりにやついたり、なかなかどうして満更でもない様子であった。

確かに、単なるお礼にしては二人とも手作りチョコで、ラッピングにも妙に気合いが入っている。ただ、その二つともに開けてみて、親子揃って絶句した。

トリュフチョコ、なのだろう。板チョコを湯せんで溶かして何かしら加えて練って丸めて……という工程はわかるのだが、完成形がなんというか、かなり微妙なのだ。非常に身も蓋もない喩えで言うなら、朝、出社しようと家を出た目の前の電柱下に、ころころと転がっている例のブツ……陽子に「キーッ」と言わせてしまうあれを彷彿《ほうふつ》させる色調と形状なのだ。それも、二人で一緒に作ったのかと思えるくらい甲乙つけがたく。

陽介には、がさつ極まりない陽子が育てたとも思えない、繊細なところがあって、若干潔癖症っぽい傾向がある。明らかに怯んでいる息子に、陽子はぴしりと言い放つ。

「男なら、死んでも食べなさい。一つ残らず」

その後、例のブツ、いや、真心のこもったチョコレートは、冷蔵庫に入れているにもかかわらず、なぜか少しずつ溶け出して形状を変えていくのであった。


木七メンバーの進路も、それぞれ決まっていった。陽介は友花学園の特進クラスに推薦で入学が決まり、女帝様の言い種じゃないが、陽子としては「当然よ」という感じである（実際は家族で大喜びだったが）。江賀明日香は順当に吹部の強い私立へ、五十嵐連音は本格的に芸能活動をするために公立の定時制へ、玉野鈴香と村辺真理は地元公立である。東美也子と赤西潤子はなんと陽介と同じ、友花学園だ。

「両手に花だね、陽介」とからかったが、陽介としても、たとえ異性でも気安い仲間が同じ高校に行くのは心強いらしかった。

よくもまあ、一人もこぼれず受験の波を乗り切ったものだと、感心する。総じて吹部の子たちは賢いというイメージがあるらしい（もちろんどんな場合にも例外はあるが）。三年間ほぼ休みなしの練習練習の日々を耐え抜けるのだから、受験のための努力だってできる子たちなのだろう。彼らが部活を通じて得たものは、けっして楽器の技量だけではないはずだ。

吹部三年の集大成は、卒業式ではなく、年度末の定期演奏会である。進路が決まった者から順次部活動に戻ってきて、受験で疲れた心身を休める間もなく再び練習の日々を送る。それは卒業式後も当たり前のように続き、そしてとうとう最後の定期演奏会の日がやってきた。

散々心許ない頼りないと思っていた親の会の新役員さんたちも、ちゃんと立派に後を引き継いでくれている。そのたすきは、吹奏楽部が続く限り、永遠に次代へと渡されていくのだろう。

受験も卒業式も終わった三年生は、皆、晴れ晴れとした表情だ。餞《はなむけ》の意味で、三年生にはソロパートが多く割り当てられる。陽介にもその出番はあった。颯爽《さっそう》と前に出て来た陽介の姿に、陽子の胸は熱くなる。入学当初はあれだけぶかぶかだった制服が、今や丈が寸詰まりで窮屈そうだ。そしてあれだけ下手くそだったファゴットも、今じゃすっかり様になっている。

ソロパートを軽やかに吹き鳴らす陽介を、同じ舞台で熱心に見つめるファゴットパートの下級生の姿があった。陽介が懸命に教えてきた男の子である。こうして無数のたすきが、次の代へと受け継がれていくのだ。来年の定期演奏会ではあの子に陽介が花束を持っていくのか。それともＯＢ客演として同じ舞台に上がるのか。

感動と確かな満足の舞台を終え、指揮をしていた香具谷先生がこちらに向き直ってマイクを取った。会場に足を運んでくれた観客に丁寧な感謝の意を伝えた後、今年度の輝かしい成績を振り返り、そして最後にまた子供たちの方に向かって言った。

「――三年生諸君。君たちは若輩の僕が送り出す、最高の卒業生です。えー、これは去年も同じことを言いましたが」

ユーモラスな口調に会場に笑いが起きる。

「来年もきっと、同じことを言うでしょう。今の二年生なら、きっとそう言わせてくれるでしょうから。でも、現時点では確実に君たち三年生が最高です。君たちはいくつものコンクールで金賞を受賞しました。これは間違いなく、君たちの努力と才能がもたらしてくれた、真に尊い金メダルです。決して傲《おご》ることはなく、けれどどうか誇って下さい。その誇りは、君たちがこれから生きる上で、必ず大きな力となるはずです。

そして願わくは、どんな形でもいいから、音楽を続けて下さい。続けている限り、我々の世界はずっと繋がっています。いつかまた、この同じ荒野で再会しましょう」

聞いているうちに、不覚にも陽子の目頭が熱くなってくる。

なによ、おぼっちゃん先生のくせに、なかなか良いことを言うじゃないの。

隣では案の定、東京子が大号泣だ。

思えば大塚先生が去り、香具谷先生と出会えたこともまた、陽介にとっては大きな転機であった。もしあのまま大塚先生が顧問だったら、現在の吹部の様子も、陽介の進学先も、おそらくだいぶ違ったものになっていただろう。

お終いに香具谷先生は会場に向けて深々と一礼し、観客は割れんばかりの拍手を送った。先生の胸ポケットには、木七メンバーが贈った純白シルクのポケットチーフが顔を覗かせている。

在校生からの花束贈呈ではわんわん泣いていた卒業生も、終演し、一歩ホールを出てしまえばけろりとしたものだ。あちこちに固まって、にこにこキャッキャと記念撮影に忙しない。それはいつか見た、そして今後も繰り返されるであろう光景だ。

桜の花びらが舞い散る、春の日差しの中。子供たちはスポットライトを浴びているように、青春のただ中にいる。

彼らは笑うだろうか。舞台裏で終始黒子に徹していた、親の会のオジサンオバサンたちにも、かつてこんな日があったのだと伝えたら。

跳び上がりたいほど嬉しかったり、泣くほど悔しかったり、晴れがましくも誇らしかったり、消え入りたいほど恥ずかしかったりした日々が、間違いなく陽子たちにもあった。親という人種は、子供を育てる折々に、まるでタイムカプセルを掘り出したような感覚を確かに抱いているのだ。子供は親の分身ではありえない。親とは違う道を行き、親が見ていないものを見ている。だが、かつて確実に、同じようなことも数多あった。

けれど我が事じゃないから、ままならないし、歯がゆくも苛立たしい。そして我が事以上に誇らしく、この上なくまばゆい。

当の子供たちは、親の感慨なんてどこ吹く風だ。自分一人で大きくなったような顔をして、親を置き去りに、どんどん先へと行ってしまうだろう。

それでいいのだ。それこそが、親の望みなのだと、陽子は寂しさを押し殺し、胸に強く刻む。自戒しておかないと、何かの弾みにエガテリーナのごとく暴走してしまいかねない自分をよく知っているから。

子供たちは今この瞬間、それぞれの荒野に向け、新たな一歩を踏み出していく。

――未だ会えずにいる誰かと、いつの日か、美しいアンサンブルを奏でるために。

あとがき

爽やかな部活ものが大好きです。弱小運動部だったり、部員集めから始めたり、いくら努力しても上手くならないことに苛立ったり、試合に負けて悔し泣きしたり、奇跡の勝利を仲間同士抱き合って喜んだり……そういう王道パターンが大好物です。私自身は体育会系とはほど遠く、試合だとかコンクールだとかとも無縁の文化系でひっそりと生きてきた人間なので、余計に憧れてしまうのかもしれません。

本書は二〇一〇年に出していただいた『七人の敵がいる』（集英社）の続編に当たります。ミセス・ブルドーザーこと山田陽子が、本書でも大暴れしています。前作を読んでいなくても全く問題はありませんが、読んでいただいた方が、ところどころ、より楽しみいただけるかもしれません。

そもそも陽子が初登場したのは、二〇〇三年刊行の『レインレイン・ボウ』（集英社）でのことでした。第二話のヒロインとして、若い頃の陽子が登場します。これを書いていたときには、まさか彼女がその後二作にわたって主人公を務めることになろうとは、夢にも思っていませんでした。いわゆる「勝手に動いてくれる」タイプの登場人物なので、私には書きやすいのかもしれません（陽子の場合、動くというよりは、暴走する、ですが）。アクティブな主人公故か、『七人の敵がいる』は連続テレビドラマにしていただいたり、地方のＰＴＡから講演依頼をいただいたり（よんどころない事情で実現しませんでしたが）、思わぬ波及もあった作品でした。

さて、その続編たる本書は、中学校の吹奏楽部親の会の奮闘記です。部活動で青春まっただ中の若者たち……ではなく、舞台裏やら縁の下で黒子に徹する親たちに、スポットを当ててみました。（おそらく）本邦初の試みです。どうやらあまり爽やかじゃありません。どっちかと言うとドロドロした陰謀の匂いさえします。その上どうかすると軽くホラーです（基本はだいぶ喜劇ですが）。要するに全然王道じゃありません……どうしてこうなった。

ともあれ本書執筆にあたり、匿名希望の某お母様及びそのお嬢様には、大変お世話になりました。長期にわたる取材に辛抱強くお答えいただき、また、雑誌連載中にはきめ細かな監修もしていただきました。吹奏楽のすの字も知らなかった私が、どうにかこうにか最後までこの作品を書き終えることができたのは、ひとえに彼女たちのおかげです。本当にありがとうございました。

また、雑誌連載中に吹奏楽部親の会を経験された読者の方からお手紙を頂戴しました。その方の書かれていたエピソードには私も深く考えさせられ、ご了解をいただいた上で急遽プロットにつけ加えることとなりました。作品を連載中に読者の方とこうしたキャッチボールができたのも、初めての、そして貴重な体験でした。心より感謝いたします。

――様々な形でお世話になった多くの方々に。そして日本中津々浦々で活躍されている、舞台裏のヒーローやヒロインたちに。

深い尊敬と感謝と、そして共感の意を込めて、本書を捧げます。

二〇一六年秋　加納朋子

解　説

佐藤真由美

一般に、母親になると強くなると思われている。そうかもしれない。ならざるを得ない面もある。でも、どこかが致命的に弱くなってしまったような気がする。

本作のヒロイン山田陽子《やまだようこ》も、本来なら人との意見の違いなど気にしない。多忙な文芸編集者という仕事を持ち、情よりも〈合理的、かつ効率的であることを良しとする〉。あらゆる困難を排して目的を遂行し、職場でついたあだ名は〈ミセス・ブルドーザー〉。〈陽介《ようすけ》が小学校に入学してからというもの、（中略）長きにわたって言うに言われぬ苦労をしてきた〉のは、その気の強さと、正直すぎる（〈共感力ってもんが致命的に欠けている〉という説もある）性格に加えて、〈我が子のこととなると、途端に周囲が見えなくなってしまい、ロケットみたいな勢いで突き進んでしまう〉からでもある。そのくせ、陽介に不利益が及ぶことを何よりも恐れている。

同じく出版社勤めで（こうして文章を書かせていただくこともある）、現在は小学一年生、中学一年生、高校一年生の子の保護者であるわたしは、気持ちがわかるだけに、陽子のやらかしの数々を（前日譚にあたるPTA小説『七人の敵がいる』連載時からずっと）ハラハラしながら見守ってきた。なんというか、保護者業界（？）は全般に〈呆れるほど非効率的かつ前時代的代物〉で〈話を聞いただけで馬鹿かと思〉うことであふれているのだ。あ、そう言ってるのは陽子です！ それが真実であっても、そうそう口にできないのが学校における「親」の立場だったりもする。

女子特有のグループ行動が苦手で、特に群れる必要なく生きてきた人でも、子どものための情報収集は大切である。保護者の世界には授業も教科書もなく、「当たり前のこと」は「なぜか（自分以外の）みんなが知っている」のだから。立ち話や横並びに「みんなはどうしてるか気にする」ことを無駄と考えるとどうなるか。陽子、みんなが小三で検討する中学受験を小六の春に思い立つのはやめて……！

本作は、陽介が私立中学の吹奏楽部の演奏会でトランペットに憧れ、受験を決意するところから始まる。読んでいるこっちが阿鼻叫喚の受験を終えた陽介は、吹奏楽部でトランペットを吹くことだけを心の支えに公立中学へ進学する。ところが、希望のトランペットではなくファゴットなんて（聞いたこともない！）楽器に割り当てられたことから、〈武闘派は卒業した〉はずの陽子は、スリッパを鳴らして職員室へ乗り込む。合格発表の際に見せたのと同じ息子の絶望した姿が、陽子の〈闘争心という名のダイナマイト〉の導火線に火を点けたのだ。

吹奏楽部親の会の不可解な伝統「夜並び」の洗礼を受け、陽介の恋と発表会を経て、初めて出席した保護者会でついに〈女帝エガテリーナ〉の登場。気を付けていたにもかかわらず、また爆弾発言で有力保護者を敵に回す。〈ファゴットを頑張っている陽介のためにも、あの子の部活で余計な揉め事を起こすわけにはいかない〉。〈動かざること山田のごとし〉をモットーに、親の会とは距離を保とうとする陽子だったが、やはり陽介のため、〈親の会を私物化し、牛耳ろう〉と目論む悪の権力と戦い、〈すごく大変らしいと噂される、吹奏楽部親の会の役員〉をなぜか引き受けることになるのだった——。

あらすじをまとめようとして思ったけれど、次から次へと息をつく暇もなく、胸が締めつけられっぱなし。生きるとはそういうことで、子どもがいると特に景色が猛スピードで変化していく。陽介の演奏に涙と鼻水を流す合間に陽子がどれだけの仕事を〈ぶっとばし〉、走りながらも陰謀を張り巡らせ……もとい、頭脳を高速回転させてきたことか。

〈一年が経つのは、本当にあっという間だった。朝起きて、陽介の弁当を作って朝食を作って自分も慌ただしく支度をして会社に行って、せっせと仕事をして、ＰＴＡの仕事もして、家事をして……そんな日々の繰り返しに、時間は飛ぶように過ぎていく〉。

陽子ほど有能でなく、ひとり当たり陽介の八倍くらい手がかかる子が三人いるわたしなど、皿回しのようにあっちやこっちの皿を回しながら、ガチャンガチャンと割れる皿を気にせず進むしかない。

その、わたしが割った皿をもしかしたら片付けてくれているかもしれないキャラクターが、親の会の会長を務める東《あずま》京子《きょうこ》だ。

前作『七人の敵がいる』によれば、〈仕事とは無能な人間のところに滞留し、有能な人間のところにはじゃんじゃん流れていく〉けれど〈PTA活動に於ける雑務は、お人好し（といって悪ければ心根の優しい人）のところにじゃんじゃん流れていく〉らしい。

能力が高く責任感が強いために〈びっくりするくらい事務能力や責任感がない人〉のしわ寄せを受け、ただ我が子のためにと耐え、多忙な家事育児の傍ら自分を犠牲にして働く東さん。

〈役員になってからというもの、誰からも感謝されるでなく、むしろ四方八方から文句ばかり言われて、精神的にも肉体的にもボロボロの日々が続いていた〉。

外からは見えない、役員の具体的な苦労が彼女の視点から綴られる。こうした、主人公陽子が陽なら、陰にあたる正反対の人物のパートがあることで生まれるハーモニーが、加納さんの真骨頂である。

人の数だけ真実はある。誰かに見えている世界と、別の誰かにとっての真実はちがう。

日常のミステリの鍵は、行き違いや思いの至らなさや伝えられない言葉が握っていることもある。

　挨拶を無視したように見える人は、気づかなかっただけかもしれないし、体調がひどく悪かったのかもしれない。わたしの住むマンションの管理人さんは最初全く挨拶を返してくれなかったけれど、そういえば最近は笑顔で挨拶してくれる。挨拶を返さなかった人が挨拶してくるようになったら、それは小さな日常の謎だ。

　加納さんの作品を読むと、やり過ごしていた日常生活に、こんなに小さな謎やユーモアが隠されていたのかと驚く。と同時に、繊細で敏感であること、記憶力が良く、ふとした違和感を流さず捕まえてしまう人間が憂き世を生きることのハードさを思う。だけど、加納朋子作品は見逃さない。大きな舞台の陰の知られざるドラマや、一見敬遠したい人物の愛すべき一面を。

　東さんから見たら〈まるで狂犬みたい〉な陽子は、本人も自覚するとおり、親の会のような場において〈完全な異分子〉だ。平地に波瀾を起こせば、我が子にも飛び火しかねない。だけど、あきらめない人間を親に持つことはどれほど幸せだろうか。

　陽子は信じている、良くなることを。だから、そのための努力ができる。話がわからない人に話をし、どうせ変わらないと思われていることを変えていく。それは根拠のない楽観主義や、ただ善意を期待する世間知らずでも、自信過剰でもない。物語を愛する彼女の持つ、他者への想像力の賜物だ。そして、ある物を解体して更地にするための、パワーだけじゃなく、知性と技術も彼女は持っている。

その推理力と計画実行力で東さんの窮地を救い、人脈と行動力で音楽室にエアコンも取り付ける。陽子の活躍が、苦心惨憺練習を重ねてきた陽介に訪れる幸福な一瞬を支えていて、何度も胸が熱くなった。

名前のとおり炎のような陽子に対し、〈鈍感なくらいに穏やか〉な夫の信介《しんすけ》も、薄い存在感ながら家族を支えている。母親の出番が多くなりがちな学校行事で、父親の最大の仕事は妻を理解し、物理的な協力が無理なら精神的にサポートすることである。

個人的には、ミセス・ブルドーザーというあだ名の名づけ役である作家氏（今回はシルエットくらいしか出てこなくて残念）と陽子がもし一緒になっていたら……そんな想像をついしてしまう。二人の結婚式に、大好きなかわいい甥っ子が両親と共に参列する。そんな未来もあったかもしれないと、映画『ラ・ラ・ランド』のラストシーンのように思い浮かべることもできる。でも、その世界には七重奏は流れない。

〈ファゴットにオーボエ、二本のクラリネットにホルンにフルート、そしてコントラバス。それぞれの楽器は、果てしない荒野をさまよう旅人たちだ〉。

最終章（七重奏！）で、陽介を含む一中木七《もくなな》メンバーがアンサンブルコンテストで演奏するシーンは圧巻である。

〈荒れ地に、音楽が満ちていく。乾いた土に、音の雫が沁みとおっていく。そしていつしか大地は、豊かな緑野へと変貌を遂げるのだ〉。

もしも陽子が信介と結ばれなかったら、もし陽子が陽介の母になっていなければ――。陽子の子どもか甥が吹奏楽部に入り、同じ曲を演奏したとしても、同じ音楽は存在しない。メンバーそれぞれに、その親たちに、楽器に、その日の会場に、数えきれない物語の果てに、魔法のように音が生まれる。

なんだ、平気だったじゃないか。挫折を糧にして、かわいらしい頬にすぐ大粒の涙をこぼしていた陽介は、いつしか自分で自分の道を切り開くりりしい少年になった。子どもも親も、大丈夫なのだ。高速で過ぎ去る毎日の中で、受験に失敗しても、希望のパートになれなくても、親の会でやらかしても、誰かを傷つけてしまったとしても。

〈この年齢になってさえ、人はまだ変われるのだ〉。

数々の作品で、日常に潜む謎をマジックのように解き明かし、読者にイリュージョンを見せてくれた加納さんが、本作でも小さな瞬間の積み重ねが起こす奇跡を教えてくれる。

この作品が「全母に捧ぐ（全俺が泣いた！）子どもの部活エンターテインメント小説」であることは間違いない。実用面でも、小学生編の前作『七人の敵がいる』とあわせて、子どもを持つ保護者には男女問わずおすすめしたい。

でも、それ以外の子育て中ではない人にもぜひ読んでほしい。親の苦労がわかるからではない。一生懸命に生きようとする登場人物へのあたたかいまなざしと、未来への希望に満ちたこの物語を読み終えた時、そこにある、いつもの空の美しさにきっと気がつく。同じ車両に乗り合わせた名前も知らない乗客、並ぶビルの窓の中で働いている人たち、公園で遊ぶ子どもたち、誰かの笑い声……。それぞれの物語に満ちた、この世界に生きていることをうれしく思えるはずだから。

加納朋子さん、この本を書いてくれてありがとう。育児やご闘病や、いろんなことがある中で作品を生み出し、届けてくださってとても感謝しています。今年はうっかり高校でＰＴＡ役員を拝命し、娘のバレエ発表会もありますが、陽子の勇姿を胸にがんばります！

（さとう・まゆみ　歌人）

本書は、二〇一六年十一月、集英社より刊行されました。

初出
「小説すばる」二〇一五年六・八・十・十二月号、
二〇一六年二・四・六月号

集英社文庫

我《われ》ら荒野《こうや》の七重奏《セプテット》

2019年9月25日 第1刷　　定価はカバーに表示してあります。

著 者　加納朋子《かのうともこ》

発行者　徳永 真

発行所　株式会社 集英社
東京都千代田区一ツ橋2-5-10　〒101-8050
電話【編集部】03-3230-6095
【読者係】03-3230-6080
【販売部】03-3230-6393(書店専用)

印 刷　凸版印刷株式会社

製 本　凸版印刷株式会社

フォーマットデザイン　アリヤマデザインストア　　マークデザイン　居山浩二

ISBN978-4-08-744022-5 C0193